Collection dirigée par Glenn Tavennec

L'AUTEUR

Originaire de Floride, Rick Yancey est diplômé de l'université Roosevelt à Chicago. Titulaire d'un mastère de littérature anglaise, il travaillera quelques années comme inspecteur des impôts, avant de décider que son diplôme lui serait plus utile s'il se consacrait à l'écriture à plein temps – ce qui lui réussit depuis 2004.

Auteur de romans pour adultes et jeunes adultes, Rick Yancey a été récompensé par de nombreux prix prestigieux, dont le Michael L. Printz Honor et le Carnegie Medal. Lorsqu'il n'écrit pas, ne réfléchit pas à de nouvelles histoires, ou n'est pas en tournée dans de grandes villes des États-Unis pour parler de ses livres, Rick consacre son temps à sa famille en Floride.

Retrouvez tout l'univers de
LA 5ᵉ VAGUE
sur le site dédié :
www.la5evague.fr
et sur la page Facebook de la collection R :
www.facebook.com/collectionr

Vous souhaitez être tenu(e) informé(e)
des prochaines parutions de la collection R
et recevoir notre newsletter ?

Écrivez-nous à l'adresse suivante,
en nous indiquant votre adresse e-mail :
servicepresse@robert-laffont.fr

RICK YANCEY

LA MER INFINIE

traduit de l'anglais (États-Unis) par Francine Deroyan

roman

Titre original : THE INFINITE SEA
© Rick Yancey, 2014
Published in agreement with the author, c/o Defiore and Co. Author
Service, 47 East 19th Street, New York, USA.
Traduction française : © Éditions Robert Laffont, S.A., Paris, 2014

ISBN 978-2-221-13426-9 ISSN 2258-2932
(édition originale : ISBN : 978-0-3991-6242-8, G.P. Putnam's Sons Books
for Young Readers, Penguin Group, New York)

« Ma largesse, comme la mer, est sans limites
Et mon amour aussi profond. Plus je te donne
Plus je possède, car tous les deux sont infinis. »

William SHAKESPEARE

Pour Sandy,
gardienne de l'Infini

LE BLÉ

IL N'Y AURAIT PAS DE MOISSON.

La pluie printanière a réveillé les bourgeons endormis, de belles pousses d'un vert puissant ont surgi de la terre moite, s'étirant comme un dormeur après une longue sieste. Le printemps a laissé place à l'été, et les belles tiges vertes se sont assombries, passant d'un léger ocre à un brun doré. Les journées sont devenues longues et chaudes. D'épais nuages noirs ont apporté de la pluie, et les tiges brunes se sont mises à briller sous le crépuscule perpétuel qui s'attardait sous la voûte céleste. Le blé s'élevait, mûrissait, ses têtes penchées sous le vent de la prairie, tels un immense rideau ondulant, une mer ondoyant sans fin et s'étirant jusqu'à l'infini.

Au moment de la récolte, il n'y aurait aucun fermier pour arracher la tête d'une tige, la frotter entre ses mains calleuses et séparer l'écorce du grain. Personne pour mâchouiller les graines ni sentir leur délicate peau craquer sous ses dents. Le fermier était mort de la peste, et les autres membres de sa famille s'étaient enfuis vers la ville la plus proche, où, à leur tour, ils avaient succombé, nouvelles victimes parmi les milliards d'humains qui avaient péri durant la 3ᵉ Vague. La vieille demeure, construite par le grand-père du fermier n'était plus désormais qu'une île déserte entourée par une mer infinie d'une teinte brune. Les jours s'étaient faits plus courts et les nuits plus froides, et le blé bruissait sous le vent sec et froid. Le blé avait survécu à la grêle et à la foudre des tempêtes estivales, mais il n'aurait aucune chance face au froid. Quand les réfugiés se mirent à l'abri dans la vieille maison, le blé était déjà mort, tué par une puissante gelée.

Cinq hommes et deux femmes, de parfaits inconnus les uns pour les autres. À l'aube du grand sommeil hivernal, chacun pensait en secret valoir mieux que tous les autres réunis. Tour à tour, les hommes montaient la garde sous le porche. Durant la journée, le ciel sans nuage était d'un bleu lumineux, étincelant, et le soleil qui s'étirait bas à l'horizon baignait l'immensité brune et terne du blé d'une belle nuance dorée. Le soir venu, il n'y avait pas de lent crépuscule, au contraire, les nuits semblaient s'abattre violemment sur la Terre, et la lumière des étoiles transformait le brun du blé en un argent brillant.

Le monde mécanisé était mort. Les tremblements de terre et les tsunamis avaient anéanti les côtes. La peste avait tué des milliards d'humains.

Les hommes sous le porche scrutaient le blé, se demandant ce qui allait survenir ensuite.

De bonne heure, un après-midi, l'homme de garde vit l'océan de blé mort s'écarter et comprit que quelque chose arrivait, quelque chose qui traversait l'immensité de blé en direction de la vieille ferme. Il appela les autres qui se trouvaient à l'intérieur. Une des femmes sortit et se tint à côté de lui sous le porche. Ensemble, ils observèrent les hautes tiges disparaître dans l'océan de brun, comme si la terre elle-même les aspirait. Qui que ce soit

– ou quoi que ce soit –, il était impossible de le voir par-dessus la surface du blé. L'homme descendit du perron. Il leva son fusil en direction du blé. Il attendit dans le champ et la femme attendit sous le porche et les autres attendirent à l'intérieur de la maison, visages plaqués contre les fenêtres. Personne ne parlait. Ils attendaient que le rideau de blé s'écarte.

Quand cela arriva enfin, un enfant surgit, et l'immobilité de l'attente fut rompue. La femme descendit du perron en courant, et baissa le canon du fusil. Ce n'est qu'un gosse. Est-ce que vous tueriez un enfant ? Le visage de l'homme était partagé entre l'indécision et la colère. La colère de ne plus pouvoir être certain de rien. N'importe qui pouvait vous trahir. Comment pouvons-nous savoir ? demanda-t-il à la femme. Comment pouvons-nous être sûrs de quoi que ce soit, désormais ? Le gamin trébucha et tomba à terre. La femme courut vers lui et le releva, plaquant le visage sale du garçon contre sa poitrine, tandis que l'homme armé s'avançait vers elle. Il est gelé. Nous devons le porter à l'intérieur. À cet instant, l'homme sentit comme un lourd poids dans sa poitrine. Il était partagé entre ce que le monde avait été et ce qu'il était devenu, qui il était lui-même, avant, et qui il était aujourd'hui, et le poids de tous ces espoirs silencieux qui pesaient en son cœur. Ce n'est qu'un gosse. Tueriez-vous un enfant ? La femme passa devant lui, grimpa les marches jusqu'au porche, entra dans la maison, et l'homme baissa la tête, comme s'il priait, puis la leva vers le ciel, comme s'il le suppliait. Il attendit quelques minutes pour voir si quelqu'un d'autre émergeait du blé, tant il paraissait incroyable qu'un gamin ait survécu si longtemps, seul et vulnérable, sans personne pour le protéger. Comment une telle chose était-elle possible ?

Quand il pénétra dans le petit salon de la vieille ferme, il vit la femme qui tenait l'enfant sur ses genoux. Elle lui avait déposé une couverture sur les épaules et lui avait apporté de l'eau – les petits doigts rougis par le froid serrés autour du verre – les autres s'étaient réunis dans la pièce et personne ne parlait, chacun fixant le gosse d'un air incrédule. Comment était-ce possible ? L'enfant geignit. Son regard passait d'une personne à l'autre, cherchant un visage familier, mais ces gens étaient tous des inconnus pour lui, comme ils l'avaient été les uns pour les autres avant que le monde crève. Il se plaignit du froid et d'une douleur à la gorge. Oui, il avait un vilain bobo dans sa gorge. La femme qui le tenait lui demanda d'ouvrir la bouche. Elle vit les tissus enflammés au fond de sa bouche, mais elle ne remarqua pas le mince câble, aussi fin qu'un cheveu, implanté à l'entrée de sa gorge. Elle ne pouvait voir ni le câble ni la petite capsule connectée à son extrémité. Elle se pencha pour regarder dans la bouche du gamin. Comment aurait-elle pu savoir que le dispositif dissimulé dans le corps de l'enfant était programmé pour détecter le monoxyde de carbone de son souffle à elle ?

Le souffle, notre gâchette.

L'enfant, notre arme.

L'explosion pulvérisa aussitôt la vieille ferme.

Il fallut plus longtemps pour le blé. Il ne resta rien de la vieille bâtisse, ni des dépendances et du silo qui, les autres années, contenait l'abondante récolte. Les tiges sèches brûlées par le feu se transformèrent en cendres, et au crépuscule, un puissant vent du nord déferla sur la prairie, soulevant les cendres jusqu'au ciel, les emportant sur des centaines de kilomètres, avant que les cendres retombent, telle une neige gris et noir qui se déposa avec indifférence sur la terre aride.

LIVRE 1

I

LE PROBLÈME DES RATS

1

LE MONDE EST UNE HORLOGE dont les aiguilles ralentissent.

Je l'entends dans les doigts glacés du vent qui griffent la fenêtre. Je le sens dans la moquette moisie et le papier peint pourri du vieil hôtel. Et je le sens dans la poitrine de Teacup pendant qu'elle dort. Les bruits sourds de son cœur, le rythme de son souffle, chaud dans l'air froid, l'horloge qui ralentit.

De l'autre côté de la pièce, Cassie Sullivan monte la garde près de la fenêtre. La lueur de la lune perce à travers la petite fente des rideaux derrière elle, éclairant les légers nuages qui sortent de sa bouche. Son jeune frère dort dans le lit le plus proche d'elle, petite chose sous une montagne de couvertures. Fenêtre, lit, de nouveau derrière elle, la tête de Cassie tourne comme un pendule oscillant. Les mouvements de sa tête, le rythme de son souffle, comme ceux de Nugget, de Teacup, comme le mien, marquent le temps de l'horloge qui ralentit.

Je sors du lit. Teacup gémit dans son sommeil et s'enfouit un peu plus profondément sous les couvertures.

Le froid me saisit, étreignant ma poitrine, bien que je sois vêtue de la tête aux pieds, mis à part mes bottes et ma parka que j'attrape au pied du lit. Sullivan m'observe tandis que j'enfile mes bottes, puis quand je me dirige vers le placard pour y prendre mon sac à dos et mon fusil. Je la rejoins près de la fenêtre. J'ai l'impression que je devrais lui parler avant de partir. Peut-être qu'on ne se reverra jamais.

— Alors, voilà. On y est, lâche-t-elle.

Sa peau pâle brille dans la lueur laiteuse de la nuit. Ses taches de rousseur semblent flotter au-dessus de son nez et de ses joues.

J'ajuste le fusil sur mon épaule.

— On y est.

— Tu sais, pour Dumbo, je comprends. À cause de ses grandes oreilles. Et Nugget, parce que Sam est tout petit. Teacup, je pige aussi. Zombie, par contre, je ne capte pas trop – mais Ben ne me dira rien, de toute façon –, et j'imagine que Poundcake, c'est en raison de son air potelé. Mais pourquoi Ringer ?

Je devine où cela va nous mener. À part Zombie et son frère, elle n'est plus certaine de personne. Le prénom de Ringer encourage sa paranoïa.

— Je suis humaine.

— Ouais.

À travers la fente des rideaux, elle contemple le parking, deux étages plus bas, luisant de glace.

— Quelqu'un m'a déjà dit ça. Et comme une idiote, je l'ai cru.

— Pas si idiote, étant donné les circonstances.

— Ne fais pas semblant, Ringer ! râle-t-elle. Je sais que tu ne me crois pas à propos d'Evan.

— Je te crois. C'est son histoire à lui qui ne tient pas la route.

Je me dirige vers la porte avant qu'elle fonde en larmes devant moi. Mieux vaut ne pas trop insister sur le sujet d'Evan Walker en présence de Cassie Sullivan. Je ne lui en tiens pas rigueur. Evan est la petite branche poussant sur la falaise à laquelle Sullivan s'accroche, et peu importe qu'il soit parti. Elle s'y accroche encore plus fort.

Teacup ne fait pas un bruit, mais je sens ses yeux sur moi ; je sais qu'elle est réveillée. Je retourne vers le lit.

— Emmène-moi, chuchote-t-elle.

Je secoue la tête. Nous avons discuté de cela une bonne centaine de fois.

— Je ne serai pas partie longtemps. Deux jours, au max.

— Promis ?

Pas question, Teacup. Les promesses sont tout ce qui nous reste. On doit les utiliser à bon escient. Sa lèvre inférieure tremble, ses yeux se mouillent.

— Hé ! Qu'est-ce que je t'ai déjà dit à ce propos, soldat ? je demande d'une voix douce.

Je résiste à l'envie de la toucher.

— Quelle est notre priorité ?

— Pas de pensée négative, répond-elle consciencieusement.

— Pour quelle raison ?

— Parce que les pensées négatives nous affaiblissent.

— Et que se passera-t-il si nous nous affaiblissons ?

— Nous mourrons.

— Avons-nous envie de mourir ?

Elle secoue la tête.

— Pas encore.

J'effleure son visage. Joues froides, larmes chaudes. Pas encore. Vu le peu de temps qu'il reste à l'horloge de l'humanité, c'est comme si cette petite fille avait déjà atteint la cinquantaine. Sullivan et moi, nous sommes vieilles. Et Zombie ? Il date des temps anciens.

Il m'attend dans le hall, vêtu d'une veste de ski enfilée par-dessus un sweat à capuche d'un jaune vif, deux vêtements récupérés dans les débris de l'hôtel : quand il s'est évadé de Camp Haven, Zombie ne portait qu'une légère blouse. Sous sa barbe sale, son visage est rouge de fièvre. La blessure par balle que je lui ai infligée – qui s'est ouverte lors de son évasion et a été soignée, pansée, par notre médecin de douze ans – a dû s'infecter. Il est appuyé contre le comptoir, une main plaquée sur un flanc, affectant un air détaché, style tout va bien.

— Je commençais à croire que tu avais changé d'avis, dit-il, les yeux brillants, comme s'il plaisantait – mais je pense que c'est plutôt de fièvre.

Je secoue la tête.

— Teacup.

— Ça va aller pour elle.

Pour me rassurer, il me décoche son sourire de tombeur. Zombie n'apprécie pas pleinement le prix des promesses, sinon il n'en ferait pas aussi facilement.

— Ce n'est pas de Teacup que je m'inquiète. Tu as vraiment l'air d'une merde, Zombie.

— C'est à cause de ce temps. Il fait des ravages à mon teint.

Un second sourire. Zombie se penche en avant, espérant visiblement que je sourie à mon tour.

— Un de ces quatre, soldat Ringer, tu souriras enfin à une de mes vannes, et le monde se brisera en deux.

— Je ne suis pas prête à assumer une telle responsabilité.

Il éclate de rire, et j'ai l'impression d'entendre un bruit de ferraille dans sa poitrine.

— Tiens.

Il me tend un plan des grottes.

— J'en ai déjà un.

— Prends celui-là aussi, au cas où tu perdrais l'autre.

— Je ne le perdrai pas, Zombie.

— J'envoie Poundcake avec toi.

— Non, pas question.

— C'est moi qui commande ; alors, si.

— Tu as plus besoin de Poundcake ici que moi dehors.

Il hoche la tête. Il savait que je refuserais, mais il n'a pas pu résister à l'envie de faire une dernière tentative.

— Peut-être qu'on devrait laisser tomber, suggère-t-il. En fait, ce n'est pas si mal, ici. On a des milliers de puces, une bonne centaine de rats, et environ deux douzaines de cadavres, mais la vue est fantastique…

Il continue à plaisanter, à essayer de me faire sourire. Il jette un coup d'œil à la brochure dans sa main. 18 °C toute l'année !

— Jusqu'à ce qu'on soit bloqués par la neige ou que la température chute de nouveau. La situation est intenable, Zombie. On est déjà restés ici trop longtemps.

Je ne comprends pas. On en a discuté à n'en plus finir, et maintenant il voudrait rester là ! Parfois je me pose des questions sur lui.

— On doit tenter notre chance, et tu sais qu'on ne peut pas y aller à l'aveugle ! je continue. Il y a peut-être d'autres survivants qui se cachent dans ces grottes, mais qui sait s'ils sont prêts à accueillir de nouveaux voisins, surtout s'ils ont déjà rencontré un des Silencieux de Sullivan ?

— Ou des recrues comme nous, il ajoute.

— Donc, je vais mener l'enquête, et je serai de retour dans deux jours.

— Tu as intérêt à tenir ta promesse.

— Ce n'était pas une promesse.

Il n'y a rien de plus à dire. Il y a un million de choses à dire. C'est peut-être la dernière fois que nous nous voyons, et je sais qu'il pense de même, parce qu'il lâche soudain :

— Merci de m'avoir sauvé la vie.

— Je t'ai tiré dessus, et maintenant tu risques de mourir.

Il secoue la tête. Ses yeux brillent de fièvre. Ses lèvres sont grises. Pourquoi l'ont-ils surnommé Zombie ? C'est comme un présage. La première fois que je l'ai vu, il faisait des pompes dans la cour, le visage tordu de colère et de douleur, du sang coulant de ses poings sur l'asphalte. « Qui est ce mec ? » j'ai demandé. « Il s'appelle Zombie. Il a vaincu la peste », ils m'ont dit, et je ne les ai pas crus. Personne ne vainc la peste. La peste est une sentence de mort. Et Reznik, le sergent instructeur penché au-dessus de lui, vociférant à tout-va, et Zombie, dans sa combinaison bleue trop grande, se propulsant au-delà de l'instant où un mouvement de plus est impossible. Pourquoi ai-je été surprise quand il m'a enjoint de lui tirer dessus afin de pouvoir tenir sa promesse intenable envers Nugget ? Quand vous avez regardé la mort dans les yeux et que la mort a cillé la première, rien ne semble impossible. Pas même de lire dans l'esprit des autres.

— Je sais à quoi tu penses, s'amuse Ben.

— Non, tu ne sais pas.

— Tu te demandes si tu dois m'embrasser pour me dire au revoir.

— Pourquoi tu fais ça ? Pourquoi est-ce que tu flirtes avec moi ?

Il hausse les épaules, un petit sourire de travers aux lèvres, toujours appuyé contre le comptoir.

— Parce que c'est normal. La normalité ne te manque pas ?

Ses yeux sont rivés aux miens, sans cesse à la recherche de quelque chose, mais je ne sais jamais de quoi.

— Tu sais, poursuit-il, les sorties en bagnole, les films du samedi soir, les barres glacées au chocolat, vérifier ton compte Twitter...

Je secoue la tête.

— Je n'avais pas de compte Twitter.

— Ta page Facebook, alors.

Je commence à en avoir ras le bol. Parfois, j'ai du mal à imaginer comment Zombie a réussi à s'en sortir. Se languir de ce que nous avons perdu est aussi inutile que d'espérer ce qu'on ne pourra jamais avoir. Ce ne sont que deux impasses qui mènent au désespoir.

— Ce n'est pas important, je rétorque. Rien de tout cela n'a plus d'importance.

Zombie a un rire profond qui jaillit comme l'air surchauffé d'un printemps ensoleillé, et toute trace d'agacement en moi s'évanouit. Je sais qu'il me fait du charme, et malgré moi, ça me fait un certain effet. Voilà une autre raison pour laquelle Zombie est un peu perturbant.

— C'est drôle à quel point nous pensions que tout l'était, insiste-t-il. Tu sais ce qui compte vraiment ?

Il attend ma réponse. Comme j'ai l'impression qu'il va me vanner, je ne dis rien.

— La cloche de récré.

Je sais qu'il s'amuse à me manipuler, mais je suis incapable de le stopper.

— La cloche de récré ?

— Le son le plus ordinaire du monde. Une fois que tout sera fini, il y aura de nouveau des cloches de récré.

Il me met les points sur les « i », comme s'il avait peur que je ne comprenne pas.

— Réfléchis ! Quand la cloche recommencera à sonner, tout sera redevenu normal. Les enfants se précipiteront en classe, s'installeront d'un air ennuyé, attendant la cloche qui annonce la fin des cours, songeant à ce qu'ils feront ce soir, ce week-end, ou dans les cinq années à venir. Comme nous, ils auront droit à des cours sur les désastres naturels, les maladies et les guerres mondiales. Du genre : « Quand les extraterrestres sont arrivés, sept milliards d'humains sont décédés », puis la cloche sonnera, et tout le monde filera pour aller déjeuner et se plaindre des patates sautées pâteuses. Et là, ils sortiront des trucs comme : « Waouh ! Sept milliards, ça fait du monde. C'est triste. Au fait, tu vas manger toutes ces patates ? » Ça, c'est normal. C'est ce qui compte.

Donc, ce n'était pas une plaisanterie.

— Des patates sautées pâteuses ?

— OK, d'accord. Rien de tout cela n'a de sens. Je ne suis qu'un crétin.

Il sourit. Au milieu de sa barbe sale, ses dents paraissent très blanches, et maintenant, parce qu'il l'a suggéré, je pense à l'embrasser et je me demande si les poils au-dessus de sa lèvre supérieure me chatouilleront.

Je repousse cette pensée. Les promesses n'ont pas de prix, et un baiser est une esquisse de promesse.

2

LA LUMIÈRE DES ÉTOILES PERCE L'OBSCURITÉ, baignant l'autoroute d'un blanc nacré. L'herbe sèche brille ; les arbres nus chatoient. Mis à part le vent qui souffle dans ce paysage désolé, le monde baigne dans un calme hivernal.

Je m'accroupis à côté d'un SUV en rade, histoire de jeter un dernier regard à l'hôtel. Un banal bâtiment rectangle blanc à deux étages au milieu d'un groupe d'autres rectangles blancs. À seulement six kilomètres de cet immense trou qu'est devenu Camp Haven, et que nous avons baptisé hôtel Walker en l'honneur de l'architecte de ce cratère gigantesque. Sullivan nous a dit que cet hôtel était son point de rendez-vous avec Evan. Moi, je le trouvais trop près de la scène du crime, trop difficile à défendre, et, de toute façon, Evan Walker était mort : il faut être deux pour se rendre à un rendez-vous, comme je l'ai rappelé à Zombie. Il a rejeté ma remarque. Si Walker était vraiment l'un d'entre eux, il devait avoir trouvé un moyen de survivre.

— Comment ? j'ai demandé.

— Il y avait des capsules de sauvetage, a expliqué Sullivan.

— Et alors ?

Elle a froncé les sourcils et pris une profonde inspiration.

— Alors… Il a pu se sauver dans l'une d'entre elles.

Je l'ai regardée. Elle m'a retourné mon regard. Aucune d'entre nous n'a parlé. Puis Zombie a rétorqué :

— Écoute, Ringer, il faut bien qu'on se réfugie quelque part.

À ce moment-là, il n'avait pas encore trouvé les brochures des grottes.

— De plus, nous devons lui accorder le bénéfice du doute.

— Le bénéfice de quel doute ? j'ai demandé.

— Qu'il est ce qu'il dit.

Zombie a regardé Sullivan, qui me fixait toujours.

— Qu'il tiendra sa promesse !

— Il a promis de me retrouver, a-t-elle lancé avec défi.

— J'ai vu un avion-cargo, mais pas de capsules de sauvetage…, j'ai fait remarquer.

Sous ses taches de rousseur, Sullivan a rougi.

— Ce n'est pas parce que tu n'en as pas vu…

Je me suis tournée vers Zombie.

— Ça n'a aucun sens. Un être qui a des milliers d'années d'avance sur nous s'en prend à son propre clan – pour quelle raison ?

— Je ne suis pas au courant du « pourquoi ? » a répliqué Zombie, un léger sourire aux lèvres.

— Toute cette histoire est bizarre, j'ai ajouté. Une pure conscience occupant un corps humain – s'ils n'ont pas besoin de corps, ils n'ont pas besoin d'une planète.

— Peut-être qu'ils ont besoin de notre planète pour autre chose.

Zombie essayait vraiment de trouver une réponse.

— Pour quoi faire ? Élever du bétail ? Comme destination de vacances ?

Quelque chose d'autre me tracassait, une petite voix tenace qui me disait qu'un truc sonnait faux. Quelque chose clochait. Mais j'étais incapable de comprendre quoi. Chaque fois que je tentais de me concentrer sur le sujet, mes pensées s'enfuyaient.

— On n'a pas vraiment eu le temps de s'attarder sur tous les détails, a lâché Sullivan. J'étais plutôt occupée à sauver mon petit frère d'un camp de la mort, tu vois.

J'ai laissé tomber. La tête de Sullivan donnait l'impression d'être sur le point d'exploser.

Je regarde une dernière fois en arrière, et je distingue cette même tête qui se dessine sur une fenêtre du second étage de l'hôtel. Ça, c'est mauvais, très, très mauvais : Sullivan est une cible facile pour un sniper. Le prochain Silencieux qu'elle rencontrera ne sera peut-être pas aussi amoureux que le premier.

Je plonge dans la mince rangée d'arbres qui borde la route. Raidis par le gel, les débris automnaux craquent sous mes bottes. Des feuilles sèches recroquevillées comme des poings, des ordures et des os humains éparpillés par les charognards. Le vent froid transporte une légère odeur de fumée. Le monde va brûler pendant des centaines d'années.

Le feu consumera les objets que nous avons fabriqués en bois, en plastique, en caoutchouc et en tissu, puis l'eau, le vent et le temps transformeront les pierres et l'acier en poussière. C'est si déroutant de penser que nous avons créé des villes qui ont été cramées par les bombes extraterrestres et les rayons de la mort, alors que nos ennemis avaient seulement besoin de Mère Nature et de temps.

Et de corps humains, si on en croit Sullivan, bien que, toujours selon elle, ils n'aient pas besoin de corps.

Il y a un truc discordant, là. Une existence virtuelle n'a que faire d'une planète physique. Mais Sullivan n'écoute pas, et Zombie se comporte comme si ça n'avait pas d'importance. Selon lui, pour faire court, ce qui intéresse les Autres, c'est que nous soyons tous morts. Le reste n'est que de la déco.

Peut-être. Mais je ne crois pas.

À cause des rats.

J'ai oublié de parler des rats à Zombie.

3

À L'AUBE, J'ATTEINS LA BANLIEUE D'URBANA. À mi-chemin de ma destination finale, comme prévu.

Des nuages sont arrivés par le nord ; le soleil perce en dessous, les baignant d'une teinte rougeoyante. Je me planque parmi les arbres jusqu'à la tombée de la nuit, puis je traverse les vastes étendues vers l'ouest de la ville, priant pour que la couverture nuageuse stagne un bon moment, au moins jusqu'à ce que j'aie rejoint l'autoroute, de l'autre côté. Contourner Urbana ajoute quelques kilomètres à mon itinéraire, mais c'est trop risqué de se frayer un chemin à travers une ville pendant la journée ; et de nuit, c'est pire.

Et tout n'est qu'une question de risque.

Une brume s'élève du sol gelé. Le froid – vif – glace mes joues et me brûle la poitrine à chaque respiration. Je sens le désir ardent du feu profondément incrusté dans mes gènes. Apprivoiser le feu a été notre première grande avancée : le feu nous a protégés, réchauffés, a fait évoluer nos cerveaux en changeant notre mode d'alimentation passé d'un régime de noix et de baies à une nourriture carnée riche en protéines. Aujourd'hui, le feu est une arme supplémentaire dans l'arsenal de nos adversaires. Alors qu'un hiver plus froid s'installe, nous sommes coincés entre deux risques inacceptables : nous geler à mort ou révéler notre position à l'ennemi.

Assise le dos contre un arbre, je sors la brochure de ma poche. Les grottes les plus pittoresques de l'Ohio ! Zombie a raison. Si nous ne trouvons pas un nouveau refuge, nous ne pourrons survivre jusqu'au printemps, et ces grottes sont notre meilleure possibilité – voire la seule. Peut-être qu'elles ont été envahies ou détruites par l'ennemi. Ou qu'elles sont occupées par des survivants qui tireront à vue sur des inconnus. Mais chaque jour supplémentaire où nous restons à l'hôtel multiplie nos risques par dix. Si l'idée d'utiliser ces grottes comme prévu ne fonctionne pas, nous n'avons pas d'alternative. Aucun endroit où nous enfuir, où nous cacher, et l'idée de combattre est ridicule. L'horloge ralentit. Quand je l'ai fait remarquer à Zombie, il m'a répondu que je réfléchissais trop. Il souriait. Puis il a cessé de sourire et a ajouté : « Ne les laisse pas pénétrer ton esprit. » Comme si on était au beau milieu d'un match de football et que j'aie besoin d'un discours de motivation à la mi-temps. *Ignore ce score nul de cinquante-six à zéro. Joue pour l'honneur !* Dans des moments comme ça, j'ai vraiment envie de le frapper. Évidemment, un tel geste n'arrangerait pas la situation, mais ça m'aiderait à me sentir mieux.

Le vent tombe. Un étrange silence règne dans l'air – le calme avant la tempête. S'il neige, nous serons prisonniers. Moi dans ces bois. Zombie à l'hôtel. Je suis encore à une bonne dizaine de kilomètres des grottes – dois-je prendre le risque de traverser à découvert les vastes étendues, de jour, ou espérer qu'il n'y ait pas de neige au moins jusqu'à la tombée de la nuit ? Toujours le même problème. Les risques. Il n'est plus question que de cela. Pas seulement les nôtres. Les leurs, aussi. S'implanter dans des corps humains, établir leurs camps de la mort, entraîner des enfants à terminer le génocide, c'est un risque fou, et stupide. Comme Evan Walker, discordant, illogique, et vraiment étrange. Les premières attaques ont été brutales d'efficacité, éliminant quatre-vingt-dix pour cent d'entre nous, et la 4ᵉ Vague était redoutable : il est plutôt difficile d'organiser une rébellion quand on ne peut faire confiance à personne. Cependant, après cela, leur brillante stratégie a commencé à s'effilocher. Dix mille ans pour fomenter l'éradication des humains de la Terre et c'est tout ce qu'ils ont trouvé ? C'est la question que je ne cesse de retourner dans ma tête depuis l'épisode Teacup et la nuit des rats.

Un peu plus profondément dans les bois, derrière moi, sur ma gauche, un léger gémissement tranche le silence. Je reconnais aussitôt ce son ; je l'ai entendu un bon millier de fois depuis leur arrivée. Les premiers jours, il était presque omniprésent, quasiment toujours en arrière-plan, comme le bruit de la circulation sur l'autoroute encombrée : la plainte d'un humain qui souffre.

Je sors la lentille oculaire de mon sac à dos et l'ajuste tranquillement sur mon œil gauche. En prenant mon temps. Sans paniquer. La panique grise les neurones. Je me redresse, vérifie la culasse de mon fusil, et me faufile à travers les arbres en direction du son, scrutant le terrain à la recherche de la lueur verte révélatrice d'un « infesté ». Le brouillard enveloppe les arbres ; le monde est drapé dans un linceul blanc. Mes pas résonnent sur le sol gelé. Ma respiration fait un bruit d'enfer.

Le délicat rideau blanc s'écarte, et à une vingtaine de mètres je vois une silhouette effondrée contre un arbre, tête renversée en arrière, mains plaquées sur les genoux. La tête ne s'allume pas en vert dans ma lentille oculaire, ce qui signifie que ce n'est pas un civil, mais un élément de la 5e Vague. Je braque mon fusil sur son crâne.

— Mains en l'air ! Je veux voir tes mains !

Il est bouche bée. Ses yeux vides fixent le ciel gris à travers les branches brillantes de glace. Je m'approche. Un fusil identique au mien est posé sur le sol à côté de lui. Il ne tend même pas la main pour s'en emparer.

— Où est le reste de ton escouade ? je demande.

Il ne répond pas.

Je baisse mon arme. Je ne suis qu'une idiote. Avec ce froid, je devrais voir son souffle, or je ne vois rien. Le gémissement que j'ai perçu a dû être son dernier. Lentement, je pivote sur moi-même, retenant ma respiration, mais à part les arbres et le brouillard, je ne vois rien. Je n'entends rien non plus, sauf le flux de mon sang qui cogne à mes oreilles. J'enjambe le corps, me forçant à ne pas me précipiter, à tout observer. Ne pas paniquer. La panique tue.

Même arme que la mienne. Même treillis. Sa lentille oculaire est par terre, à côté de lui. OK. Il fait partie de la 5e Vague.

J'observe son visage. Il a un air vaguement familier. À mon avis, il doit avoir douze ou treize ans, à peu près comme Dumbo. Je m'agenouille à côté de lui et pose mes doigts sur sa nuque. Pas de pouls. J'ouvre sa veste et écarte sa chemise trempée de sang pour scruter sa blessure. Il a été touché au ventre par un tir unique de haut calibre. Un tir que je n'ai pas entendu. Soit il est allongé ici depuis un bon moment, soit son assassin utilise un silencieux.

Un Silencieux.

D'après Sullivan, Evan Walker est venu à bout de toute une escouade à lui seul, de nuit, alors qu'il était blessé et surpassé en nombre ; une sorte d'échauffement à son exploit solitaire de faire exploser entièrement une base militaire. Sur le moment, j'ai trouvé l'histoire de Cassie difficile à croire.

À présent, il y a un soldat mort écroulé à mes pieds. Sa brigade a disparu. Et me voilà seule dans les bois avec le silence et le brouillard comme uniques compagnons.

Ça ne me paraît plus autant tiré par les cheveux, maintenant.

Réfléchir vite. Ne pas paniquer. Comme aux échecs. Soupeser les chances. Mesurer les risques.

J'ai deux options. Rester planquée jusqu'à ce que quelque chose apparaisse ou que la nuit tombe. Ou sortir de ces bois, très vite. Celui qui l'a tué peut aussi bien se trouver à des kilomètres d'ici que caché tout près derrière un arbre, attendant le bon angle de tir.

Les questions se multiplient. Où est son escouade ? Ses compagnons d'armes sont-ils tous morts ? À la poursuite de son assassin ? Et si jamais la personne qui l'a tué était une des recrues qui s'est transformée en Dorothée[1] ? Que se passera-t-il quand les renforts arriveront ? Je sors mon couteau. Cinq minutes se sont écoulées depuis que j'ai trouvé ce gamin. Si quelqu'un savait que j'étais ici, je serais déjà morte. Je vais attendre jusqu'à la nuit, mais

---

1. Voir tome 1. (*N.d.T.*)

je dois me préparer à la possibilité qu'un autre enrôlé de la 5ᵉ Vague se dirige vers moi. J'appuie sur sa nuque jusqu'à trouver le petit renflement sous la cicatrice. Reste calme. C'est comme aux échecs. Mouvements et mouvements contraires.

Je tranche lentement le long de la cicatrice et retire la puce avec la pointe de mon couteau sur laquelle elle reste collée dans une goutte de sang.

Pour que nous sachions toujours où vous êtes. Pour vous protéger.

Le risque. Le risque de s'allumer dans une lentille oculaire. Ou le risque que l'ennemi me fasse griller le cerveau en appuyant sur un bouton.

La puce dans son lit de sang. L'angoissante immobilité des branches, le froid mordant et le brouillard qui s'enroule autour des branches comme des doigts s'entrelaçant. Et la voix de Zombie qui résonne à mon esprit : *Tu réfléchis trop.*

J'enfonce la pastille entre ma joue et ma gencive. Idiote. J'aurais dû l'essuyer d'abord : j'ai dans la bouche le goût du sang du gamin.

4

Je ne suis pas seule.

Je ne peux ni le voir ni l'entendre, mais je le sens. Chaque centimètre carré de ma peau fourmille de la sensation d'être observée. Une sensation malheu-reusement familière, maintenant, présente depuis le tout début. Le vaisseau en orbite au-dessus de nos têtes durant les dix premiers jours avait déjà causé des fêlures dans l'édifice humain. C'était comme une sorte de peste virale différente, entraînant le doute, la peur, la panique. Des autoroutes obstruées, des aéroports déserts, des urgences médicales dépassées, les gouverne-ments enfermés dans leurs quartiers de haute sécurité, des stocks de nourriture et de gaz, des lois martiales en certains endroits, une absence de loi dans d'autres. Le lion accroupi dans l'herbe haute. La gazelle qui hume l'air. L'horrible calme avant l'attaque. Pour la première fois depuis des millénaires, nous étions de nouveau des proies.

Les arbres sont bondés de corbeaux. Des têtes d'un noir luisant, des yeux sombres et vides, leurs silhouettes courbées m'évoquent de vieux hommes assis sur les bancs du parc. Ces corbeaux, il y en a des centaines perchés dans les arbres ou sautillant sur le sol. Je contemple le corps à côté de moi, ses yeux aussi vides que ceux des volatiles. Je sais pourquoi ces oiseaux sont là. Ils ont faim.

Je suis affamée, moi aussi, alors je sors de mon sac un morceau de viande de bœuf séché, et quelques bon-bons gélatineux en forme d'oursons, dont la date limite de consommation est à peine expirée. Manger repré-sente également un risque, car je dois enlever la puce de ma bouche, mais je dois rester alerte, et pour cela, j'ai besoin de carburant. Les corbeaux m'observent, penchant la tête comme pour écouter le bruit de ma mastication. *Espèces de goinfres ! Comment pouvez-vous être affamés ?* Les attaques ont fourni des millions de tonnes de chair. Au plus fort de la peste, d'immenses volées d'oiseaux assombrissaient le ciel, leurs ombres envahissant les paysages. Les corbeaux et les charognards ont bouclé la boucle de la 3ᵉ Vague. Ils se sont nourris de corps infestés, puis ils ont répandu le virus dans de nouvelles aires.

Je pourrais me tromper : nous sommes peut-être seuls, moi et ce gamin mort. Plus les secondes s'égrènent, plus je me sens en sécurité. Si quelqu'un m'observe, je ne vois qu'une raison pour laquelle il ne m'a pas encore tiré dessus : il attend de voir si d'autres crétins d'enfants jouant aux soldats se montrent.

Je termine mon petit déjeuner et remets la puce dans ma bouche. Les minutes se traînent. Une des choses les plus perturbantes durant l'invasion – à part voir tous ceux que vous connaissiez et aimiez mourir dans d'atroces souffrances –, c'était la façon dont le temps ralentissait et dont les événements, eux, se précipitaient. Dix millions d'années pour construire une civilisation, dix mois pour l'anéantir, et chaque jour paraît dix fois plus long que la veille, et les nuits durent dix fois plus longtemps que les jours. La seule chose plus insoutenable que l'ennui de ces heures était la terreur de savoir que chaque minute pouvait être la dernière.

Milieu de matinée : le brouillard se lève et la neige commence à tomber en flocons plus petits que les yeux des corbeaux. Il n'y a pas un souffle de vent. Les bois sont drapés d'une lueur blanche, brillante, comme irréelle. Si les flocons restent aussi légers, c'est bon pour moi jusqu'à la nuit. Enfin, si je ne m'endors pas. Je n'ai pas dormi depuis plus de vingt heures, et là je me sens bien, à l'aise, et un peu déphasée.

Dans ce calme teinté d'un blanc arachnéen, ma paranoïa s'accroît soudain. Ma tête est au beau milieu de sa ligne de mire. Il est perché haut dans les arbres ; il est allongé immobile comme un lion dans le bush. Je suis une énigme pour lui. Je devrais paniquer. Alors, il retient son tir, attendant de voir comment la situation va se développer. Il doit bien y avoir une raison pour que je sois plantée là à côté d'un cadavre.

Mais je ne panique pas. Je ne déguerpis pas comme une gazelle effrayée. Je suis bien plus que la somme de mes peurs.

Ce n'est pas la peur qui les vaincra. Ni la peur, ni la foi, l'espoir ou même l'amour, mais la rage. « Allez vous faire foutre ! » a hurlé Sullivan à Vosch. C'est la seule part de son histoire qui m'a impressionnée. Elle n'a pas pleuré. Elle n'a pas prié. Elle n'a pas supplié. Elle pensait que tout était terminé, mais quand tout est terminé, que l'horloge est arrivée à la dernière seconde, le temps de pleurer, prier ou supplier est passé.

— Va te faire foutre ! je chuchote.

Prononcer ces paroles m'aide à me sentir mieux. Je les répète, plus fort. Ma voix les emporte dans l'air hivernal.

Un bruissement d'ailes noires plus haut dans les arbres à ma droite, le croassement vif des corbeaux, et dans ma lentille oculaire une petite lueur verte qui scintille à travers le brun et le blanc du paysage.

Je t'ai trouvé.

Le coup sera difficile. Difficile, mais pas impossible. Je n'avais jamais tenu d'arme à feu entre mes mains, jusqu'au jour où l'ennemi m'a découverte planquée sur une aire de repos à la sortie de Cincinnati, emmenée dans son camp avant de me donner un fusil. À ce moment-là, le sergent instructeur a demandé d'une voix de stentor si le commandant avait placé un joker dans son unité. Six mois plus tard, j'ai tiré une balle dans le cœur de cet homme.

J'ai un don.

La petite lueur verte s'approche. Peut-être a-t-il compris que je l'avais repéré. Peu importe. Je caresse le métal lisse de la gâchette et observe la tache de lumière s'étendre à travers ma lentille. Sans doute pense-t-il être hors de portée, ou que sa position lui offre un meilleur angle de tir.

Peu importe.

Ce n'est peut-être pas l'un des potes assassins du Silencieux de Sullivan, mais juste un pauvre survivant qui espère des secours.

Peu importe. Aujourd'hui, une seule chose compte.

Le risque.

5

À L'HÔTEL, SULLIVAN M'A RACONTÉ qu'elle avait tué un soldat affalé à côté d'une armoire réfrigérée, et elle m'a expliqué à quel point elle s'était sentie mal après.

— Ce n'était pas une arme qu'il avait entre les mains, a-t-elle tenté d'expliquer, mais un crucifix.

— Quelle importance ? j'ai demandé, ça aurait aussi bien pu être une poupée de chiffon ou un sachet de bonbons. Quel choix avais-tu ?

— Aucun, à mon avis.

J'avais secoué la tête.

— Parfois, tu te trouves au mauvais endroit au mauvais moment, et ce qui se passe n'est la faute de personne. Tu veux juste te sentir mal pour te sentir mieux.

Sous ses taches de rousseur, elle avait rougi de colère.

— Me sentir mal pour me sentir mieux ? Ça n'a aucun putain de sens, ce que tu dis !

— J'ai tué un mec innocent, mais regardez à quel point je me sens coupable ! j'ai expliqué. Ça ne sert à rien. Le mec est toujours mort.

Elle m'avait fixée un long moment.

— OK. Je comprends pourquoi Vosch te voulait dans son équipe.

La lueur verte de sa tête avance vers moi, ondulant parmi les arbres, et maintenant je peux voir l'éclat du canon d'un fusil à travers la neige qui continue à tomber mollement. Je suis sûre qu'il ne s'agit pas d'un crucifix.

J'agrippe mon arme, penchant la tête contre l'arbre comme si je somnolais ou contemplais les flocons voltiger à travers les branches nues, lionne immobile dans l'herbe haute.

Distance : cinquante mètres. La vitesse initiale d'un M16 est de neuf cent quarante-cinq mètres par seconde. Ce qui signifie qu'il lui reste à peine un quart de seconde à vivre.

J'espère qu'il l'utilisera à bon escient.

J'effectue un arc de cercle avec mon fusil d'assaut, carre mes épaules et libère la balle qui complète le cercle.

Le tapage des corbeaux monte en flèche à travers les arbres, véritable émeute d'ailes sombres et de croassements de réprimande. La lueur verte diminue.

J'attends. Mieux vaut patienter et voir ce qui va se passer. Cinq minutes. Dix. Aucun mouvement. Aucun son. Rien à part le silence assourdissant de la neige. Sans la compagnie des corbeaux, les bois semblent très vides. Le dos plaqué contre l'arbre, je me redresse et reste immobile encore quelques minutes. À présent, je perçois de nouveau la lueur verte, à terre, statique. J'enjambe le cadavre de la recrue.

Des feuilles gelées craquent sous mes bottes. Chacun de mes pas mesure le temps qui s'écoule. À mi-chemin du corps, je me rends compte de ce que j'ai fait.

Roulée en boule, Teacup est allongée à côté du tronc d'un arbre mort, son visage camouflé par les feuilles sèches.

À côté d'une rangée d'armoires réfrigérées, un homme mourant tient un crucifix ensanglanté sur sa poitrine.

Sa meurtrière n'a pas eu le choix. Ils ne lui ont pas laissé le choix. À cause du risque. Envers elle. Envers eux.

Je m'agenouille à côté de Teacup. Ses yeux sont emplis de douleur. Dans la lumière grise qui nous entoure, elle tend vers moi ses mains dégoulinantes de sang.

— Teacup, je chuchote. Teacup, qu'est-ce que tu fabriques ici ? Où est Zombie ?

Je scrute les bois, mais je ne vois ni n'entends rien, ni personne. Sa poitrine se soulève, une écume rouge sombre déborde de ses lèvres. Elle suffoque. Avec douceur, je dégage son visage du sol pour lui nettoyer la bouche.

Elle a dû m'entendre jurer. C'est comme ça qu'elle m'a trouvée, à cause de ma propre voix. Teacup hurle. Son cri brise le silence, rebondit et ricoche à travers les arbres. C'est inacceptable. Je plaque fort ma main sur ses lèvres rougies de sang et la presse de se taire. J'ignore qui a tué le gamin que j'ai découvert, mais son meurtrier ne peut pas être bien loin. Si mon coup de fusil ne l'a pas incité à revenir sur ses pas pour voir ce qui se passe, il risque fort de revenir à cause des hurlements de Teacup.

Bordel, ferme-la ! Ferme-la. Putain, mais qu'est-ce que tu fais ici à me suivre comme ça, espèce de petite conne ? Idiote. Idiote, idiote, idiote !

Ses dents griffent frénétiquement ma paume. Ses petits doigts cherchent mon visage. Mes joues sont peinturlurées de son sang. De ma main libre, j'ouvre sa veste. Il faut que j'appuie sur sa blessure, sinon Teacup va se vider de son sang.

J'attrape le col de sa chemise et le déchire, dénudant son torse. Je fais une boule du tissu restant et la presse juste sous sa cage thoracique, contre le petit trou qui dégorge de sang. Teacup s'agite. Elle a un sanglot étranglé.

— Qu'est-ce que je t'ai déjà dit, soldat ? je chuchote. Quelle est notre priorité ?

Ses lèvres glissent sur ma paume. Aucun mot ne sort de sa bouche.

— Pas de pensées négatives, je lui rappelle. Pas de pensées négatives. Pas de pensées négatives. Parce que les pensées négatives nous affaiblissent. Elles nous affaiblissent. Faiblesse. Faiblesse. Pas question de nous montrer faibles. C'est impossible. Qu'est-ce qui se passe si nous nous affaiblissons ?

La forêt regorge d'ombres menaçantes. Loin dans les bois, j'entends soudain un craquement sec. Le bruit d'une botte qui écrase le sol gelé ? Ou bien une branche lourde de neige qui se brise ? Nous pourrions être encerclées d'une centaine d'ennemis. Ou d'aucun. Je pèse nos options. Nous n'en avons pas beaucoup. Et elles sont toutes aussi merdiques les unes que les autres.

Première option : nous restons. Le problème : rester pour quoi ? L'unité de la recrue décédée n'est pas revenue. Qui que ce soit, l'assassin du gamin non plus. Et Teacup n'a aucune chance de survivre sans soins médicaux. Elle n'a plus que des minutes, pas des heures.

Seconde option : nous fuyons. Le problème : où ? À l'hôtel ? Teacup se sera vidée de son sang avant que nous l'ayons atteint. De plus, qui sait si elle n'a pas quitté notre refuge pour une bonne raison ? Les grottes ?

Je ne peux pas prendre le risque de nous faire traverser Urbana, ce qui signifierait avancer à découvert durant des kilomètres et ajouter de longues heures à un trajet qui doit se terminer en un endroit qui n'est peut-être guère plus sûr, de toute façon.

Il y a une troisième option. Celle à laquelle je refuse de penser, mais la seule qui ait un sens. La neige tombe plus fort, l'obscurité se fait plus dense. D'une main, je soutiens le visage de Teacup, tandis que de l'autre j'appuie sur sa blessure, mais je sais que c'est sans espoir. Ma balle a traversé ses intestins, la lésion est catastrophique.

Teacup va mourir.

Je devrais la laisser. Maintenant.

Mais je n'en fais rien. Je ne peux pas. Comme je l'ai expliqué à Zombie la nuit où Camp Haven a explosé, à l'instant où nous décidons qu'une personne ne compte pas, ils ont gagné, et aujourd'hui mes paroles sont la chaîne qui me lie à elle.

Dans le calme mortel des bois enneigés, je prends Teacup entre mes bras.

6

J'INSTALLE DÉLICATEMENT TEACUP SUR LE SOL. Vidé de toute couleur, son visage est quasiment aussi pâle que la neige. Sa bouche est grande ouverte, ses paupières palpitent. Elle a sombré dans l'inconscience. Je ne pense pas qu'elle se réveillera.

Mes mains tremblent, je m'efforce de rester calme. J'en veux à mort à Teacup, à moi, aux sept milliards d'impossibles dilemmes causés par leur arrivée, aux mensonges et aux incohérences exaspérantes, et à toutes ces promesses secrètes, stupides, ridicules et sans espoir qui ont été brisées à cause d'eux.

Ne faiblis pas. Pense à ce qui compte, ici, maintenant. Tu es douée pour ça.

Je choisis d'attendre. Ça ne peut pas durer bien longtemps. Peut-être qu'une fois Teacup morte, ma faiblesse disparaîtra et je serai de nouveau capable de réfléchir correctement. Chaque minute sans problème signifie que j'ai encore du temps.

Mais le monde est une horloge qui ralentit et les minutes sans problème n'existent plus.

Une seconde après que j'ai décidé de rester avec Teacup, le vrombissement percutant de plusieurs rotors brise le silence. Des hélicoptères. Déterminer les priorités : mis à part le tir, c'est ce pour quoi je suis le plus douée.

Pas question de les laisser s'emparer de Teacup vivante.

S'ils l'emmènent, ils seraient capables de la sauver. Et s'ils la sauvent, ils lui infligeront de nouveau Wonderland. Il y a encore une infime chance que Zombie soit toujours en sécurité à l'hôtel. Une chance que Teacup n'ait pas cherché à fuir quoi que ce soit – ou qui que ce soit –, mais qu'elle se soit juste échappée furtivement pour me retrouver. Si nous tentons de retourner à notre tanière, tout le monde sera foutu.

Je sors mon arme de poing de son étui.

La minute à laquelle nous décidons… J'aimerais avoir une minute. J'aimerais même avoir trente secondes.

Trente secondes… une vie entière. Une minute… ce serait l'éternité.

Je pointe mon arme en direction de la tête de Teacup, puis lève le menton vers le ciel. Des flocons de neige se posent sur ma peau, vacillent un instant sur mon visage avant de fondre.

Sullivan a eu son soldat au crucifix, à mon tour d'avoir le mien.

Non. Moi, je suis le soldat. Teacup est la Croix.

7

JE LE SENS ALORS, celui qui se tient loin parmi les arbres, immobile, m'espionnant. Je regarde, et là je le vois : une silhouette humaine qui se découpe, claire au milieu des troncs sombres. Pendant un instant, aucun de nous ne bouge. Sans comprendre comment, je sais que c'est lui qui a tué le gamin et les autres membres de son unité. Et je sais aussi que ce tireur ne peut pas être une recrue. Sa tête ne s'allume pas dans ma lentille oculaire.

La neige tournoie, le froid m'étreint. Je cille, et l'ombre a disparu. S'il y en a jamais eu une.

J'ai du mal à serrer mon arme. Il y a trop de variables. Trop de risques. Je tremble sans pouvoir me contrôler.

Ont-ils finalement réussi à me briser ? Après avoir survécu au tsunami qui a détruit ma maison, à la peste qui a emporté ma famille, au camp de la mort qui a anéanti mon espoir, à la gamine innocente frappée par ma balle, je suis en phase terminale, fichue, achevée. La question n'a jamais été *si*, mais *quand*.

L'hélicoptère descend sur nous. Je dois terminer ce que j'ai commencé avec Teacup, sinon je me retrouverai moi aussi à terre, allongée à côté d'elle.

Au bout de mon canon, j'observe à mes pieds son petit visage pâle, angélique, ma victime, ma croix.

Et face au bruit du Black Hawk qui approche, mes pensées sont aussi faibles que le cri minuscule d'un rongeur agonisant.

C'est comme les rats, n'est-ce pas, Teacup ? Juste comme les rats.

8

LE VIEIL HÔTEL GROUILLAIT DE VERMINE. Le froid avait tué les cafards, mais les autres insectes avaient survécu, notamment les punaises de lit et les scarabées. Et ces insectes avaient faim. En l'espace d'un jour, nous étions couverts de piqûres. Le sous-sol, là où les cadavres avaient été déposés durant la peste, appartenait aux mouches. Quand nous nous sommes installés, la plupart des mouches étaient mortes, elles aussi. Il y en avait tant que leurs corps noirs craquaient sous nos bottes quand nous sommes descendus au sous-sol, le premier jour. Ce fut également la dernière fois que nous nous y sommes rendus.

Le bâtiment entier empestait la pourriture. J'ai dit à Zombie qu'ouvrir les fenêtres aiderait à dissiper cette puanteur et que le froid tuerait une bonne partie des insectes. Il a rétorqué qu'il préférait se faire piquer et avoir des haut-le-cœur plutôt que de se geler à mort. Tout cela un sourire aux lèvres, histoire de m'inonder de son irrésistible charme. *Détends-toi, Ringer. Ce n'est qu'un jour de plus dans l'enfer des aliens.* Les insectes et la puanteur ne dérangeaient pas Teacup, mais les rats la rendaient folle. Ils avaient mastiqué les murs pour s'y frayer un chemin, et la nuit, leurs rongements et leurs grattements la tenaient éveillée (et moi aussi, par la même occasion). Elle ne cessait de remuer, de se tourner et se retourner dans le lit, de geindre, de râler, de les insulter, et, d'une façon générale, d'être complètement obsédée par ces bestioles. Du coup, toutes nos discussions se terminaient mal. En une vaine tentative pour la distraire, j'avais commencé à lui apprendre à jouer aux échecs, utilisant une serviette à damier, et des pièces de monnaie en guise de pions.

— Les échecs sont un jeu stupide pour les gens stupides, avait-elle déclaré.

— Non, c'est très démocratique, avais-je répondu. Les gens intelligents y jouent aussi.

Teacup avait levé les yeux au ciel.

— Si tu veux jouer, c'est juste pour me battre.

— Non, c'est parce que ça me manque.

Elle en était restée bouche bée.

— C'est ça qui te manque ?

J'avais positionné les pions sur la serviette.

— Ne décide pas ce que tu ressens avant d'avoir essayé.

J'avais à peu près son âge quand j'ai commencé à jouer aux échecs. Le magnifique plateau en bois sur une table dans le bureau de mon père. Les pièces en ivoire brillant. Le roi austère. La reine hautaine. Le chevalier noble. Le fou pieux. Et le jeu en lui-même, la façon dont chaque pièce apportait son pouvoir individuel à l'ensemble. C'était simple. C'était complexe. C'était à la fois brutal et élégant. C'était une danse, une guerre. C'était un univers limité et éternel. C'était la vie.

— La monnaie nous servira de pions, avais-je dit à Teacup. Cinq centimes pour les tours, dix centimes pour les chevaliers et les fous, vingt-cinq centimes pour les rois et les reines.

Elle avait secoué la tête. À ses yeux, je n'étais qu'une idiote.

— Comment les pièces peuvent-elles représenter des pions différents ?

— Pile : chevaliers et rois. Face : fous et reines.

La fraîcheur de l'ivoire. La façon dont les pièces couvertes de feutre glissent sur le bois poli, comme un doux grondement avant le clash. Le visage de mon père, émacié et mal rasé, penché sur le jeu, ses yeux rougis, ses lèvres plissées en une moue. L'odeur doucereuse de l'alcool et ses doigts qui tambourinent sur le plateau.

« On l'appelle le sport des rois, Marika. Veux-tu apprendre à y jouer ? »

— C'est le sport des rois, avais-je annoncé à Teacup.

Elle avait croisé les bras sur sa poitrine.

— Eh bien, je ne suis pas un roi ! Moi, je préfère le jeu de dames.

— Dans ce cas, tu vas adorer les échecs. C'est comme le jeu de dames en mille fois mieux.

Mon père qui tape ses ongles mal limés sur le dessus de la table. Les rats qui grattent à l'intérieur des murs.

— Voilà comment on déplace le fou, Teacup.

« Voilà comment on déplace le roi, Marika. »

Elle avait glissé un chewing-gum dans sa bouche, le mâchant avec rage tandis que des petits morceaux de plâtre s'effritaient. Haleine mentholée. Haleine au whisky. *Scratch, scratch, tap, tap.*

— Essaie au moins une fois, l'avais-je suppliée. Tu vas adorer, je te promets.

Elle avait attrapé le coin de la serviette.

— Voilà ce que j'en pense, de ton putain de jeu.

Je l'avais vue venir, mais j'avais quand même tressailli quand elle avait tiré d'un coup sec sur la serviette, faisant voltiger le tout en l'air. Une pièce de cinq centimes lui avait atterri sur le front, mais elle n'avait même pas cillé.

Elle s'était mise à crier.

— Ha ! On dirait que, là, j'ai fait échec et mat, salope !

J'avais réagi sans réfléchir. Je l'avais giflée.

— Ne m'appelle jamais comme ça. Jamais !

Le froid avait rendu ma gifle encore plus douloureuse. J'avais vu la lèvre inférieure de Teacup tressaillir et les larmes lui étaient montées aux yeux, mais elle n'avait pas pleuré.

— Je te déteste ! avait-elle crié.

— Je m'en fiche.

— Non, je te déteste vraiment, Ringer. Oui, putain, je te déteste !

— Jurer ne te fera pas grandir, tu sais.

— Alors, je crois que je préfère rester petite. Merde, merde, merde ! Putain, putain, putain !

Elle avait effleuré sa joue un bref instant.

— Je n'ai pas à t'écouter. Tu n'es ni ma mère ni ma sœur ni personne pour moi !

— Alors, pourquoi tu es accrochée à moi comme une sangsue depuis que nous avons quitté le camp ?

À présent les larmes coulaient, une seule goutte, en fait, qui se frayait un chemin sur sa joue rougie. Teacup était si pâle, si mince, sa peau presque aussi translucide que les pions du jeu d'échecs de mon père. J'étais carrément surprise que ma gifle ne l'ait pas brisée en mille morceaux. J'ignorais que dire, ou comment retirer ce qui avait été dit, alors je n'avais pas prononcé un mot. Au lieu de cela, j'avais posé une main sur son genou. Elle l'avait repoussée aussitôt.

— Je veux récupérer mon arme, avait-elle dit.

— Pourquoi ?

— Pour te tuer.

— Si c'est pour ça, pas question que tu la récupères.

— Tu peux me la redonner pour que je dégomme tous les rats ?

J'avais soupiré.

— Nous n'avons pas assez de balles.

— Bon, on va les empoisonner.

— Avec quoi ?

Elle avait levé les mains devant elle en un geste d'ignorance.

— OK, alors on va mettre le feu à l'hôtel. et les cramer tous !

— C'est une super idée, mais nous aussi, nous vivons ici.

— Dans ce cas, ils gagneront contre nous. Un groupe de rats aura sa victoire contre des humains.

J'avais secoué la tête. Je ne la comprenais pas.

— Gagner ? Comment ?

Elle avait écarquillé les yeux d'incrédulité. Ringer, l'andouille !

— Écoute-les ! Ils sont en train de le manger, cet hôtel ! Bientôt, nous ne vivrons plus ici parce qu'il n'y aura plus rien !

— Eh bien, ce ne sera pas une victoire pour eux, avais-je fait remarquer, car ils n'auront plus de maison non plus.

— Ce ne sont que des rats, Ringer. Ils sont incapables d'avoir un tel raisonnement.

Non, pas juste des rats, avais-je songé cette nuit-là, après que Teacup s'était enfin endormie à côté de moi. Je les écoutais dans les murs, grignotant, grattant, griffant. Finalement, avec l'aide de la météo, de la vermine et du temps, le vieil hôtel s'écroulerait. D'ici une centaine d'années, il n'en subsisterait que les fondations. Dans un millier d'années, plus rien du tout. Ici ou ailleurs. Ce serait comme si nous n'avions jamais existé. Pourquoi se servir de bombes comme celles utilisées à Camp Haven quand l'ennemi peut retourner la nature contre vous ?

Teacup était de nouveau plaquée contre ma cuisse. Même sous une montagne de couvertures, le froid était vif. L'hiver : une vague qu'ils n'avaient pas eu besoin de planifier. Le froid tuerait des milliers d'humains en plus.

« Tout ce qui arrive a un sens, Marika », m'avait dit mon père durant l'une de mes leçons d'échecs. Chaque mouvement compte. Il est primordial de comprendre pourquoi et comment à chaque fois. Toutes les fois.

Ça m'a hantée. Le problème des rats. Pas le problème de Teacup, pas le problème *avec* les rats. Le problème *des* rats.

9

À TRAVERS LES BRANCHES NUES enveloppées de blanc, je vois les hélicoptères s'approcher : trois gros points noirs contre le gris du ciel. Je n'ai que quelques secondes.

Mes options :

Achever Teacup et tenter de gagner la bataille contre trois Black Hawk équipés de missiles d'enfer.

Abandonner Teacup pour qu'eux l'achèvent ou, pire, la sauvent.

Une dernière option : nous abattre toutes les deux. Une balle pour elle. Une balle pour moi.

J'ignore si Zombie va bien. J'ignore ce qui – ou qui – a incité Teacup à quitter l'hôtel. Ce que je sais, par contre, c'est que la mort de Teacup et la mienne seront peut-être la seule chance qu'aura Zombie de vivre. Je me force à serrer la détente. Si je peux tirer le premier coup, le second sera plus facile. J'essaie de me convaincre qu'il est trop tard – trop tard pour elle et trop tard pour moi. De toute façon, impossible d'éviter la mort. N'est-ce pas la leçon qu'ils nous ont forcés à assimiler depuis des mois ? Inutile de se cacher, de chercher à s'échapper. Baissez votre garde un jour, et dès le lendemain la mort vous trouvera à coup sûr.

Teacup est si belle, petite silhouette presque irréelle, recroquevillée dans le berceau de neige, ses cheveux sombres, brillants comme de l'onyx, son expression dans le sommeil aussi parfaitement sereine que celle d'une statue antique.

Je sais que nous tuer toutes les deux est l'option la moins risquée pour tout le monde. Et je pense de nouveau aux rats, et comment, parfois, pour supporter les heures interminables de l'attente, Teacup et moi nous fomentions une campagne de destruction totale de la vermine, incluant stratagèmes et tactiques, vagues d'attaque, chacune plus ridicule que l'autre, jusqu'à ce que Teacup éclate d'un rire hystérique et que je lui lâche le même discours qu'à Zombie sur le champ de tir, la même leçon qui me vient maintenant à l'esprit, la peur qui lie le tueur à sa proie et la balle qui les lie tous les deux comme une chaîne d'argent. À présent, je suis à la fois le tueur et la proie, un cercle complètement différent, et ma bouche est aussi sèche que l'air stérile, mon cœur aussi froid : la température de la rage est de zéro absolu, et la mienne, de rage, est plus profonde que l'océan, plus grande que l'univers.

Ce n'est donc pas l'espoir qui m'incite à remettre mon arme dans son étui. Ni la foi, et certainement pas l'amour.

C'est la rage.

La rage, et le fait que j'ai la puce d'une recrue morte toujours logée entre ma joue et ma gencive.

10

JE SOULÈVE TEACUP. Sa tête s'affaisse contre mon épaule. Nous traversons les bois. Un Black Hawk tournoie au-dessus de nous. Les deux autres hélicoptères se sont éloignés, l'un à l'est, l'autre à l'ouest, coupant toute fuite par là. Les hautes et fines branches des arbres ploient vers nous. De la neige tombe sur mes joues. Teacup ne pèse pas plus lourd qu'un paquet de vieux vêtements.

Nous sortons des bois quand un Black Hawk surgit du nord. L'air fouette mes cheveux avec fureur. L'hélicoptère plane au-dessus de nous, et nous restons immobiles au milieu de la route. Impossible de fuir. C'est fini. Je pose Teacup sur le bitume. L'hélicoptère est si près que je peux voir la visière noire du pilote, la porte ouverte de la soute, le groupe de personnes à l'intérieur et je sais que je me trouve dans la mire d'une demi-douzaine de viseurs, moi et la petite fille à mes pieds. Chaque seconde qui passe signifie que j'ai survécu à cette seconde et m'offre l'incroyable probabilité de survivre à la suivante.

Après tout, peut-être n'est-il pas trop tard, ni pour moi ni pour Teacup, pas encore.

Je ne m'illumine pas dans leurs lentilles oculaires. Je suis l'une d'entre Eux. C'est bien le cas, n'est-ce pas ?

Je fais passer mon fusil par-dessus mon épaule et glisse mes doigts dans le cran de sûreté.

II

LE DÉCHIREMENT

11

À L'ÉPOQUE OÙ JE COMMENÇAIS À PEINE À MARCHER, mon père m'avait demandé : « Cassie, tu as envie de voler ? » Aussitôt, je levais les bras au-dessus de ma tête. « Tu rigoles, papa ? Évidemment que je veux voler ! »

Il m'attrapait alors par la taille et me jetait en l'air. Je renversais la tête en arrière et j'avais l'impression de me projeter vers le ciel comme une fusée. Pendant un instant qui durait une centaine d'années, c'était comme si je n'allais cesser de voler jusqu'à atteindre les étoiles. Je criais de joie, envahie par cette même peur qu'on éprouve sur les montagnes russes, mes doigts tendus vers les nuages.

« Vole, Cassie, vole ! »

Mon frère connaissait cette sensation, lui aussi. Encore mieux que moi, parce que ses souvenirs étaient plus récents. Même après la 1ʳᵉ Vague, papa s'amusait à l'envoyer en orbite. Je l'ai vu le faire au Camp des Cendres quelques jours avant que Vosch l'abatte sous mes yeux.

« Sam, mon petit chou, tu veux voler ? » Mon père refrénait sa voix de baryton, s'adressant à mon frère comme un vieux forain désirant vendre un tour de manège supplémentaire, même si sa chevauchée à lui était gratuite – et sans prix. Papa, la plate-forme d'atterrissage. Papa, la corde qui nous empêchait Sam et moi de nous perdre dans l'immensité inutile de l'espace – devenu nullité à son tour.

J'ai attendu que Sam me pose la question. C'était la façon la plus simple de lui avouer l'horrible vérité. La plus lâche, aussi. Cependant, il n'a rien demandé. Il s'est contenté d'affirmer.

— Papa est mort.

Une petite motte sous une montagne de couvertures, de grands yeux bruns ronds et vides comme ceux de l'ours en peluche plaqué contre sa poitrine. « Les nounours, c'est pour les bébés, m'a-t-il déclaré lors de notre première nuit à l'hôtel de l'Enfer. Je suis un soldat, maintenant. »

Blotti dans le lit à côté du sien, un autre soldat de taille minuscule, l'air grave, me fixe – la gamine de sept ans que nous surnommons Teacup. Cette fillette à l'adorable visage de poupée et aux yeux comme hantés, qui ne partage pas son lit avec une peluche, mais avec un fusil.

Bienvenue dans l'ère posthumaine.

— Oh, Sams !

J'ai abandonné mon poste près de la fenêtre et je me suis assise à côté du cocon de couvertures qui l'emmitoufle.

— Sammy, je ne savais pas comment...

Un coup de poing qui s'écrase sur ma joue, sans que j'aie le temps de le voir arriver. Une pluie d'étoiles qui brouille ma vision. Pendant une seconde, j'ai eu peur que mon petit frère m'ait décollé la rétine.

Je me frotte la joue. OK. J'ai mérité sa colère.

— Pourquoi tu l'as laissé mourir ? a-t-il demandé.

Il n'a pas crié ni pleuré. Sa voix était basse, cruelle, tremblante de rage.

— Tu avais dit que tu prendrais soin de lui !

— Je ne l'ai pas laissé mourir, Sams.

Mon père perdant son sang, rampant dans la poussière – « Où vas-tu comme ça, papa ? » – et Vosch, planté au-dessus de lui, l'observant comme un gosse sadique le fait avec une mouche à laquelle il a arraché les ailes, souriant d'un air satisfait.

De son lit, Teacup a lâché à mon frère :

— Frappe-la encore !

— Toi, la ferme ! a grogné Sammy.

— Ce n'était pas ma faute, j'ai chuchoté, serrant son ours en peluche entre mes bras.

— Il était faible, a dit Teacup. Voilà ce qui arrive quand tu...

Sam a bondi sur elle en deux secondes. Puis ce ne furent plus que coups de poing, de genou et de pied, poussière qui vole et mon Dieu ! il y a un fusil dans ce lit ! J'ai écarté Teacup, pris Sam dans mes bras et l'ai tenu fort contre ma poitrine tandis qu'il continuait à s'agiter, battant des bras et des jambes, crachant, grinçant des dents, que Teacup hurlait des obscénités et lui promettait qu'elle l'abattrait comme un chien si jamais il la touchait de nouveau. La porte s'est ouverte en grand et Ben a surgi dans la chambre, vêtu de ce ridicule sweat jaune à capuche.

— Ça va ! j'ai crié par-dessus les hurlements. Je maîtrise !

— Teacup ! Nugget ! Ça suffit !

À la seconde où Ben a lancé son ordre, les deux enfants se sont tus. Sam s'est immobilisé. Teacup s'est affalée contre la tête du lit et a croisé ses bras sur sa poitrine.

— C'est elle qui a commencé ! a répondu Sam d'un ton boudeur.

— Et moi, j'hésitais justement à peindre une grosse croix rouge sur le toit, histoire que les Autres comprennent bien où nous sommes, a rétorqué Ben. Merci à vous de m'avoir épargné ce travail.

Il a rangé son arme dans son étui et m'a souri.

— Peut-être que Teacup devrait s'installer dans ma chambre jusqu'au retour de Ringer.

— Super ! a lancé Teacup.

Elle a bondi hors du lit, s'est avancée jusqu'à la porte, a pivoté sur ses talons pour récupérer son fusil, puis elle a agrippé la main de Ben.

— Allons-y, Zombie !

— Dans une minute, a répondu Ben avec douceur. Dumbo est de garde. Prends son lit.

— C'est le mien, maintenant.

Elle n'a pas résisté à une dernière pique.

— Trou du…

— C'est toi, le trou du… ! lui a crié Sammy.

La porte a claqué avec violence comme le font toujours les portes d'hôtel.

— Trou du... !

Ben m'a regardée, le sourcil droit haussé.

— Qu'est-ce qui t'est arrivé au visage ?

— Rien.

— Je l'ai frappée, a expliqué Sammy.

— Tu l'as frappée ?

— Oui, parce qu'elle a laissé mon père mourir.

Cette fois, Sam a craqué. Ses pleurs ont remplacé ses coups de poing. En moins d'une seconde, Ben a bondi vers lui, s'est agenouillé à ses côtés, et mon frère a fondu en larmes dans ses bras tandis que Ben répétait :

— Ça va aller, soldat. Ça va aller.

Il caressait ce crâne tondu auquel j'avais encore du mal à m'habituer – Sammy ne ressemblait pas à Sammy sans une bonne touffe de cheveux –, répétant ce stupide nom de guerre que Vosch lui avait donné. Nugget, Nugget. Je sais que c'était idiot, mais ça m'agaçait que tout le monde ait un nom de guerre, sauf moi. J'aurais bien aimé Défi.

Ben a soulevé mon frère et l'a déposé sur le lit. Puis il a ramassé son ours en peluche qui traînait par terre et l'a plaqué sur son oreiller. Sam a repoussé la peluche. Ben la lui a tendue de nouveau.

— Tu as vraiment envie de virer Teddy ? a-t-il demandé.

— Il ne s'appelle pas Teddy.

— Nounours Secret, a hasardé Ben.

— Juste Nounours, et de toute façon je ne veux plus jamais le voir !

Sam a tiré les couvertures par-dessus sa tête.

— Maintenant, fichez le camp. Tous ! Fichez. Le. Camp !

J'ai fait un pas vers lui. Ben m'a lancé un discret « Tss, tss » et d'un mouvement de tête m'a désigné la porte. Je l'ai suivi hors de la chambre. Une ombre dominait la fenêtre à l'autre bout du hall : le gamin corpulent et silencieux surnommé Poundcake, dont le silence n'est pas du genre effrayant, mais plutôt intense, comme celui d'un lac de montagne. Ben s'est adossé au mur, serrant Nounours contre sa poitrine, bouche bée, transpirant malgré le froid. Épuisé après s'être querellé avec deux gamins, Ben était dans la merde, ce qui signifiait que nous l'étions tous.

— Il ignorait que votre père était mort.

J'ai secoué la tête.

— Il savait et il ne savait pas. Un truc comme ça.

— Ouais, a soupiré Ben. Un truc comme ça.

Un lourd silence s'est installé entre nous. D'un air absent, Ben caressait la tête de Nounours comme un vieil homme caresse son chat tout en lisant le journal.

— Je devrais retourner près de lui…, j'ai dit.

Aussitôt, Ben a fait un pas de côté, me bloquant le chemin.

— Ou peut-être pas.

— Et peut-être que toi, tu ferais mieux de ne pas mettre ton nez dans…

— Ce n'est pas le premier de ses proches à mourir. Il s'en sortira.

— Waouh ! Ça, c'était plutôt dur.

On parle de l'homme qui était aussi mon père, crétin de Zombie.

— Tu sais ce que je veux dire.

— Pourquoi les gens balancent toujours ça après avoir lâché un truc méga cruel ? Figure-toi que je sais ce que ça veut dire « s'en sortir » avec la mort quand on est seul. Juste toi et rien d'autre, sauf un grand vide là où il y avait tout… tout ce qui faisait ta vie. Ç'aurait été chouette, vraiment, vraiment chouette d'avoir quelqu'un avec moi quand…

— Hé ! a lâché Ben dans un murmure. Hé, Cassie, je ne voulais pas…

— Non, tu ne voulais pas. Tu ne voulais carrément pas.

Zombie. Pourquoi ce surnom ? Parce qu'il n'a aucun sentiment, qu'à l'intérieur il est aussi mort qu'un zombie ? Au Camp des Cendres, il y avait des gens comme ça. Je les appelais les Traînards, véritables sacs de poussière d'apparence humaine. Quelque chose d'irremplaçable s'était brisé en eux. Trop de douleur. Trop de perte. Traînant les pieds, les yeux vides, marmonnant dans leur barbe. Et Ben ? Était-il un Traînard, lui aussi ? Dans ce cas, pourquoi avait-il tout risqué pour sauver Sam ?

— Quoi que tu aies vécu, nous l'avons vécu aussi, a dit Ben avec douceur.

Ses mots me brûlaient. Parce qu'ils étaient vrais, et que quelqu'un d'autre m'avait affirmé quasiment la même chose : « Tu n'es pas la seule à avoir tout perdu. » Cette autre personne avait connu la perte suprême. Tout cela par égard pour moi, la crétine à qui on doit répéter, encore et encore, qu'elle n'est pas la seule. La vie est pleine de petites ironies, mais elle est aussi criblée d'énormes.

Il était temps de changer de sujet.

— Ringer est partie ?

Ben a hoché la tête. Caresse, caresse. Ras le bol, de cet ours. Je le lui ai arraché des mains.

— J'ai essayé d'envoyer Poundcake avec elle.

Il a eu un léger rire.

— Ringer.

Je me demandais s'il était conscient de la façon dont il prononçait son prénom. Ringer. Doucement, comme une prière.

— Tu sais que nous n'avons pas de plan B, si elle ne revient pas.

— Elle reviendra, a-t-il assuré.

— Comment peux-tu en être aussi certain ?

— Parce que nous n'avons pas de plan B.

Cette fois, un large sourire, et mon Dieu, comme c'est perturbant de voir cet ancien sourire, celui qui illuminait les salles de classe, les couloirs du lycée et les bus scolaires, plaqué sur son nouveau visage, transformé par la maladie, les balles et la faim. C'était comme se promener dans une ville où vous n'aviez jamais mis les pieds et de tomber sur une connaissance.

— Ça tourne plutôt en rond, ton argument, j'ai fait remarquer.

— Tu sais, certains mecs se sentent menacés quand ils sont entourés de gens plus intelligents qu'eux. Moi, ça me donne juste plus confiance en moi.

Il m'a pressé le bras un instant, puis a traversé le hall en claudiquant, jusqu'à sa chambre. À présent, il n'y avait plus que Nounours, le gros gamin à l'autre bout du couloir, la porte fermée, et moi devant la porte fermée. J'ai pris une profonde inspiration et pénétré dans la pièce. Je me suis assise à côté de la petite montagne de couvertures. Je ne le voyais pas, mais je savais qu'il était là. Il ne me voyait pas, mais il savait que j'étais là.

— Comment est-il mort ?

Une petite voix étouffée.

— On lui a tiré dessus.

— Tu l'as vu ?

— Oui.

Notre père rampant à terre, ses mains griffant la poussière.

— Qui lui a tiré dessus ?

— Vosch.

J'ai fermé les yeux. Mauvaise idée. L'obscurité m'a ramenée direct à cet horrible moment. J'ai revu la scène comme si j'y étais encore.

— Où tu étais quand il l'a abattu ?

— Je me cachais.

J'ai tendu le bras pour écarter les couvertures, mais j'ai arrêté mon geste. Peu importe où l'on se trouve. Dans les bois, à côté d'une autoroute déserte, une fille se cachait dans son sac de couchage et regardait son père mourir encore et encore. Se cacher. Hier. Aujourd'hui. Le regarder de nouveau mourir, encore et encore.

— Il s'est battu ?

— Oui, Sams. Il s'est battu très fort. Il m'a sauvé la vie.

— Et toi, tu te cachais.

— Oui.

J'ai serré Nounours contre moi.

— Comme une grosse trouillarde.

— Non, pas comme ça, j'ai chuchoté.

Soudain, Sam a repoussé les couvertures et s'est redressé. Je ne l'ai pas reconnu. Je n'avais jamais vu ce gamin. Un visage horrible tordu par la rage et la haine.

— Je vais le tuer. Je vais lui tirer une balle dans la tête ! J'ai souri. Ou du moins, j'ai essayé.

— Désolée, Sams. Je suis la prem's sur ce coup.

Nous nous sommes regardés, et le temps s'est comme replié sur lui-même, le temps que nous avons perdu dans le sang et le temps que nous avons acquis grâce au sang, le temps où je n'étais qu'une chieuse de grande sœur et lui l'ennuyeux petit frère, le temps où j'étais celle qui valait la peine qu'on vive pour elle, et lui celui qui valait la peine qu'on meure pour lui, et alors il s'effondre dans mes bras, Nounours coincé entre nous deux, comme nous sommes coincés entre l'Avant et l'Après.

Je m'allonge à côté de lui et nous récitons ensemble sa prière : « Si jamais je meurs avant mon réveil ». Ensuite, je lui raconte le récit de la mort de papa. Comment il a volé un revolver à l'un des méchants et a gagné la bataille, seul contre douze Silencieux. Comment il a affronté Vosch en lui criant qu'il pourrait détruire nos corps, mais jamais nos âmes. Comment il s'est sacrifié pour que je puisse m'enfuir et le sauver, lui, Sam, de la diabolique horde galactique. Pour qu'il puisse, un jour, rassembler les vestiges de l'humanité et sauver le monde. Ainsi, les souvenirs des derniers instants de son père sur Terre n'auront rien à voir avec l'image d'un homme brisé, se vidant de son sang en rampant dans la poussière.

Quand il s'est endormi, je me suis glissée hors du lit et je suis retournée à mon poste près de la fenêtre.

Un bout de parking, un snack décrépi et le ruban gris de l'autoroute qui se perd dans la nuit. La Terre, sombre, calme et tranquille comme elle l'était avant que nous surgissions pour la remplir de bruit et de lumière. Quelque chose se termine. Quelque chose de nouveau commence. C'était juste l'interlude. La pause.

Sur l'autoroute, à côté d'un SUV qui a heurté le terre-plein central, un éclat qu'on ne peut confondre avec rien d'autre : celui du canon d'un fusil – l'espace d'une seconde, mon cœur s'arrête. L'ombre qui trimbale cette arme file à travers les arbres. J'ai aperçu quelques mèches de ses cheveux sombres, chatoyants, soyeux, si parfaitement raides, et j'ai compris que cette ombre était celle de Ringer.

On ne peut pas dire que Ringer et moi ayons commencé notre relation d'un bon pied : dès le début, tout a merdé entre nous. Elle traitait chacun de mes propos avec une sorte de mépris glacial, comme si je n'étais qu'une menteuse, ou bien stupide, voire dingue. Surtout quand le sujet d'Evan Walker venait sur le tapis.

« Tu es sûre ? Ça n'a aucun sens. Comment pourrait-il être à la fois humain et alien ? »

Plus je m'énervais, plus elle demeurait d'un calme imperturbable, jusqu'à ce que nous nous neutralisions mutuellement, comme les deux parties d'une équation de chimie. Genre $E = mc^2$, l'équation qui permet des explosions massives.

Nos paroles d'adieu en sont un parfait exemple.

— Tu sais, pour Dumbo, je comprends, je lui ai dit. À cause de ses grandes oreilles. Et Nugget, parce que Sam est tout petit. Teacup, je pige aussi. Zombie, par contre, je ne capte pas trop – mais Ben ne me dira rien, de toute façon –, et j'imagine que Poundcake, c'est en raison de son air potelé. Mais pourquoi Ringer ?

Pour toute réponse, elle m'a lancé un regard dédaigneux.

— Je suis un peu en dehors du coup, là, j'ai insisté. Tu sais, comme le seul membre du gang sans nom de rue.

— Nom de guerre, a-t-elle corrigé.

Je l'ai observée un moment.

— Laisse-moi deviner, j'ai repris. Tu as obtenu un prix scolaire d'envergure nationale, ou celui du club d'échecs, à moins que tu n'aies été la meilleure en maths, ou carrément de ta classe ? Et tu joues d'un instrument de musique, peut-être du violon ou du violoncelle, en tout cas un truc à cordes. Ton père travaillait dans la Silicon Valley, et ta mère était professeur d'université, à mon avis de physique ou de chimie.

Elle n'a rien dit pendant environ… deux cents ans, puis elle a rétorqué :

— Tu as autre chose à ajouter ?

Je savais que mieux valait m'arrêter. Mais j'étais lancée, maintenant, et quand c'est le cas, je fonce. Ça, c'est la méthode Sullivan.

— Tu es l'aînée – non, fille unique. Ton père est bouddhiste, mais ta mère athée. Tu marchais déjà à dix mois. C'est ta grand-mère qui t'a élevée parce que tes parents travaillaient tout le temps. Elle t'a enseigné le tai-chi. Tu n'as jamais joué à la poupée. Tu parles trois langues. Dont le français. Tu faisais partie de l'équipe junior pour les Jeux olympiques. En gymnastique. Un jour, tu as ramené un B à la maison, alors tes parents t'ont confisqué ton kit de chimie, ils t'ont enfermée dans ta chambre une semaine, et toi tu en as profité pour lire les œuvres complètes de William Shakespeare.

Ringer secouait la tête d'un air blasé.

— OK, pas les comédies. Tu n'en pigeais pas l'humour.

— Très intéressant comme discours. Je peux essayer à mon tour ?

Je me suis légèrement redressée, prête à l'affront.

— Si tu veux.

— Tu as toujours été très consciente de ton apparence, surtout de tes cheveux. Tes taches de rousseur viennent en second sur la liste de tes soucis, mais elles te préoccupent beaucoup aussi. Tu n'es pas à l'aise en société, alors tu lis beaucoup, et tu as tenu un journal depuis le collège. Tu n'avais qu'une seule véritable amie, et votre relation ressemblait à de la codépendance, ce qui signifie qu'à chacune de vos disputes, tu te tapais carrément une déprime. Tu es une fifille à son papa, tu n'as jamais été vraiment proche de ta mère qui te donnait sans cesse l'impression que, quoi que tu fasses, ça n'était jamais assez bien. Comble de tout, elle était plus jolie que toi, ce qui n'arrangeait pas les choses entre vous. Quand elle est morte, tu t'es sentie coupable de la haïr en secret, mais coupable aussi d'être soulagée de sa disparition. Tu es têtue, impulsive, du genre surexcitée, alors tes parents t'ont inscrite à des cours pour t'aider à être plus concentrée, plus coordonnée – comme le ballet ou le karaté. Je penche plutôt pour le karaté. Tu veux que je continue ?

Bon, qu'est-ce que j'allais faire après ça ? Je ne voyais que deux options : rire ou lui flanquer mon poing dans la figure. OK, trois options. Rire, lui flanquer mon poing dans la figure, ou lui retourner un de ses regards de glace. J'ai opté pour la solution numéro trois.

Mauvaise idée.

— OK, a dit Ringer. Tu n'es ni un garçon manqué ni du genre girly girl. Tu te situes dans une zone indéfinie entre les deux. Ce qui signifie que tu as toujours envié ceux qui ne s'y trouvaient pas, mais que tu as gardé l'essentiel de ton ressentiment pour les jolies filles. Tu as eu des coups de cœur, mais jamais de petit ami. Tu faisais semblant de détester les garçons que tu appréciais, et d'aimer ceux que tu détestais. Dès que tu es en présence d'une fille plus mignonne, plus intelligente ou plus douée que toi dans n'importe quel domaine, ça te met en colère et ça te rend sarcastique parce que ça te rappelle à quel point tu te sens ordinaire. Je continue ?

— Bien sûr, je t'en prie.

— Jusqu'à ce que la route d'Evan Walker croise la tienne, tu n'avais jamais tenu la main d'un garçon, sauf à l'école élémentaire pour les sorties scolaires. Evan était gentil, ne te demandait rien, et, cerise sur le gâteau, il était presque trop beau. Il s'est transformé en une toile nue sur laquelle tu pouvais peindre toutes tes envies, toutes tes attentes pour une relation parfaite avec le mec parfait, celui qui chasserait tes peurs sans jamais te blesser. Il t'a offert toutes ces choses, celles dont tu estimais avoir toujours été privée, alors que les jolies filles avaient pu en profiter, donc être avec lui – ou l'idée de lui – était avant tout une revanche pour toi.

Je me mordillais la lèvre inférieure. Mes yeux me brûlaient. Je serrais si fort les poings que mes ongles creu-
saient mes paumes. Pourquoi, oh pourquoi n'avais-je pas
choisi la deuxième option ?

— Maintenant, tu veux que je m'arrête, a-t-elle dit.

Ce n'était pas une question.

J'ai relevé le menton. *Oui, « Défi » est mon nom de guerre !*

— Quelle est ma couleur préférée ?

— Vert.

— Faux, c'est jaune, ai-je menti.

Elle a haussé les épaules. Elle savait que je mentais.
Ringer : le Wonderland humain.

— Mais sérieusement, pourquoi « Ringer » ?

Voilà. La remettre sur la défensive. Bon, OK, en fait
elle n'a jamais été sur la défensive. Ça, c'était plutôt moi.

— Je suis humaine, a-t-elle répondu.

— Ouais.

J'ai regardé à travers l'entrebâillement des rideaux
vers le parking, deux étages plus bas. Pourquoi je faisais
ça ? Est-ce que je pensais vraiment que j'allais le voir
planté là, me souriant ? « Tu vois, je t'avais dit que je te
retrouverais. »

— Quelqu'un d'autre m'a déjà dit ça. Et comme une
idiote, je l'ai cru.

— Pas si idiote, étant donné les circonstances.

Oh, maintenant elle se montrait gentille ? Indulgente ?
J'ignorais ce qui était le pire : Ringer la Vierge de Glace,
ou Ringer la Reine qui faisait preuve de compassion.

— Pas la peine de faire semblant, j'ai rétorqué, je sais
que tu ne me crois pas à propos d'Evan.

— Si, je te crois. C'est son histoire à lui qui ne tient pas la route.

Puis elle a quitté la chambre. Juste comme ça. Au beau milieu de la discussion, avant que le problème soit résolu. Franchement, à part les mecs, qui se comporte ainsi ?

Une existence virtuelle n'a pas besoin d'une planète physique…

Qui était Evan Walker ? J'ai porté mon regard de l'autoroute à mon petit frère, puis de nouveau vers l'obscurité. Qui étais-tu, Evan Walker ?

J'ai été stupide de lui faire confiance, de le croire, mais j'étais blessée et seule (seule, genre : « Je suis la dernière humaine dans ce putain d'univers ») et j'avais le cerveau cramé parce que je venais de tuer une personne innocente, et cette personne-là, cet Evan Walker, n'a pas pris ma vie quand il l'aurait pu, au contraire, il m'a sauvée, alors quand une sonnette d'alarme a retenti dans mon esprit, je n'y ai pas prêté attention. Pour couronner le tout, Evan était superbe, incroyablement séduisant, et attachait autant d'importance à me faire comprendre qu'il tenait bien plus à moi qu'à lui-même – c'était une véritable obsession chez lui – qu'à prendre soin de moi, en me donnant un bain, me nourrissant à la petite cuil-lère, m'apprenant à tuer, m'avouant que j'étais la der-nière chose qui, pour lui, valait la peine de mourir, et me le prouvant en mourant pour moi.

Sa vie avait commencé en tant qu'Evan, et il s'était réveillé quatorze ans plus tard pour découvrir qu'il n'était pas celui qu'il croyait, puis réveillé encore, comme il me l'avait dit, quand il s'était vu à travers mes yeux.

Il s'était trouvé en moi, et moi, je m'étais trouvée en lui, et j'étais en lui, il n'y avait plus d'espace entre nous. Il avait commencé par me dire tout ce que je voulais entendre et avait terminé en me révélant ce que j'avais besoin de savoir : la meilleure arme pour éradiquer l'espèce humaine était les humains eux-mêmes. Et quand les derniers des Infestés seraient exterminés, Vosch et compagnie lanceraient la 5ᵉ Vague. Épuration terminée. Maison prête pour les nouveaux occupants.

Quand j'avais raconté tout cela à Ben et à Ringer – exception faite de la partie où Evan avait été en moi, un peu trop subtile pour Parish –, je les avais vus m'observer avec de sérieux doutes et échanger des regards entendus dont j'étais exclue.

— L'un d'entre eux était amoureux de toi ? avait demandé Ringer, une fois mon récit arrivé à sa fin. Est-ce que ce ne serait pas comme si nous tombions amoureux d'un cafard ?

— Ou d'un éphémère ? avais-je rétorqué. Peut-être qu'ils aiment bien les insectes.

Nous discutions dans la chambre de Ben. C'était notre première nuit à l'hôtel Walker, comme Ringer l'avait surnommé, histoire, je pense, de m'énerver.

— Qu'est-ce qu'il t'a raconté d'autre ? s'est enquis Ben.

Il était affalé sur son lit. Six kilomètres depuis Camp Haven jusqu'à l'hôtel, et il avait l'air d'avoir couru un marathon.

Dumbo, le gamin qui nous avait rafistolés, Sam et moi, n'avait pas voulu se prononcer quand je lui avais demandé quelles étaient les chances de Ben. Il avait refusé de me dire si Ben irait mieux… ou si son état empirerait. Bien sûr, Dumbo n'avait que douze ans.

— Ils n'ont plus de corps, j'ai répondu. Evan m'a expliqué que c'était le seul moyen pour eux d'entreprendre leur voyage. Certains ont été téléchargés – lui, Vosch, les autres Silencieux –, d'autres sont toujours dans leur vaisseau, attendant que nous ayons tous disparu.

D'un revers de main, Ben s'est frotté la bouche.

— Les camps ont été installés pour épargner le lavage de cerveau aux meilleurs candidats…

— Et pour se débarrasser des autres, j'ai terminé. Une fois la 5e Vague lancée, ils n'avaient plus qu'à contempler les stupides humains faire le sale boulot.

Ringer était assise près de la fenêtre, aussi silencieuse qu'une ombre.

— Mais pourquoi nous utiliser, en fait ? a insisté Ben. Pourquoi n'ont-ils pas téléchargé suffisamment de leurs troupes dans des corps humains pour nous exterminer tous ?

— Ils n'étaient peut-être pas assez nombreux, j'ai supposé. Ou bien lancer la 5e Vague présentait moins de risques.

Ringer a repris la parole.

— Quels risques ?

J'ai décidé de l'ignorer. Pour plusieurs raisons, la principale étant que discuter avec Ringer se fait à vos propres risques et périls. Elle est capable de vous humilier d'un seul mot.

— Tu étais là, j'ai rappelé à Ben. Tu as entendu Vosch. Ils nous ont observés durant des siècles. Mais Evan a prouvé que même avec des siècles de préparation, un détail pouvait clocher. Je ne crois pas qu'ils aient jamais envisagé qu'en prenant notre place, ils risquaient de devenir comme nous.

— C'est juste, a conclu Ben. Alors, comment on peut utiliser ça contre eux ?

— On ne peut pas, a répondu Ringer. Rien de ce qu'a raconté Sullivan ne peut nous aider, à moins que ce fameux Evan ait survécu à l'explosion, et qu'il puisse remplir les blancs.

Ben a secoué la tête.

— Rien ni personne n'aurait pu survivre à ça !

— Il y avait des capsules de sauvetage, j'ai insisté, m'accrochant à la même brindille d'espoir depuis le moment où Evan m'avait dit au revoir.

— Vraiment ?

Ringer n'avait pas l'air de me croire.

— Si c'est vrai, pourquoi il ne t'a pas fait grimper dans l'une d'entre elles ?

— Écoute, je ne devrais certainement pas dire ça à une personne qui a un fusil automatique de gros calibre entre les mains, mais tu commences sérieusement à m'énerver.

Elle a eu l'air surprise.

— Pourquoi ?

— Il faut qu'on s'occupe de ça ! a rétorqué Ben d'un ton sec, m'empêchant de répondre, ce qui était une bonne chose : Ringer tenait un M16 et Ben m'avait informée qu'elle était le meilleur tireur de tout le camp. Quel est le plan ? Attendre qu'Evan arrive ou nous enfuir ? Et dans ce cas, où ?

Ben avait les joues rouges et les yeux brillants de fièvre.

— Est-ce qu'Evan t'a dit autre chose qui pourrait nous aider ? a-t-il poursuivi. Qu'ont-ils l'intention de faire avec les villes ?

— Ils n'ont pas l'intention de les faire sauter, a affirmé Ringer.

Elle n'avait pas attendu ma réponse. Pas plus qu'elle n'a attendu que je demande comment elle pouvait savoir ça.

— Si c'était leur plan, ils les auraient déjà bombardées, a-t-elle expliqué. Plus de la moitié de la population mondiale vit dans des zones urbaines.

— Alors, ils ont prévu de les utiliser, a conclu Ben. Parce qu'ils utilisent des corps humains ?

— On ne peut pas se cacher dans une ville, Zombie, a continué Ringer. Dans aucune ville.

— Pourquoi ?

— Parce que ce n'est pas sûr. Les incendies, les eaux usées, les maladies induites par les cadavres en décomposition, et les survivants qui doivent avoir compris, à présent, que les Autres utilisent des corps humains. Si nous voulons rester en vie le plus longtemps possible, nous devons nous déplacer sans cesse. Nous déplacer et rester seuls au maximum.

Oh mon Dieu ! Où avais-je déjà entendu cette règle ? J'avais la tête lourde. Mon genou me tuait. Le genou sur lequel un Silencieux avait tiré. Mon Silencieux. « Je te retrouverai, Cassie. Est-ce que je ne te retrouve pas toujours ? » *Pas cette fois, Evan. Je ne crois pas.*

Je me suis assise sur le lit à côté de Ben.

— Ringer a raison, je lui ai dit. Rester plusieurs jours au même endroit n'est pas une bonne idée.

— Pas plus que rester ensemble.

Les paroles de Ringer ont flotté dans l'air glacé. À côté de moi, Ben s'est crispé. J'ai fermé les yeux. Cette règle-là aussi, je la connaissais : ne faire confiance à personne.

— Ne compte pas là-dessus, Ringer, a répondu Ben.

— J'emmène Teacup et Poundcake. Toi, les autres. En faisant comme ça, on double nos chances.

— Pourquoi s'arrêter à ça ? je lui ai demandé. Pourquoi ne pas nous séparer tous ? Nos chances seraient quadruplées.

— Sextuplées, m'a-t-elle corrigée.

— Bon, je ne suis pas un génie des maths, a dit Ben, mais je pense qu'en se séparant ainsi on fait exactement leur jeu. C'est ce qu'ils veulent : nous isoler, puis nous exterminer.

Il a lancé un regard dur à Ringer.

— Et l'idée d'avoir un peu de soutien me plaît bien.

Il s'est levé, et a titubé un instant. Ringer l'a enjoint de se rallonger. Il l'a ignorée.

— On ne peut pas rester, mais on n'a nulle part où aller, alors où on va ? a-t-il demandé.

— Vers le sud, a lâché Ringer. Le plus possible vers le sud.

Elle regardait par la fenêtre. J'ai compris : un peu trop de neige, et on serait bloqués ici jusqu'à la fonte. Donc, le mieux était d'aller où il ne neigerait pas.

— Au Texas ? a suggéré Ben.

— Non, au Mexique. Ou bien en Amérique centrale. On pourrait se cacher dans la forêt tropicale pendant des années.

— J'aime bien cette idée, a conclu Ben. Le retour à la nature. Il y a juste un petit détail qui cloche.

Il a écarté les mains devant lui.

— Nous n'avons pas de passeports.

Il est resté planté comme ça, observant Ringer, comme s'il attendait une réponse. Ringer lui a retourné un regard vide. Ben a laissé tomber ses mains avec un haussement d'épaules.

La situation devenait ridicule. Ringer se gourait carrément, là, non ?

— Tu n'es pas sérieuse, j'ai dit. En Amérique centrale ? En plein milieu de l'hiver, à pied, avec Ben blessé et deux gamins. On aura déjà de la chance si on arrive jusqu'au Kentucky.

— Tu préfères attendre sur place que le prince des aliens revienne te chercher ?

Cette fois, c'en était trop ! Je n'en avais rien à faire qu'elle ait un M16 entre les mains. J'allais lui attraper ses jolis cheveux de soie et la balancer par la fenêtre. Ben a tout de suite compris que la situation allait dégénérer et s'est interposé entre nous deux.

— On fait tous partie de la même équipe, Sullivan. Alors on se calme, OK ?

Il s'est tourné vers Ringer.

— Tu as raison. Evan n'a certainement pas survécu, mais on va quand même lui laisser une chance de tenir sa promesse. De toute façon, je ne suis pas en forme pour une expédition.

— Zombie, je ne suis pas revenue vous chercher, Nugget et toi, pour qu'on se retrouve à nouveau dans la merde. Fais ce que tu penses être juste, mais si les choses tournent mal par ici, moi, je dégage !

— Bel esprit d'équipe ! j'ai lancé à Ben.

— Tu as peut-être oublié qui t'a sauvé la vie, a rétorqué Ringer.

— Oh, va te faire foutre !

— Ça suffit !

Ben a pris sa voix de stentor, genre : je suis le mec en charge des opérations, ici.

— Je ne sais pas comment nous allons nous sortir de tout ce merdier, mais en tout cas, pas en vous engueulant comme ça. Alors, arrêtez vos conneries, les filles ! C'est un ordre !

Il s'est assis sur le lit, haletant, une main plaquée sur son flanc. Ringer est sortie pour aller voir Dumbo, et nous nous sommes donc retrouvés seuls Ben et moi pour la première fois depuis notre petite réunion dans les entrailles de Camp Haven.

— C'est bizarre, a dit Ben. On pourrait penser qu'avec quatre-vingt-dix-neuf pour cent de la population disparue, le un pour cent restant s'entendrait mieux.

— C'est une psychopathe, j'ai répliqué. Sérieusement, il y a un truc qui cloche chez elle. Quand on la regarde dans les yeux, on n'y voit rien.

Ben a secoué la tête.

— Je crois qu'il y a beaucoup dans ce regard. C'est juste… très profond.

Il a esquissé une grimace, la main enfouie dans la poche de ce sweat à capuche absolument hideux, dans une attitude très napoléonienne, appuyant sur la blessure par balle causée par Ringer. Une blessure qu'il avait réclamée. Une blessure destinée à tenter le tout pour le tout afin de sauver mon petit frère. Une blessure qui, à présent, risquait de lui coûter la vie.

— On ne peut pas faire ça, j'ai chuchoté.

— Bien sûr que si.

Il a posé sa main sur la mienne.

J'ai secoué la tête. Il ne comprenait pas. Je ne parlais pas de nous.

L'ombre de leur Arrivée nous était tombée dessus, et nous avions perdu trace de tout ce qui était essentiel en dehors de cela. Pourtant, l'essentiel existait toujours : mon père m'incitant à m'enfuir alors que lui ne pouvait plus s'échapper. Evan me tirant des entrailles de la bête avant de s'y abandonner. Ben plongeant dans les mâchoires de l'enfer pour en extirper Sammy. Il y a certaines choses… en fait, il n'y en a probablement qu'une seule qui restera épargnée par cette ombre. Quelque chose qui ne mourra jamais.

Ils peuvent tous nous tuer – jusqu'au dernier d'entre nous –, mais ils ne peuvent pas tuer ce qui survit en nous – et ils ne le pourront jamais.

« Cassie, tu as envie de voler ?

— Oui, papa, je veux voler. »

12

LE RUBAN D'AUTOROUTE ARGENTÉ qui disparaît dans l'obscurité. L'obscurité illuminée par les étoiles. Les arbres nus dont les branches se tendent en l'air comme les bras d'un cambrioleur surpris en pleine action. La respiration de mon frère qui se dessine dans l'air glacé pendant qu'il dort. Le nuage de buée sur la vitre quand je respire. Et au-delà de la vitre gelée, près du ruban d'asphalte de l'autoroute, sous la lueur des étoiles, une minuscule silhouette qui apparaît sous les bras tendus des arbres.

Oh, merde.

J'ai bondi à travers la pièce, déboulé dans le hall – Poundcake a dégainé son fusil, relax mon gros ! – et je me suis précipitée dans la chambre de Ben. Dumbo était adossé au rebord de fenêtre, Ben affalé sur le lit le plus près de la porte. Dumbo s'est redressé. Ben s'est assis. Et moi j'ai demandé :

— Où est Teacup ?

Du doigt, Dumbo a désigné le lit à côté de celui de Ben, tout en me regardant, comme si j'étais devenue folle.

— Là !

J'ai foncé sur le lit, écarté les montagnes de couvertures. Ben a poussé un juron, et Dumbo a reculé contre le mur, rougissant un max.

— Je vous assure qu'elle était là !

— Je l'ai vue, j'ai dit à Ben. Dehors...

— Dehors ?

Il a fait basculer ses jambes sur le côté du lit, grognant sous l'effort.

— Sur l'autoroute.

Alors il a compris.

— Ringer. Elle est partie rejoindre Ringer.

Du plat de la main, il a donné un coup sur le matelas.

— Bordel !

— Je fonce la chercher ! a annoncé Dumbo.

Ben a levé la main pour le stopper dans son élan.

— Poundcake ! a-t-il hurlé.

Le vieux parquet protestait déjà sous son poids. On a tous compris que notre ami potelé déboulait vers nous. Poundcake a passé la tête dans la pièce, et Ben a dit :

— Teacup s'est barrée. Partie retrouver Ringer. Va la chercher et ramène son postérieur par ici, que je lui flanque une bonne raclée.

Poundcake s'est éloigné et le parquet a poussé un soupir de soulagement. Ben a enfilé l'étui de son revolver.

— Qu'est-ce que tu fais ? j'ai demandé.

— Je vais prendre le poste de Poundcake jusqu'à ce qu'il revienne avec cette petite conne. Toi, tu restes avec Nugget. Je veux dire, avec Sam. Enfin qui que ce soit. Il va falloir qu'on se décide pour un nom et qu'on s'y tienne.

Ses doigts tremblaient. Fièvre. Peur. Un peu des deux.

Dumbo a ouvert la bouche, puis l'a refermée sans prononcer une seule parole. Ben l'a remarqué.

— Relax, mon vieux. Ce n'est pas ta faute.

— Je vais m'occuper du hall, a déclaré Dumbo. Tu restes ici, sergent. Tu ne devrais même pas être debout.

Il a filé hors de la chambre avant que Ben puisse l'arrêter. À présent, Ben me regarde avec ses yeux brillants de fièvre.

— Je ne crois pas te l'avoir dit, Cassie, mais après notre rébellion à Dayton, Vosch a lancé deux équipes pour nous traquer. S'ils étaient toujours dans la campagne quand le camp a explosé…

Il n'a pas terminé sa phrase. Soit il pensait qu'il n'en avait pas besoin, soit il en était incapable. Il s'est levé. A titubé. Aussitôt, j'ai foncé sur lui, et d'un bras il m'a enlacé les épaules sans la moindre trace d'embarras. Il n'y a aucun moyen poli de dire cela : Ben Parish puait. L'odeur aigre de sa blessure et d'une vieille sueur. Pour la première fois depuis que j'avais constaté qu'il n'était pas un cadavre, j'ai pensé qu'il le serait peut-être bientôt.

— Remets-toi au lit !

Il a secoué la tête, sa main a quitté mon épaule, il a reculé, frappant le bord du matelas de son cul, puis se laissant tomber à terre.

— J'ai le vertige, a-t-il murmuré. Va chercher Nugget et ramène-le ici avec nous.

— Sam. On peut l'appeler Sam ?

Chaque fois que j'entends ce nom de Nugget, je pense au McDonald's drive-in, à des frites bien chaudes, croustillantes, aux smoothies fraise-banane, et aux Mochas Frappés du McCafé surmontés de crème fouettée et décorés de sirop au chocolat.

Ben a souri. Et ce sourire lumineux sur ce visage dévasté a brisé mon cœur.

— D'accord.

Sam a à peine soupiré quand je l'ai sorti de son lit pour le porter dans la chambre de Ben. Je l'ai installé dans le lit vacant de Teacup, je l'ai bordé, puis, du dos de la main, j'ai caressé sa joue, une vieille habitude depuis l'époque de la peste. Ben était toujours assis par terre, la tête renversée en arrière, fixant le plafond. Je me suis approchée de lui, mais il m'a fait signe de m'éloigner.

— La fenêtre, a-t-il haleté. Maintenant, nous avons une inconnue de plus dans l'équation. Merci beaucoup, Teacup.

— Pourquoi est-elle partie comme ça ?

— Depuis Dayton, elle est cramponnée à Ringer comme une sangsue.

— Pourtant, elles se disputaient sans cesse.

Je me souvenais de la bagarre lors de leur partie d'échecs, la pièce qui avait frappé Teacup au front, et ses cris envers Ringer : *Je te déteste !*

Ben a gloussé.

— Amitié… haine. La frontière est mince.

J'ai jeté un coup d'œil au parking. L'asphalte brillait comme de l'onyx. Cramponnée à elle comme une sangsue. J'ai pensé à Evan qui traînait derrière les portes et dans les coins. Et à cette chose parfaite, entachée, celle qui dure, et j'ai songé que cette seule chose qui avait le pouvoir de nous sauver avait aussi celui de nous tuer.

— Tu ne devrais vraiment pas rester assis sur le sol comme ça. Tu aurais plus chaud dans le lit.

— J'aurais juste droit à la moitié de la moitié de la moitié d'un degré en plus. Ce n'est rien, Sullivan. Rien qu'un gros rhume à côté de la peste.

— Tu as eu la peste ?

— Ouais ! J'étais dans le camp de réfugiés à l'extérieur de Wright-Patterson. Quand ils ont pris la base, ils m'ont transporté là-bas, bourré d'antiviraux, puis ils m'ont mis un fusil dans la main et m'ont dit d'aller tuer des gens. Et toi ?

Une main ensanglantée qui étreint un crucifix. « Tu peux m'achever ou m'aider. » Le soldat derrière les armoires réfrigérées a été le premier. Non. Le premier, c'était le mec qui a descendu Crisco au Camp des Cendres. Ça fait deux, puis il y a eu les Silencieux, celui que j'ai abattu peu avant de récupérer Sam, et l'autre avant qu'Evan me trouve. Donc, quatre. Est-ce que j'avais oublié quelqu'un ? Les cadavres s'empilent et vous finissez par ne plus les compter. Oh mon Dieu ! Vous les oubliez ! Quel cauchemar !

— J'ai tué des gens.

— Je voulais parler de la peste.

— Non. Ma mère…

— Et ton père ?

— Ça, c'était une forme de peste différente, j'ai dit. Ben m'a regardée par-dessus son épaule.

— Vosch. C'est Vosch qui l'a tué.

Je lui ai raconté le Camp des Cendres. Les Humvee bondés de soldats. L'apparition surréelle des bus scolaires. Réservés aux enfants. Seulement les plus petits. Les autres rescapés rassemblés dans les baraquements, et papa qui m'envoie chercher Crisco avec celui qui sera ma première victime. Mon père rampant dans la poussière, Vosch planté au-dessus de lui, pendant que je me planque dans les bois, et papa qui me hurle en silence de m'enfuir.

— C'est bizarre qu'ils ne t'aient pas fait monter dans un bus, si leur but était de constituer une armée de gamins auxquels ils prévoyaient de faire subir un lavage de cerveau.

— J'ai vu surtout de jeunes enfants, de l'âge de Sam, et certains même plus petits.

— Au camp, ils mettaient à l'écart ceux qui avaient moins de cinq ans, et les gardaient dans un bunker...

J'ai hoché la tête.

— Je les ai trouvés.

Dans la salle sécurisée, leurs visages levés vers le mien pendant que je cherchais Sam.

— Ce qui nous amène à une question, a poursuivi Ben : pourquoi les garder ? À moins que Vosch ne s'attende à une très longue guerre.

Il a dit cela d'un ton dubitatif comme s'il doutait que ce soit la véritable raison. De ses doigts, il pianotait nerveusement sur le matelas.

— Qu'est-ce qui se passe avec Teacup ? Ils devraient déjà être de retour.

— Je vais aller voir.

— Pas question, Sullivan. On va bientôt se retrouver dans le pire film d'horreur de tous les temps. Genre : on se fait éliminer un par un. Attendons encore cinq minutes.

On n'a plus rien dit, et on a tendu l'oreille. Mais il n'y avait que le vent, qui soufflait à travers la fenêtre aux joints fatigués, et le tapage constant des rats qui grattaient les murs.

Les rats. Teacup était obsédée par eux. Je les ai écoutées pendant des heures, Ringer et elle, comploter leur extermination. Le sermon ennuyeux de Ringer qui lui expliquait que c'était impossible : l'hôtel avait plus de rats que nous n'avions de balles.

— Les rats, a dit Ben, semblant lire dans mon esprit. Les rats, les rats, les rats. Des centaines de rats. Des milliers de rats. Plus de rats que d'humains, à présent. Une planète de rats.

Il a eu un rire rauque. Peut-être délirait-il.

— Tu sais ce qui me perturbe ? a-t-il demandé. Vosch qui expliquait qu'ils nous observaient depuis des siècles. Comment est-ce possible ? Oh, je comprends qu'ils aient pu faire cela, mais je ne pige pas pourquoi ils ne nous ont pas attaqués plus tôt. Combien y avait-il de personnes sur Terre quand nous avons construit les pyramides ? Pourquoi attendre que nous soyons sept milliards répartis sur tous les continents avec une technologie un peu plus avancée que les lances et les massues ? Tu aimes les défis ? Pourquoi attendre d'être surpassés en nombre pour exterminer la vermine dans ta nouvelle maison ? Est-ce qu'Evan a dit un truc là-dessus ?

Je me suis éclairci la voix.

— Il a dit qu'ils étaient divisés quant à la décision de nous supprimer ou pas.

— OK. Alors peut-être qu'ils en ont débattu pendant six mille ans. Qu'ils ont perdu leur temps parce que personne n'arrivait à se décider, jusqu'à ce que quelqu'un s'exclame : « Oh, bordel, finissons-en et allons exterminer ces connards ! »

— Je ne sais pas. Je n'ai pas les réponses.

Je me sentais un peu sur la défensive. Comme si le fait de connaître Evan signifiait que je devais tout savoir.

Ben réfléchissait à voix haute.

— Il se peut que Vosch ait menti. Je ne sais pas, pour pénétrer nos esprits, nous énerver. Il s'est amusé avec moi depuis le départ.

Il m'a observée un instant avant de détourner le regard.

— Je ne devrais pas l'admettre, mais j'ai admiré cet homme. J'avais l'impression qu'il était comme…

Il a agité sa main en l'air, cherchant ses mots.

— Le meilleur d'entre nous.

Ses épaules se sont mises à trembler. Au début, j'ai cru que c'était à cause de la fièvre, puis j'ai pensé qu'il pouvait s'agir d'autre chose, alors je me suis écartée de la fenêtre et je me suis approchée de lui.

Pour les mecs, s'effondrer est un truc privé. Ne laisse jamais personne te voir pleurer, sinon ça signifie que tu es faible, un bébé, une mauviette, une couille molle. Ce n'est pas viril… et toutes ces conneries. Jamais je n'aurais imaginé le Ben Parish d'avant l'Arrivée pleurer devant quelqu'un. Ce type qui avait tout, tout ce que les autres garçons voulaient, celui qui brisait les cœurs sans que jamais le sien souffre.

Je me suis assise à côté de lui. Je ne l'ai pas touché. Je n'ai pas prononcé un mot. Il était où il était, et j'étais où j'étais.

— Désolé.

J'ai secoué la tête.

— Pas la peine.

D'un revers de main, il s'est essuyé une joue, puis l'autre.

— Tu sais ce qu'il m'a dit ? Ou plutôt, ce qu'il m'a promis ? De faire le vide en moi. De me vider et de me remplir de haine. Mais il a brisé cette promesse. Il ne m'a pas comblé de haine, mais d'espoir.

Je comprenais. Dans la pièce sécurisée, un milliard de petits visages levés, peuplant l'infini, des yeux qui cherchaient les miens, et la question dans ces yeux, trop horrible pour être prononcée : « Est-ce que je vais vivre ? » Tout est lié. Les Autres l'ont compris, bien mieux que la plupart d'entre nous. Pas d'espoir sans foi, pas de foi sans espoir, pas d'amour sans confiance, pas de confiance sans amour. Retirez un seul de ces éléments et tout le grand château de cartes de l'humanité s'écroule.

C'était comme si Vosch avait voulu que Ben découvre la vérité. Qu'il avait souhaité lui enseigner l'inutilité de l'espoir ! Mais à quoi bon tout cela ? S'ils voulaient nous annihiler, pourquoi ne se sont-ils pas contentés de… nous annihiler ? Il devait exister une bonne douzaine de moyens de nous exterminer rapidement, mais ils ont programmé cinq Vagues qui sont allées crescendo dans l'horreur. Pourquoi ?

Jusqu'à présent, j'avais toujours cru que les Autres n'éprouvaient rien envers nous, mis à part du dédain, mêlé peut-être d'un peu de dégoût, comme ce que nous ressentons envers les rats, les cafards, les punaises, et toute autre forme inférieure et dégoûtante de vie. « Hé, les humains ! On n'a rien de personnel contre vous, mais vous devez dégager de la Terre ! » Je n'avais jamais songé que le simple fait de nous tuer n'était pas suffisant.

— Ils nous détestent, j'ai dit, autant pour moi que pour lui.

Surpris par ma remarque, Ben m'a fixée. Et moi je lui ai rendu un regard effrayé.

— Il n'y a pas d'autre explication.

— Ils ne nous détestent pas, Cassie, a-t-il répondu avec douceur, comme quand on s'adresse à un gamin craintif. Mais nous avons ce qu'ils veulent.

— Non.

À présent, mes joues étaient mouillées de larmes. La 5ᵉ Vague n'avait qu'une et une seule explication possible. Toute autre raison était absurde.

— Ben, il ne s'agit pas de nous arracher la planète. Il s'agit de nous arracher à nous-mêmes.

13

— ÇA SUFFIT ! a lâché Ben. Inutile d'attendre plus longtemps.

Il s'est levé, mais il n'a pu aller très loin. À peine était-il sur ses pieds qu'il est retombé sur le cul. J'ai posé une main sur son épaule.

— J'y vais.

Il s'est flanqué une grande claque sur la cuisse.

— Pas question que ça se passe comme ça ! a-t-il marmonné tandis que j'ouvrais la porte et jetais un coup d'œil dans le couloir.

Pas question que ça se passe… comment ? Que refusait-il ? De perdre Teacup et Poundcake ? De nous perdre tous les uns après les autres ? De perdre la bataille contre ses blessures ? Ou de perdre la guerre en général ?

Le hall était vide.

D'abord Teacup. Ensuite Poundcake. À présent Dumbo. Nous disparaissions plus vite que des campeurs dans un film gore.

J'ai appelé à voix basse.

— Dumbo !

Ce surnom ridicule a résonné dans l'air froid. Mon esprit envisageait différentes possibilités, de la pire à la plus probable : quelqu'un l'avait neutralisé en silence et avait fait disparaître son corps ; il avait été capturé ; il avait vu ou entendu quelque chose et il était parti voir ce que c'était ; il avait eu envie de pisser.

Je me suis attardée à la porte durant quelques secondes au cas où la dernière probabilité se révélerait exacte. Comme le hall demeurait désespérément désert, je suis retournée dans la chambre. Ben était debout, et vérifiait le chargeur de son M16.

— OK, j'ai compris, a-t-il dit dès qu'il m'a vue.

— Reste avec Sam, j'y vais.

Il s'est traîné jusqu'à moi et s'est arrêté à quelques centimètres de mon visage.

— Désolé, Sullivan, c'est ton frère.

Je me suis crispée. La pièce était gelée, j'avais l'impression d'avoir de la glace dans les veines. Ben s'était adressé à moi d'une voix dure, terne, ne laissant transparaître aucun sentiment. Zombie. Pourquoi ils t'appellent

Zombie, Ben ? Puis il a souri, de ce sourire éclatant de Ben Parish.

— Ces mecs, là, dehors : ce sont tous mes frères.

Il a fait un pas de côté pour me contourner et s'est dirigé vers la porte d'un pas lourd. La situation dégénérait à toute allure. Je me suis jetée en travers du lit de Ben et j'ai attrapé Sammy par les épaules. Je l'ai secoué. Fort. Il s'est réveillé en poussant un cri. Aussitôt, j'ai plaqué ma main sur sa bouche.

— Chut ! Sams, écoute ! Il y a un truc qui cloche !

J'ai sorti mon Luger de son étui et je l'ai glissé entre ses petites mains. Les yeux de mon frère se sont écarquillés de peur, et de quelque chose qui ressemblait – de façon troublante – à de la joie.

— Ben et moi, on doit aller vérifier. Mets le loquet – tu sais ce que c'est, un loquet, n'est-ce pas ?

Un grand hochement de tête.

— Et coince une chaise sous la poignée. Regarde à travers le petit trou. Ne laisse…

Est-ce que j'avais vraiment besoin de tout détailler ?

— Écoute, Sams, c'est important, très important. Très, très important. Tu sais comment on reconnaît les gentils des méchants ? Les méchants nous tirent dessus.

Ça, c'était la meilleure leçon que mon père m'ait jamais donnée. J'ai déposé un baiser sur le sommet de son crâne, puis j'ai abandonné mon petit frère.

La porte s'est refermée derrière moi. J'ai entendu le loquet glisser dans la gâche. Gentil garçon. Ben était déjà au milieu du couloir. Il m'a fait signe de le rejoindre. Une fois que je me suis retrouvée à sa hauteur, il a plaqué ses lèvres, chaudes de fièvre, contre mon oreille.

— On inspecte les chambres, ensuite on descend.

Nous avons travaillé de concert. Je suis passée en tête, pendant que Ben me couvrait. La plupart des portes de l'hôtel Walker ne fermaient plus à clé : à un moment ou un autre, chaque serrure avait été bousillée par les survivants qui avaient cherché refuge ici durant les différentes Vagues. Ça nous aidait aussi que le Walker soit un hôtel pour les familles à faible budget : les chambres avaient la taille de celles d'une maison de poupée. Trente secondes pour en vérifier une. Quatre minutes pour les vérifier toutes. De retour dans le hall, Ben a de nouveau plaqué ses lèvres contre mon oreille.

— La cage d'ascenseur.

Il s'est baissé, un genou plié au sol devant les portes de l'ascenseur. D'un geste de la main, il m'a fait signe de couvrir la porte de l'escalier, puis il a sorti son couteau de combat et a glissé la longue lame dans la fente. *Ha !* j'ai pensé. *Le bon vieux truc de la planque dans l'ascenseur !* Dans ce cas, pourquoi je surveillais l'escalier ? Ben a ouvert les portes, et, d'un nouveau geste, m'a incitée à le rejoindre. J'ai vu des câbles rouillés, beaucoup de poussière, et j'ai senti la puanteur de ce qui devait être un rat mort. Enfin, j'espérais que ce n'était qu'un rat mort. D'un doigt, Ben a pointé l'obscurité en dessous de nous, et là, j'ai compris. Il inspectait la cage de l'ascenseur pour l'utiliser.

— Je m'occupe de l'escalier, a-t-il soufflé à mon oreille. Toi, tu restes dans l'ascenseur. Attends mon signal.

D'un pied, il a bloqué l'une des portes et s'est adossé contre l'autre pour les maintenir ouvertes. Puis il a articulé en silence : « Allons-y ! » Je me suis avancée avec précaution, j'ai posé mon cul au bord et laissé pendre mes jambes dans le vide. Le toit de l'ascenseur paraissait se trouver à plus de trente bornes. Ben a eu un sourire qui se voulait rassurant : ne t'inquiète pas, Sullivan, je ne te laisserai pas tomber.

Je me suis penchée en avant jusqu'à ce que mon cul se balance dans le vide. Non, ça n'allait pas le faire. Je me suis remise d'aplomb sur le bord, je me suis retournée, puis j'ai reculé à genoux. Ben a attrapé mon poignet, et, de sa main libre, m'a fait signe, pouce en l'air, que c'était mieux comme ça. Je me suis laissée glisser contre la paroi de la cage d'ascenseur, m'agrippant au bord jusqu'à avoir les bras complètement tendus. *OK, Cassie. Il est temps d'y aller, maintenant. Ben te tient. Oui, crétine, et Ben est blessé et a presque autant de force d'un gamin de trois ans. Quand tu te lanceras, ton poids va lui faire perdre l'équilibre et vous tomberez tous les deux. Il s'écrasera sur toi, te brisera le cou, et ensuite, allongé sur ton corps paralysé, il se videra de son sang jusqu'à en mourir…*

Oh, merde !

Je me suis laissée aller. J'ai entendu Ben marmonner, mais il ne m'a pas lâchée et il ne s'est pas écroulé sur moi. Plié en deux au-dessus du vide, il me faisait descendre – en quelques instants, son visage n'était plus qu'un masque dans la pénombre. Mes orteils ont effleuré le toit de l'ascenseur. À mon tour, j'ai fait ce fameux signe, pouce levé, sans savoir si Ben pouvait me voir. Trois secondes. Quatre. Là, il m'a lâchée.

Je me suis accroupie, et j'ai cherché la trappe de l'issue de secours. De la graisse, de la poussière, et beaucoup de poussière graisseuse. J'y voyais à peine.

Puis les portes au-dessus de moi se sont refermées, et cette fois, je n'y voyais plus rien du tout.

Merci, Parish. Tu aurais pu attendre que je trouve la trappe !

Une fois repérée, je me suis rendu compte que le loquet était bloqué, sûrement à cause de la rouille. J'ai voulu prendre mon Luger pour en utiliser la crosse comme un marteau, mais je me suis soudain rappelé que j'avais confié mon pistolet semi-automatique aux bons soins d'un petit garçon de cinq ans. J'ai alors sorti mon couteau de combat de l'étui agrippé à ma cheville, et, du manche, j'ai frappé le loquet de trois coups puissants. Le métal a émis un crissement. Un crissement très fort. Bravo, la discrétion ! Mais au moins, le loquet a cédé. J'ai ouvert la trappe, ce qui a engendré un autre crissement bruyant, cette fois à cause des gonds rouillés. En tout cas, agenouillée juste à côté comme je l'étais, ça semblait carrément bruyant. En dehors de la cage d'ascenseur, ce n'était probablement pas plus fort que le cri d'une petite souris. *Laisse tomber ta parano, Sullivan !* Mon père avait une phrase fétiche concernant la paranoïa. Je ne l'avais jamais trouvée très drôle, surtout après l'avoir entendue genre deux mille fois : je ne suis pas parano, c'est juste que tout le monde est contre moi. À l'époque je considérais cela comme une plaisanterie. Pas comme un présage.

Je me suis laissée choir dans le noir complet de la cabine. « Attends mon signal. » Quel signal ? Ben avait oublié de le préciser. J'ai plaqué mon oreille sur la fente entre les portes de métal froid et j'ai retenu mon souffle. J'ai compté jusqu'à dix. Respiré. Compté de nouveau jusqu'à dix. Respiré encore. Après avoir compté six fois jusqu'à dix, inspiré, et n'avoir rien entendu, j'ai commencé à me sentir un peu anxieuse. Qu'est-ce qui se passait là-haut ? Où était Ben ? Et Dumbo ? Notre petit groupe était en train de se faire éliminer, un membre après l'autre. C'était une mauvaise idée de se séparer, mais nous n'avions pas eu le choix. Nous étions surpassés. Et, question élimination, quelqu'un semblait bien s'amuser.

Ou peut-être… plusieurs quelqu'un. Après notre rébellion à Dayton, Vosch avait dépêché deux équipes pour nous traquer.

C'était ça. Oui, ça devait être ça. Une ou même deux équipes avaient trouvé notre planque. Nous avions attendu trop longtemps.

Exact. Et pourquoi avez-vous attendu, Cassiopée « Défi » Sullivan ? Oh, oui, c'est vrai, parce qu'un mec déjà mort t'a fait la promesse de te retrouver. Alors tu as fermé les yeux, tu as sauté depuis le sommet dans le vide, et maintenant tu es choquée qu'il n'y ait pas un gros matelas prévu pour ton atterrissage ? C'est ta faute. Tout ce qui se passe à présent. Tu en es la seule responsable.

L'ascenseur n'était pas large, mais dans le noir total j'avais l'impression qu'il était aussi vaste qu'un stade de football. Je me tenais dans un grand trou sous terre, sans lumière, sans bruit, à bout de forces, légèrement nauséeuse, gelée, paralysée par la peur et le doute. Sachant – sans comprendre comment je le savais – que le signal de Ben n'arriverait jamais.

Comprenant – sans savoir comment je le comprenais – qu'Evan ne viendrait pas non plus à ma rescousse.

Vous ne savez jamais quand la vérité va surgir. Vous ne pouvez jamais choisir le moment. C'est le moment qui vous choisit. J'avais eu des jours entiers pour affronter la vérité qui me faisait face à présent, dans ce trou noir et vide, et j'avais refusé de me mesurer à elle. C'était hors de question. Alors, la vérité avait décidé de venir à moi.

Lors de notre dernière nuit ensemble, il n'y avait plus d'espace entre nous – aucun point où il finissait et où je commençais –, et à présent il n'y avait plus d'espace entre moi et l'obscurité de ce trou. Il avait promis qu'il me retrouverait. « Est-ce que je ne te retrouve pas toujours ? » Et je l'avais cru. Après avoir douté de tout ce qu'il m'avait dit depuis le premier instant de notre rencontre, pour la première fois je l'avais cru, quand il avait prononcé ses ultimes paroles.

J'ai plaqué mon visage contre les portes en métal froid. J'avais la sensation de tomber pendant des kilomètres dans cet espace vide en dessous de moi. Jamais je n'arrêterais de tomber. *Tu es une éphémère. Ici aujourd'hui, disparue demain. Non. Je suis toujours là, Evan. C'est toi qui es parti.*

— Depuis l'instant où nous avons quitté ta ferme, tu savais que ça arriverait, j'ai chuchoté dans le vide. Tu savais que tu allais mourir. Mais tu as foncé quand même.

J'étais incapable de me tenir debout plus longtemps. Je n'avais pas le choix. Je me suis agenouillée.

Tomber. Tomber. Je n'arrêterais jamais de tomber.

Laisse tomber, Cassie. Laisse tomber.

— Laisser tomber ? Je tombe. Je tombe, Evan.

Mais je savais ce qu'il voulait dire.

Je ne l'avais jamais laissé tomber. Pas vraiment. Chaque jour, je me répétais un bon millier de fois qu'il ne pouvait avoir survécu. Je m'efforçais de me convaincre que notre séjour dans cet hôtel miteux était inutile, dangereux, dingue, suicidaire. Mais je m'accrochais à sa promesse, parce que laisser tomber sa promesse, c'était comme le laisser tomber, lui. L'abandonner.

— Je te déteste, Evan Walker, j'ai murmuré.

Seul le silence m'a répondu.

Impossible de faire marche arrière. Impossible d'aller de l'avant. Impossible de s'accrocher. Impossible d'abandonner. Impossible. Impossible. Impossible. Impossible. *Qu'est-ce que tu peux faire ? Qu'est-ce que tu peux faire ?*

J'ai levé le visage. OK. Ça, je peux le faire.

Je me suis redressée. Ça aussi, j'en étais capable.

J'ai carré les épaules et glissé mes doigts dans la fente entre les deux portes.

Je vais sortir, maintenant, j'ai dit au silence. Je laisse tomber.

En forçant, j'ai réussi à écarter les battants. La lumière extérieure a pénétré le vide, dévorant les ombres.

14

J'AI AVANCÉ DANS LE HALL, notre nouveau monde à l'état de microcosme. Du verre brisé. Des tas d'ordures, poussés dans les coins, comme les feuilles automnales apportées ici par le vent. Des insectes morts allongés sur le dos, leurs pattes maigrelettes recroquevillées. Un froid glacial. Tout était si calme que mon souffle était le seul bruit : une fois la rumeur humaine évanouie, il ne restait que le silence.

Aucun signe de Ben. Quelque chose a dû lui arriver entre l'escalier et le palier du deuxième étage, quelque chose de… pas bon. J'ai avancé jusqu'à la porte de l'escalier, résistant à l'envie de foncer récupérer Sam avant qu'il disparaisse comme Ben, comme Dumbo, comme Poundcake et Teacup, comme 99,9 % de la population terrestre.

Des débris ont craqué sous mes bottes. L'air froid brûlait mon visage et mes mains – mes mains agrippées à mon fusil. J'ai à peine cillé sous la faible lumière des étoiles qui m'aveuglait presque après le noir total de la cage d'ascenseur.

Doucement. Doucement. Pas de gaffes.

La porte de l'escalier. J'ai gardé la main posée sur la poignée de métal pendant une bonne trentaine de secondes, l'oreille plaquée contre le panneau de bois, mais je n'entendais rien d'autre que les battements de mon cœur. Avec une lenteur infinie, j'ai abaissé la poignée et entrouvert la porte, juste assez pour jeter un coup d'œil dans l'entrebâillement. Le noir total. Aucun bruit. Bordel, Parish, tu es où ?

Pas d'autre destination que les étages supérieurs. Je me suis faufilée dans l'escalier. *Clic* : la porte s'est refermée derrière moi. Me voilà de nouveau plongée dans l'obscurité.

L'odeur aigre de la mort flottait dans l'air qui sentait déjà le moisi. Un rat. Ou un raton laveur, ou toute autre créature des bois coincée ici. Ma botte a écrasé quelque chose de spongieux. De petits os ont craqué. J'ai essuyé les reliquats gluants sur le bord de la marche. Je n'avais pas envie de glisser, de me retrouver sur le cul, de me rompre le cou, et de rester allongée là, ne pouvant rien faire, juste attendre que quelqu'un me découvre et me flanque une balle dans le crâne. Cela aurait été dommage.

J'ai atteint le premier palier. Un autre étage, une profonde inspiration, j'y étais presque, et soudain un tir, suivi d'un autre, puis d'un troisième, puis un véritable bombardement et le tireur – quelle que soit son identité – qui vide son chargeur. J'ai gravi à toute volée les dernières marches, franchi la porte du palier et filé dans le couloir en direction de la chambre qui n'avait désormais plus de porte, une chambre dans laquelle se tenait mon petit frère. Mon pied s'est pris dans quelque chose – quelque chose de mou que je n'avais pas remarqué dans ma course folle pour aller récupérer Sam – et j'ai voltigé en l'air, avant de m'écraser la mâchoire sur la moquette râpée, puis de relever la tête, de regarder derrière moi et de voir Ben Parish étendu là, immobile, les bras écartés, une tache de sang sombre filtrant à travers ce ridicule sweat jaune, puis Sam s'est mis à hurler, *et il n'est pas trop tard, non, pas trop tard, et je vais m'occuper de toi, espèce de fils de pute*, et me voilà, et dans la chambre une immense ombre se dresse au-dessus de la petite silhouette dont les doigts minuscules tirent sans succès sur la gâchette du pistolet vide.

J'ai fait feu. L'ombre s'est tournée vers moi, a vacillé en avant, les bras tendus vers moi. Je lui ai balancé mon pied dans le cou, et j'ai plaqué le canon de mon fusil sur son crâne.

— Excusez-moi, j'ai haleté – je n'avais plus de souffle –, mais vous vous êtes trompé de chambre.

III

LA DERNIÈRE ÉTOILE

15

DURANT SON ENFANCE, il avait rêvé des chouettes.

Depuis des années, il n'avait plus songé à ce rêve récurrent. Maintenant, alors que sa vie s'enfuyait, il en retrouvait le souvenir.

Et ce souvenir n'était pas du tout plaisant.

L'oiseau perché sur le rebord de la fenêtre, fixant sa chambre de ses grands yeux jaunes. Les yeux cillant lentement, en rythme – mis à part cela, la chouette n'avait jamais bougé. Il regardait le rapace en train de l'observer, paralysé par la peur sans comprendre pourquoi, incapable d'appeler sa mère, et ensuite, cette sensation de nausée, de vertige, de fièvre, et l'horrible et stressante impression d'être surveillé qui perdurait durant des jours.

Quand il eut quatorze ans, le rêve cessa. Il s'était réveillé – inutile de continuer à se cacher la vérité. Quand le moment serait venu, son moi réveillé aurait besoin des cadeaux que la « chouette » lui avait donnés.

Il avait compris le sens de son rêve, car il lui avait été révélé : se tenir prêt. Préparer le chemin.

La chouette avait été un mensonge pour protéger l'âme tendre du corps qui l'avait accueilli. Après son réveil, un autre mensonge avait pris place : sa vie. Son humanité était un mensonge, un masque, comme le rêve des chouettes dans la nuit.

À présent, il mourait. Et le mensonge mourait avec lui.

Il ne ressentait aucune douleur. Ni le froid vif. Son corps semblait flotter sur une mer chaude et sans fin. Les signaux d'alarme de ses nerfs jusqu'à la partie de son cerveau qui contrôlait la douleur étaient éteints. Ce bien-être indolore, ce doux soulagement de son corps humain qui sombrait dans le néant serait le cadeau final.

Ensuite : une renaissance.

Un nouveau corps humain libéré du souvenir d'être humain. Il oublierait ces dix-huit dernières années. Leur souvenir et les émotions qui y étaient attachées seraient perdus à jamais – et il ne pouvait rien faire contre l'angoisse liée à cela.

Perdu. Tout était perdu.

Le souvenir de son visage. Perdu. Son temps avec elle. Perdu. La guerre ouverte entre ce qu'il était et ce qu'il prétendait être. Perdue.

Dans le calme des bois drapés du froid hivernal, flottant sur une mer infinie, il la cherchait, mais elle s'évanouissait sans cesse.

Il savait ce qui arriverait ensuite. Il l'avait toujours su. Sa mort était le prix à payer pour l'avoir trouvée prisonnière dans la neige, l'avoir ramenée chez lui et remise sur pied. Aujourd'hui, les vertus sont des défauts, et sa mort le prix de l'amour. Pas la mort de son corps. Son corps était un mensonge. La véritable mort. La mort de son humanité. La mort de son âme.

Dans les bois, dans le froid mordant, à la surface d'une mer sans limite, chuchotant son nom, confiant son souvenir au vent, à l'étreinte du silence, aux arbres-sentinelles et à la bienveillance des étoiles fidèles, tel son homonyme, pure et éternelle, univers infini contenu dans tout ce qu'elle est.

Cassiopée.

16

IL S'EST RÉVEILLÉ, à cause de la douleur.

La douleur dans sa tête, son torse, ses mains, sa cheville. Sa peau en feu.

L'impression d'avoir été plongé dans de l'eau bouillante.

Un oiseau perché sur la branche d'un arbre au-dessus de lui, un corbeau, le regardant avec indifférence. Le monde appartient aux corbeaux, désormais. Le reste... ce ne sont que des intrus de passage.

De la fumée qui s'élève à travers les branches nues au-dessus de sa tête : un feu de camp. L'odeur de la viande qui grésille dans une poêle.

Il était appuyé contre un arbre, recouvert d'une épaisse couverture de laine, une parka roulée en guise d'oreiller. Avec lenteur, il a légèrement redressé la tête et compris aussitôt que le moindre mouvement était une très mauvaise idée.

Une fille plutôt grande est apparue dans son champ de vision, les bras chargés de bois, puis elle a disparu un moment, le temps d'alimenter le feu.

— Bonjour.

Une voix basse, grave, aux intonations mélodieuses et vaguement familières.

Elle s'est assise à côté de lui, a replié ses genoux contre sa poitrine, puis passé ses longs bras autour de ses jambes. Son visage aussi lui était familier. Peau claire, cheveux blonds, des traits nordiques, comme une princesse viking.

— Je te connais, a-t-il chuchoté.

Sa gorge le brûlait. La fille a posé le bord de sa gourde contre ses lèvres gercées, et il a bu longtemps.

— C'est bien, a-t-elle dit. La nuit dernière, tu délirais complètement. J'avais peur que tu aies une blessure plus sérieuse qu'une simple commotion cérébrale.

Elle s'est levée, disparaissant encore de sa vue. Quand elle est revenue, elle tenait à la main une poêle à frire. De nouveau, elle s'est assise près de lui, posant la poêle par terre, entre eux deux. Elle le scrutait avec la même indifférence hautaine que le corbeau.

— Je n'ai pas faim, a-t-il marmonné.

— Tu dois manger.

Ce n'était pas une demande. Elle ne faisait qu'établir un fait.

— C'est du lapin. J'ai fait un ragoût.

— Du lapin ? C'est dégueu, non ?

— Non. Je suis une bonne cuisinière.

Il a secoué la tête et s'est efforcé de sourire.

— Tes blessures, ce n'est pas génial, a-t-elle lâché. Tu as, genre : une quinzaine de fractures, dont une au crâne, des brûlures au second degré sur quasiment tout le corps. Tes cheveux n'ont pas souffert, par contre. Ça, c'est la bonne nouvelle.

Elle a plongé une cuillère dans la poêle, l'a portée à ses lèvres, a soufflé dessus avant d'en lécher le bord avec précaution.

— Quelle est la mauvaise nouvelle ?

— Tu as une sacrée fracture à la cheville. Celle-là, elle va prendre du temps. Le reste…

Elle a haussé les épaules, goûté le ragoût et esquissé une moue.

— Ça a besoin de sel.

Il l'a observée fouiller dans son sac à dos, à la recherche du sel.

— Grâce, a-t-il dit. Tu t'appelles Grâce.

— En tout cas, c'est l'un de mes prénoms.

Puis elle lui a dit son véritable prénom, celui qu'elle portait depuis dix mille ans.

— Pour être honnête, je préfère Grâce. C'est bien plus facile à prononcer !

Elle a tourné le ragoût avec la cuillère. Lui en a offert une bouchée. Il a serré les lèvres. Rien qu'à l'idée d'avaler quoi que ce soit… Grâce a haussé les épaules et continué à manger.

— Je croyais me trouver seulement face aux débris de l'explosion, a-t-elle continué. Je ne m'attendais pas à trouver une des capsules de sauvetage – ni toi dedans.

Que s'est-il passé avec le système de guidage ? Tu l'as désactivé ?

Il a réfléchi soigneusement avant de répondre.

— Un dysfonctionnement.

— Un dysfonctionnement ?

— Un dysfonctionnement, a-t-il répété un peu plus fort.

Sa gorge était en feu. Grâce a tenu la gourde contre ses lèvres pendant qu'il buvait.

— Pas trop, sinon tu vas te sentir mal, l'a-t-elle prévenu.

De l'eau a coulé sur son menton. Elle l'a essuyé.

— La base était endommagée. Elle avait subi des dégâts.

Elle a eu l'air surprise.

— Comment est-ce possible ?

Il a secoué la tête.

— Je n'en suis pas certain.

— Pourquoi étais-tu là-bas ? Ça, c'est curieux.

— J'ai suivi quelqu'un dedans.

La discussion ne se présentait pas bien. Pour une personne dont la vie entière avait été un mensonge, il avait du mal à mentir. Il savait que Grâce n'hésiterait pas à exterminer son corps actuel si elle soupçonnait que les « dégâts » s'étendaient à lui. Ils avaient tous compris le risque de revêtir le manteau humain. Partager un corps avec une âme humaine présentait le danger d'adopter les défauts humains – autant que les qualités. Or il existait un sentiment humain beaucoup plus dangereux que l'avidité, le désir, l'envie. Plus dangereux que tout : l'amour.

— Tu… Tu as suivi quelqu'un ? Un humain ?

— Je n'ai pas eu le choix.

Ça au moins, c'était vrai.

Grâce a secoué la tête d'un air incrédule.

— La base a été endommagée. Par un humain. Et toi, tu as abandonné ta patrouille pour arrêter les dégâts.

Il a fermé les yeux. Peut-être croirait-elle ainsi qu'il s'était évanoui. L'odeur du ragoût lui a soulevé l'estomac.

— C'est très curieux, a continué Grâce. Il y a toujours eu un risque de dégâts, mais à l'intérieur du centre de processus. Comment un humain aurait-il pu être au courant du nettoyage ?

Jouer à l'autruche, ça n'allait pas fonctionner. Il a ouvert les yeux. Le corbeau n'avait pas bougé. L'oiseau le fixait. Il s'est souvenu de la chouette sur le rebord de la fenêtre, du petit garçon dans le lit et de la peur.

— Je ne suis pas sûr que ce soit elle qui ait fait ça.

— Elle ?

— Oui. C'était une… une femelle.

— Cassiopée.

Il n'a pas pu s'empêcher de lui jeter un regard acéré.

— Comment est-ce que tu… ?

— Tu n'as pas cessé de répéter son nom, ces trois derniers jours.

— Trois jours ?

Les battements de son cœur se sont accélérés. Il devait la questionner. Mais comment ? Cela risquait de rendre Grâce encore plus suspicieuse. Il serait dingue de l'interroger, alors il s'est contenté de répondre :

— J'ai pensé qu'elle avait pu s'échapper.

Grâce a souri.

— Eh bien si c'est le cas, je suis sûre que nous la retrouverons.

Il a esquissé un léger sourire. Grâce n'avait aucune raison de mentir. Si elle avait retrouvé Cassie, elle l'aurait déjà tuée et se serait contentée de l'en informer. Cela dit, même si Grâce ne lui avait pas mis la main dessus, cela ne signifiait pas pour autant que Cassie était en vie. Comment savoir si elle avait survécu ?

Grâce a fouillé de nouveau dans son sac à dos et en a sorti un petit flacon de pommade.

— Pour tes brûlures, a-t-elle expliqué.

Avec précaution, elle a écarté la couverture, exposant son corps nu à l'air glacial. Au-dessus d'eux, le corbeau a penché sa tête d'un noir luisant et a contemplé la scène.

La crème était froide. Ses mains chaudes. Grâce l'avait sorti du feu ; il avait sorti Cassie de la glace. Il l'avait portée à travers une mer infinie de neige jusqu'à la vieille ferme, et une fois là, il lui avait retiré ses vêtements et avait plongé son corps glacé dans l'eau chaude. Comme les mains de Grâce, glissantes de pommade, soignaient son corps, ses doigts avaient retiré les cristaux de glace incrustés dans l'épaisse chevelure de Cassie. Tandis qu'elle flottait dans l'eau de la baignoire teintée de rouge par son propre sang, il lui avait retiré la balle, celle prévue pour se ficher dans son cœur. Une balle tirée par lui. Ensuite, il l'avait soulevée hors de la baignoire, avait bandé sa plaie, l'avait portée jusqu'au lit de sa sœur – détournant le regard au moment de lui enfiler une chemise de nuit ayant aussi appartenu à sa sœur. Cassie aurait été mortifiée si elle avait compris qu'il l'avait vue nue.

Grâce le fixait du regard. Ses yeux à lui contemplaient l'ours en peluche sur l'oreiller. Il avait remonté le couvre-lit jusqu'au menton de Cassie : Grâce venait de faire de même avec la couverture.

« Tu vivras », avait-il dit à Cassie. C'était plus une prière qu'une promesse.

— Tu vas vivre, a dit Grâce.

« Tu dois vivre », avait-il confié à Cassie.

— Je le dois, a-t-il affirmé à Grâce.

La façon dont elle penche la tête et le regarde, comme le corbeau dans l'arbre, la chouette sur le rebord de la fenêtre.

— Nous le devons, a enchéri Grâce avec un hochement de tête. C'est pour ça que nous sommes venus sur Terre.

Elle s'est penchée et lui a déposé un baiser sur la joue. Souffle chaud, lèvres froides, et une légère odeur de bois fumé. Ses lèvres descendent un peu plus bas, vers sa bouche. Il tourne la tête.

— Comment sais-tu son nom ? a-t-elle chuchoté à son oreille. Cassiopée. Comment l'as-tu connue ?

— J'ai trouvé son campement. Abandonné. Elle tenait un journal…

— Ah. Et c'est comme ça que tu as su qu'elle prévoyait de faire sauter la base ?

— Oui.

— Dans ce cas, je comprends mieux. A-t-elle écrit dans son journal pourquoi elle voulait faire exploser la base ?

— À cause de son frère... Il a été emmené d'un camp de réfugiés en pleine forêt à Wright-Patterson... Elle s'est sauvée...

— C'est remarquable. Elle a donc réussi à vaincre nos lignes de défense et à détruire tout le centre de commandement. Ça, c'est encore plus remarquable. Ça touche carrément à l'inimaginable !

Grâce a ramassé la poêle, en a jeté le contenu dans les broussailles, et s'est levée. Véritable colosse blond d'un mètre quatre-vingts, elle le surplombait de sa haute taille. Ses joues étaient rouges, peut-être à cause du froid, ou du baiser.

— Repose-toi, a-t-elle dit. Tu es suffisamment en forme pour voyager, maintenant. Nous partirons ce soir.

— Où allons-nous ? a demandé Evan Walker.

Elle a souri.

— Chez moi.

17

AU COUCHER DU SOLEIL, Grâce a éteint le feu de camp, a fait passer son sac à dos et son fusil sur son épaule, puis a ramassé Evan à terre afin d'entamer leur randonnée de vingt-cinq kilomètres jusqu'à sa maison, dans la banlieue sud d'Urbana. Elle resterait sur l'autoroute pour gagner du temps. À ce moment de la partie, il n'y avait que peu de risques. Elle n'avait rencontré aucun humain depuis des semaines. Ceux qui n'avaient pas été tués avaient été emmenés dans des bus, ou avaient trouvé un refuge pour se protéger des attaques de l'hiver. C'était l'interlude. Dans un an, peut-être deux, en tout cas pas plus de cinq, toute précaution serait inutile, car il n'y aurait plus de proie à traquer.

Suivant la course du soleil, la température se faisait plus fraîche. De gros nuages filaient dans le ciel indigo, poussés par un vent du nord qui jouait avec la frange de Grâce et ne cessait de retourner malicieusement le col de sa veste. Les premières étoiles apparurent, la lune se leva. Devant eux, la route brillait comme un ruban d'argent serpentant à travers la toile de fond des champs dévastés, des terrains déserts et des carcasses en lambeaux de maisons abandonnées depuis longtemps.

Aux environs de minuit, Grâce s'est arrêtée un instant pour se reposer, boire, et appliquer un peu plus de pommade sur les brûlures d'Evan.

— Il y a quelque chose de différent en toi, mais je ne parviens pas à mettre le doigt dessus, a-t-elle dit, comme si elle réfléchissait à voix haute.

— Tu sais que je n'ai pas eu un réveil facile.

Elle a poussé un léger grognement.

— Tu broies du noir, Evan, et tu es mauvais perdant.

Elle lui a remis la couverture sur les épaules, a fait courir ses longs doigts dans ses cheveux et l'a regardé droit dans les yeux.

— Il y a quelque chose que tu ne me dis pas.

Il n'a rien répondu.

— Je le sens, a-t-elle insisté. Depuis cette première nuit, quand je t'ai extirpé des décombres. Il y a…

Elle s'est interrompue un instant pour chercher ses mots.

— Comme quelque chose de caché en toi, qui ne s'y trouvait pas auparavant.

Sa voix lui semblait creuse, aussi vide que le vent.

— Je ne cache rien.

Grâce a ri.

— Tu n'aurais jamais dû être intégré, Evan Walker. Tu te soucies beaucoup trop d'eux pour être l'un d'eux.

Elle l'a relevé aussi facilement qu'une mère le ferait d'un nouveau-né. Puis elle a tendu le visage vers le ciel et s'est écriée :

— Je la vois ! Cassiopée, la reine de la nuit !

Elle a alors pressé sa joue sur le front d'Evan.

— Notre traque est terminée, Evan.

18

GRÂCE S'ÉTAIT INSTALLÉE dans une vieille maison à ossature de bois à un étage, située sur l'autoroute 68, pile au centre du secteur de patrouille de dix kilomètres carrés qui lui avait été assigné. À part condamner les fenêtres brisées avec des planches et réparer les portes extérieures, elle avait laissé la bâtisse dans l'état où elle l'avait trouvée. Des portraits de famille sur les murs, divers objets ou souvenirs trop lourds pour être emportés facilement, des meubles endommagés, des tiroirs ouverts, et des centaines de babioles témoins de la vie des ex-occupants et jugées sans valeur par les pillards éparpillées dans chaque pièce. Grâce ne s'était pas donné la peine de ranger tout ce bazar. Quand le printemps arriverait et que la 5ᵉ Vague déferlerait, elle serait partie.

Elle a porté Evan dans la seconde chambre à l'arrière de la maison, celle des enfants, au papier peint d'un bleu lumineux. Des jouets jonchaient le sol et un mobile représentant le système solaire pendouillait du plafond. Elle l'a allongé dans l'un des lits jumeaux. Un enfant avait gravé ses initiales dans la tête de lit : K. M. Kevin ? Kyle ? L'odeur âcre de la petite pièce lui rappelait celle de la peste. Il n'y avait guère de lumière – Grâce avait également condamné les fenêtres, ici –, mais sa vision était plus précise que celle des humains ordinaires, aussi Evan a-t-il remarqué les taches sombres de sang incrustées sur les murs bleus durant l'agonie d'un occupant.

Grâce a quitté la chambre, puis elle est revenue quelques minutes plus tard avec un autre tube de pommade et des bandages. Elle s'est affairée à panser ses blessures comme si des urgences l'attendaient… ailleurs.

Aucun d'eux n'a prononcé une seule parole avant qu'elle ait terminé.

— De quoi as-tu besoin ? a-t-elle demandé. Tu veux quelque chose à manger ? Aller aux toilettes ?

— De vêtements.

Elle a secoué la tête.

— Ce n'est pas une bonne idée. Il va te falloir au moins une semaine pour que tes brûlures cicatrisent. Et deux, voire trois, pour ta cheville.

Je n'ai pas trois semaines. Trois jours, ce serait déjà trop long.

Pour la première fois, il a pensé qu'il serait peut-être nécessaire de neutraliser Grâce.

Elle lui a effleuré la joue.

— Appelle, si tu as besoin de quoi que ce soit. Laisse ta cheville au repos. Il faut que je me mette en quête de provisions. Je n'attendais pas de visite.

— Combien de temps tu t'en vas ?

— Pas plus de deux heures. Essaie de dormir.

— J'aurais besoin d'une arme.

— Evan, il n'y a personne à cent kilomètres à la ronde.

Elle a eu un léger sourire.

— Oh, je vois. Tu te fais du souci à cause du saboteur.

Il a hoché la tête.

— Oui.

Elle lui a mis son pistolet dans la main.

— Ne me tire pas dessus.

Il a serré l'arme entre ses doigts.

— Je n'en ferai rien.

— Je frapperai avant d'entrer.

De nouveau, il a hoché la tête.

— Ce serait mieux, je pense.

Une fois à la porte, Grâce s'est arrêtée un instant.

— Nous avons perdu les drones quand la base a explosé.

— Je sais.

— Ce qui signifie que nous sommes hors de toute surveillance. S'il nous arrivait quelque chose à toi ou à moi...

— Tu crois que ça a de l'importance, maintenant ? Tout est presque fini.

Grâce a acquiescé d'un air songeur.

— À ton avis, ils nous manqueront ?

— Les humains ?

Il s'est demandé si elle plaisantait. Cela dit, il ne l'avait jamais entendue faire de blagues. Ce n'était pas son style.

— Pas ceux de là-bas.

D'un geste de la main, elle a désigné le monde extérieur, au-delà des murs.

— Ceux d'ici.

Main sur la poitrine.

— Ça ne peut pas te manquer si tu ne t'en souviens pas.

— Oh, je crois que je conserverai ses souvenirs, a insisté Grâce. C'était une petite fille très joyeuse.

— Dans ce cas, il ne te manquera rien, n'est-ce pas ?

Elle a croisé les bras sur sa poitrine. L'instant d'avant, elle était prête à partir, et à présent, elle restait plantée là. Pourquoi ne s'en allait-elle pas ?

— Je ne les garderai pas tous, a-t-elle dit, au sujet des souvenirs. Seulement les bons.

— Cela a été mon souci depuis le début, Grâce : plus nous jouons à être des humains, plus nous devenons des humains.

Elle l'a regardé d'un air narquois, sans prononcer une parole, pendant un très long et très inconfortable moment.

— Qui joue à être humain ? a-t-elle demandé enfin.

19

IL ATTENDIT QUE LE BRUIT DES PAS se soit éloigné. Le vent soufflait entre les planches de bois et le cadre de la fenêtre, mais à part cela il ne percevait rien. Comme sa vue, son audition était particulièrement développée. Si Grâce était assise sous le porche en train de se coiffer, il l'entendrait.

D'abord, l'arme. Il retira le chargeur. Comme il l'avait deviné, il était vide. Aucune balle. Il s'était tout de suite rendu compte que le pistolet était trop léger. Evan laissa échapper un rire. Quelle ironie ! Leur première mission n'avait pas été de tuer, mais de semer la méfiance parmi les survivants, et de les conduire tels des moutons effrayés dans des abattoirs comme Wright-Patterson. Que se passe-t-il quand le semeur de méfiance devient son propre faucheur ? Il refréna un rire hystérique et prit une profonde inspiration. Ça allait lui faire mal. Il s'assit. La chambre se mit à tourner. Il ferma les yeux. Non. C'était encore pire. Il ouvrit les yeux et se força à rester droit. Ses forces avaient été augmentées en prévision de son réveil. C'était la vérité que masquait le rêve de la chouette. Le secret que le souvenir-écran l'empêchait de voir et donc de se rappeler : pendant que Grâce et lui et des dizaines de milliers d'enfants comme eux dormaient, des cadeaux avaient été livrés durant la nuit. Des cadeaux dont ils auraient besoin dans les années à venir. De véritables dons qui transformeraient leur corps en arme parfaite, car les grands architectes de cette invasion avaient compris une vérité simple, même si quelque peu paradoxale : où le corps allait, l'esprit suivait.

Donnez à quelqu'un le pouvoir des dieux et il deviendra aussi indifférent que les dieux.

La douleur était toujours là. Le vertige s'effaça. Il fit passer ses jambes sur le bord du lit. Il devait tester sa cheville. C'était la clé de tout. Les autres blessures étaient sérieuses, mais moins handicapantes : il pourrait s'en accommoder. Lentement, il appuya la plante de son pied par terre. Aussitôt, une violente douleur envahit sa jambe. Il retomba sur le dos, haletant. Au-dessus de lui, les petites planètes poussiéreuses du mobile étaient figées en orbite autour d'un soleil cabossé.

Il s'assit et attendit de recouvrer ses esprits. Il n'allait pas pouvoir négliger sa douleur, il lui faudrait faire avec.

Il se laissa glisser sur le sol, utilisant le montant latéral du lit pour supporter son poids. Puis il s'obligea à se reposer. Inutile de se presser. Si Grâce revenait, il n'aurait qu'à prétendre être tombé du lit. Doucement, centimètre par centimètre, il se déplaça sur le tapis jusqu'à se retrouver allongé sur le dos, apercevant dans son champ de vision le système solaire sous une pluie ardente d'étoiles filantes. La chambre était gelée, pourtant il transpirait abondamment. Souffle court. Cœur battant. Peau en feu. Il se concentra sur le mobile, le bleu pâlichon de la Terre, le rouge poussiéreux de Mars. La douleur surgissait par vagues : à présent, il flottait sur une mer totalement différente.

Les lattes sous le lit étaient clouées et tenues en place par le poids du sommier et du matelas. Peu importait.

En gigotant, il se faufila dans le petit espace sous le lit, des corps d'insectes en décomposition craquant sous son poids, et il y avait une petite voiture renversée ainsi que les membres tordus de figurines en plastique datant de l'époque où des héros peuplaient les rêves éveillés des enfants. Il brisa la planche en tapant violemment trois fois dessus, se déplaça comme précédemment et en brisa l'autre extrémité. De la poussière lui vint dans la bouche. Il toussa, lançant un tsunami de douleur dans sa poitrine, tsunami qui envahit également son flanc, avant de se rouler en boule, tel un anaconda, autour de son estomac.

Dix minutes plus tard, il contemplait de nouveau le système solaire, inquiet que Grâce le trouve évanoui, serrant une planche de dix centimètres par quinze contre lui.

Ça, ce serait un petit peu plus difficile à expliquer.

Le monde tournoya. Les planètes restèrent immobiles.

Il y a quelque chose de caché en toi... Il avait franchi le seuil de cet espace caché, où une simple promesse actionnait des milliers de verrous : *Je te retrouverai.* Cette promesse, comme toutes les autres, créait sa propre moralité. Pour la tenir, il lui faudrait traverser un océan ensanglanté.

Le monde cessa enfin de tournoyer. Les planètes étaient toujours immobiles.

20

LA NUIT ÉTAIT DÉJÀ TOMBÉE quand Grâce revint, son arrivée annoncée par la lueur de sa torche dans le couloir. Elle posa sa lampe sur la table de nuit, et la lumière projeta des ombres qui engloutirent son visage. Il ne protesta pas lorsqu'elle écarta les couvertures, retira les pansements qui couvraient ses blessures, exposant son corps à l'air froid.

— Je t'ai manqué, Evan ? murmura-t-elle, ses doigts enduits de pommade glissant sur sa peau. Je ne parle pas d'aujourd'hui. On avait quel âge, à l'époque ? Quinze ans ?

— Seize.

— Mmm. Tu te souviens, tu m'avais demandé si j'avais peur de l'avenir.

— Oui.

— C'était une question tellement... humaine.

Grâce le massait d'une main, tandis que de l'autre, elle déboutonnait sa propre chemise.

— Pas plus qu'une autre que je t'ai posée.

Elle pencha la tête d'un air intrigué. Ses cheveux tombaient sur son épaule. Son visage se perdait dans la pénombre, et les pans de sa chemise s'entrouvraient comme un rideau qu'on écarte.

— Qu'est-ce que c'était ?

— Si tu ne t'étais pas sentie incroyablement seule durant très longtemps.

La fraîcheur de ses doigts. La chaleur de sa peau brûlée.

— Ton cœur bat très vite, Evan.

Elle se leva. Il ferma les yeux. À cause de sa promesse. À la frontière du cercle de lumière, Grâce retira son pantalon qui lui tomba autour des chevilles. Il ne regarda pas.

Elle se pencha, chuchotant à son oreille :

— Pas si seule. Être enfermés dans ces corps offre certaines compensations.

À cause de la promesse. Cassie, l'île vers laquelle il nage, émergeant d'une mer de sang.

— Pas si seule, Evan, répéta Grâce.

De la pointe de ses doigts, elle lui effleura la bouche, ses lèvres se posant dans son cou.

Il n'eut pas le choix. Sa promesse n'en permettait aucun. Grâce ne le laisserait jamais partir – elle n'hésiterait pas à le tuer s'il essayait. Pas question de la semer ou de se planquer. Aucun choix.

Il ouvrit les yeux, et de la main droite caressa les cheveux blonds de Grâce. Sa main gauche se glissa sous l'oreiller. Au-dessus d'eux, il voyait le soleil, maintenant solitaire, brillant dans la lueur de la torche. Il avait redouté que Grâce remarque l'absence des planètes, et qu'elle lui demande pourquoi il les avait enlevées. De toute façon, ce n'était pas des planètes qu'il avait besoin.

Mais du câble.

Cependant, Grâce n'avait rien noté. Elle pensait à autre chose.

— Touche-moi, Evan ! chuchota-t-elle.

Il roula avec force sur sa droite, lui flanqua son avant-bras gauche dans la mâchoire. Elle trébucha en arrière quand il se redressa, projetant son épaule dans son ventre. Elle enfonça alors violemment ses ongles dans les brûlures de son dos, et le griffa. La chambre devint noire durant un instant, mais il n'avait pas besoin de voir – juste d'être tout près d'elle.

Peut-être avait-elle aperçu dans sa main le garrot de fortune fabriqué grâce au câble du mobile, ou peut-être eut-elle de la chance, néanmoins, Grâce réussit à refermer ses doigts autour du câble et tira dessus tandis qu'il serrait. Fort. Du revers de sa cheville qui n'avait pas souffert, il frappa Grâce à la jambe, la fit tomber à terre, la suivant dans sa chute, profitant de l'impact pour lui enfoncer son genou dans le bas du dos.

Pas le choix.

Il rassembla toutes les forces qui lui restaient pour serrer le câble, jusqu'à ce qu'il tranche la paume de Grâce et atteigne l'os.

Elle se rebiffa sous son poids. Il lui flanqua un coup de genou dans la tête. Plus serré. Encore plus serré. Il sentit l'odeur du sang. Le sien. Celui de Grâce.

La pièce tourbillonna. Baignant dans le sang, le sien, celui de Grâce, Evan Walker resta immobile.

21

QUAND CE FUT TERMINÉ, Evan rampa sous le lit et en sortit la latte brisée. Elle était encore un peu longue pour une béquille – il faudrait qu'il la tienne selon un angle peu pratique –, mais ça irait quand même. Il clopina jusqu'à l'autre chambre, où il trouva des vêtements masculins : un jean, une chemise en tissu écossais, un pull tricoté à la main, et une veste en cuir dont le dos arborait fièrement le logo d'une équipe de bowling, sûrement celle de l'ancien propriétaire du vêtement : les Urbana Pinheads[1]. Le tissu grattait sa peau brûlée, rendant chaque mouvement douloureux. Ensuite, d'un pas traînant, il se rendit au salon où il récupéra le sac à dos et le fusil de Grâce. Il fit passer les deux par-dessus son épaule.

Des heures plus tard, se reposant dans la carcasse de métal d'une voiture ensevelie au beau milieu d'un tas de huit véhicules encastrés sur l'autoroute 68, il ouvrit le sac à dos pour en faire l'inventaire, et découvrit des dizaines de sachets en plastique marqués au feutre noir, chacun contenant des mèches de cheveux humains. Au début, il en fut intrigué. À qui étaient ces cheveux, pourquoi étaient-ils dans ces sachets sur lesquels des dates étaient mentionnées ? Puis il comprit : Grâce conservait des trophées de ses victimes.

Où va le corps, l'esprit suit.

---

1. En anglais, *pinhead* signifie « imbécile ». (*N.d.T.*)

Avec deux morceaux de métal et le reste de ses pansements, il confectionna une attelle pour sa cheville. Il but quelques gorgées d'eau. Il tombait de sommeil, mais il n'était pas question de dormir avant d'avoir tenu sa promesse. Il leva le visage vers les petites lumières qui scintillaient au-dessus de lui, dans l'obscurité infinie. *Est-ce que je ne te retrouve pas toujours ?*

Le phare de la voiture à côté de lui explosa en une gerbe de verre pulvérisé et de plastique. Aussitôt, il plongea sous le véhicule le plus proche, son fusil à la main. Grâce. Ce devait être elle. Elle était encore en vie.

Il était parti trop vite. Merde ! À présent, il était piégé, coincé, sans espoir de s'échapper. En cet instant, Evan comprit que des promesses peuvent être tenues de la façon la plus incroyable : il avait trouvé Cassie en devenant elle.

Blessé, bloqué sous une voiture, incapable de s'enfuir, de se lever, à la merci d'un chasseur sans visage et sans merci, un Silencieux planifiait d'éteindre le bruit humain.

22

IL AVAIT RENCONTRÉ – ou plus exactement trouvé – Grâce, l'été de leurs seize ans, au Hamilton County Fair. Evan se tenait à l'extérieur du chapiteau des animaux exotiques avec sa petite sœur, Val, qui réclamait de voir le tigre blanc depuis leur arrivée, en début de matinée. On était en août. La file d'attente était longue. Val était fatiguée, d'humeur grincheuse, moite de sueur. Il avait tenté de la décourager. Il n'aimait pas voir des animaux en captivité. Quand il les regardait dans les yeux, quelque chose en eux le perturbait.

Il avait tout de suite remarqué Grâce à côté de la roulotte du marchand de beignets. Elle tenait une part de pastèque juteuse à la main. Des cheveux blonds qui lui tombaient au milieu du dos, un air relax, des traits dignes d'une statue, des yeux de glace, d'un bleu quasi translucide, et une moue cynique esquissée par ses lèvres brillantes de jus. Elle lui avait jeté un coup d'œil. Aussitôt, il avait tourné la tête, se concentrant sur sa petite sœur qui mourrait moins de deux ans plus tard. Un malheur qu'il portait sans cesse en lui.

Parfois, c'était dur à vivre – savoir que chaque visage qu'il contemplait était celui d'un futur cadavre. Son monde était peuplé de fantômes vivants.

— Quoi ? avait demandé Val.

Il avait secoué la tête. Rien. Il avait pris une profonde inspiration et regardé de nouveau vers le marchand de beignets. La fille, silhouette élancée et cheveux blonds, avait disparu.

Sous le chapiteau, derrière une épaisse grille d'acier, le tigre blanc pantelait à cause de la chaleur. De petits groupes d'enfants étaient réunis devant la cage. Autour d'eux, les appareils photo et les smartphones cliquetaient. Le tigre restait complètement indifférent à l'attention dont il était l'objet.

— Il est magnifique, avait murmuré une voix rauque à l'oreille d'Evan.

Inutile de se retourner. Sans avoir besoin de regarder, il savait qu'il s'agissait de la fille aux longs cheveux blonds et aux lèvres luisantes de jus de pastèque. La ménagerie était bondée – le bras nu de l'inconnue avait effleuré le sien.

— Et triste, avait ajouté Evan.

— Pas du tout, avait-elle rétorqué. Il pourrait écarter cette grille et sortir de sa cage en moins de deux secondes. Arracher le visage d'un enfant en trois. Il a choisi d'être là. C'est ça, la beauté de la chose.

Il l'avait regardée. De près, ses yeux étaient encore plus stupéfiants. Ils avaient plongé dans les siens, et en un éclair, il avait deviné qui se cachait dans le corps de la fille.

— On devrait discuter un peu tous les deux, avait-elle chuchoté.

23

À LA NUIT TOMBANTE, les lumières de la grande roue avaient été allumées, une musique emplissait les lieux et le nombre de visiteurs enflait, océan de shorts en jean, de tongs, d'hommes bedonnants qui avançaient en se dandinant comme des canards, une casquette à logo publicitaire vissée sur le crâne, un portefeuille attaché à une chaîne gonflant la poche arrière de leur pantalon, toute cette foule baignant dans une odeur de crème solaire à la noix de coco. Evan avait confié Val à leur mère, puis il s'était dirigé vers la grande roue pour attendre Grâce. Il était nerveux. Elle s'était détachée de la foule, tenant entre ses mains un gros animal en peluche : un tigre blanc aux yeux bleus en plastique, juste un peu plus foncés que les siens.

— Je m'appelle Evan.

— Et moi, Grâce.

Ils avaient observé la grande roue tourner sur un fond de ciel pourpre.

— Tu penses que ça nous manquera quand ce sera terminé ? avait-il demandé.

— Pas à moi, en tout cas.

Elle avait plissé le nez.

— Leur odeur est horrible. Je n'arrive pas à m'y habituer.

— Tu es la première que je rencontre depuis…

Elle avait acquiescé d'un mouvement de tête.

— Pareil pour moi. Tu crois que c'est un accident ?

— Non.

— Je n'avais pas prévu de venir aujourd'hui, mais ce matin, quand je me suis réveillée, j'ai entendu comme une petite voix. « Vas-y ! » Tu l'as entendue aussi ?

À son tour, il avait hoché la tête.

— Oui.

— Tant mieux.

Elle avait eu l'air soulagée.

— Ça fait deux ans que je me demande si je suis folle.

— Rassure-toi, tu ne l'es pas.

— Tu ne te poses pas de questions ?

— Plus maintenant.

Elle avait souri avec malice.

— Tu veux qu'on aille faire un tour ?

Ils s'étaient dirigés vers les emplacements prévus pour les spectacles, déserts à cette heure, et s'étaient installés sur les gradins. Les premières étoiles étaient apparues. La nuit était chaude, l'air moite. Grâce portait un short, et un chemisier blanc sans manches, à col de dentelle. Assis près d'elle, Evan percevait une odeur de réglisse.

— C'est ça, avait-il dit en désignant d'un geste du menton l'enclos vide dont le sol était un mélange de sciure et de fumier.

— Quoi ?

— L'avenir.

Elle avait ri, comme s'il s'agissait d'une plaisanterie.

— Le monde se termine. Le monde se termine et recommence. Ça a toujours été comme ça.

— Tu n'as jamais peur de ce qui va arriver ? Jamais ? avait-il demandé.

— Jamais.

Elle tenait le tigre en peluche sur ses genoux. Ses yeux semblaient prendre la couleur de chaque chose qu'elle regardait. À présent, elle contemplait le ciel sombre, et ses yeux étaient d'un noir sans fond.

Pendant quelques minutes, ils avaient discuté dans leur langue mère, mais c'était compliqué, et ils avaient rapidement abandonné. Trop de paroles étaient imprononçables. Par la suite, il avait constaté que Grâce était plus calme – visiblement ce n'était pas l'avenir qui l'effrayait, mais le passé. Elle redoutait que l'entité présente dans son corps ne soit que le délire d'une jeune fille à l'esprit brisé. Le rencontrer, lui, Evan Walker, avait validé son existence.

— Tu n'es pas seule, avait-il affirmé.

Baissant les yeux, il avait remarqué qu'elle avait glissé sa main dans la sienne. Une main pour lui, l'autre pour le tigre.

— C'était le pire. Avoir l'impression d'être la seule personne de l'univers.

Lâchant un instant sa main, elle avait désigné son propre cœur.

— Que tout est contenu ici, et nulle part ailleurs.

Des années plus tard, il lirait une phrase similaire dans le journal d'une autre fille de seize ans, celle qu'il avait trouvée et perdue, retrouvée et perdue de nouveau : « Parfois, j'ai l'impression d'être la dernière humaine sur Terre. »

24

LE CHÂSSIS DE LA VOITURE CONTRE SON DOS. L'asphalte froid contre sa joue. Le fusil inutile dans sa main. Il était piégé.

Grâce avait plusieurs options. Lui, seulement deux.

Non. En fait, s'il existait une quelconque chance de tenir sa promesse, il n'avait qu'une option : le choix de Cassie.

Elle aussi avait fait une promesse. Une promesse dingue, sans espoir, suicidaire, envers la seule personne sur Terre à laquelle elle tenait – bien plus qu'à sa propre vie. Ce jour-là, elle s'était levée pour faire face au chasseur sans visage, parce que sa propre mort n'était rien en comparaison de la mort de cette fameuse promesse. S'il existait encore un quelconque espoir, il se trouvait dans les promesses d'amour sans espoir.

Il se mit à ramper, en direction du pare-chocs avant, vers le grand air, et alors, comme Cassie Sullivan, Evan Walker se leva.

Il se crispa, attendant l'ultime épisode. Quand Cassie s'était levée, durant cet après-midi d'automne sans nuages, un Silencieux avait fui. Aujourd'hui, Grâce ne fuirait sûrement pas. Au contraire, elle finirait ce qu'elle avait commencé.

Cependant, la fin ne vint pas. Aucune balle silencieuse, les liant, Grâce et lui, comme par une chaîne d'argent. Il savait qu'elle était là. Qu'elle le voyait, planté devant la voiture, courbé à cause de ses blessures. Alors il comprit qu'il était impossible d'échapper au passé, d'esquiver les inévitables conséquences : la terreur de Cassie, son incertitude et sa douleur, elles étaient siennes, désormais.

Au-dessus de sa tête, les étoiles. Droit devant, la route qui brillait sous la lumière des étoiles. Le froid mordant de l'air gelé et l'odeur médicinale de la pommade que Grâce a étalée sur ses brûlures. Son cœur qui bat à tout rompre.

Elle ne va pas te tuer tout de suite. Ce n'est pas le but. Dans le cas contraire, elle n'aurait pas raté ce tir.

Il n'y avait donc qu'une réponse possible : Grâce avait l'intention de le suivre. À ses yeux, il représentait une énigme, et le traquer ainsi était la seule façon pour elle de résoudre ce mystère. Il avait échappé au piège seulement pour s'enfoncer un peu plus profondément dans le puits : à présent, être fidèle à sa promesse se transformait en trahison.

Avec cette cheville foutue, il lui était impossible de distancer Grâce. De même, impossible de lui faire entendre raison – d'ailleurs, il était incapable de comprendre ses propres motivations. Par contre, il pouvait l'obliger à attendre. Rester ici, sans rien faire… Et prendre le risque que Cassie soit découverte par les soldats de la 5ᵉ Vague, ou qu'elle abandonne l'hôtel avant que sa satanée partie d'échecs avec Grâce soit terminée. Il pourrait aussi se confronter à Grâce, mais il avait déjà raté son coup – il y avait peu de chances qu'il réussisse la seconde fois. Il était trop faible, ses blessures trop handicapantes. Il avait besoin de temps pour guérir, hélas le temps n'existait plus.

Il s'appuya contre le capot du véhicule et leva les yeux vers le ciel incrusté d'étoiles, exempt de toute lumière créée par les humains, ces mêmes étoiles qui brillaient déjà avant que l'humanité s'éveille. Les mêmes étoiles depuis des milliards d'années. Quelle importance le temps avait-il pour elles ?

— Éphémère, chuchota Evan. Mon Éphémère.

Il fit passer son fusil sur son épaule, regagna l'intérieur de la carcasse de l'auto pour récupérer son sac à dos, qu'il mit à son tour sur son épaule, et glissa la béquille improvisée sous son bras. Il avançait doucement, très doucement, mais il obligerait Grâce à le suivre et à quitter son territoire assigné, à un moment où cette désertion risquait de provoquer un contretemps dans un plan de bataille parfaitement construit. Il prendrait vers le nord, en direction de la base la plus proche. Le nord, là où l'ennemi avait fui et s'était retranché pour attendre le printemps et l'assaut final.

C'était là que se trouvait l'espoir – où l'espoir se situait en fait depuis le début – sur les épaules des enfants-soldats de la 5ᵉ Vague.

25

PLUS TARD, CE SOIR-LÀ, celui de leur première rencontre, Evan et Grâce déambulaient le long des attractions foraines sous les lumières qui repoussaient l'obscurité, traçant leur chemin à travers la foule, dépassant le stand du lancer d'anneaux, celui du jeu de fléchettes, et autres attractions. Les haut-parleurs installés sur les poteaux électriques diffusaient de la musique, et, résonnant sous cette musique, le bruit de milliers de conversations, comme un courant sous-marin, et le flot de badauds, qui ressemble à celui d'une rivière, tourbillonnant, virevoltant, rapide par ici, lent par là. Et eux deux, Grâce et Evan, hautes silhouettes et traits séduisants, qui attirent les regards des passants, ce qui le met mal à l'aise. Il n'a jamais aimé la foule, préférant la solitude des bois et des champs de la ferme, un penchant qui lui servira plus tard, quand le temps du nettoyage sera arrivé.

Le temps. Dans le ciel, les étoiles tournent – comme les petites lumières de la grande roue qui se dresse au-dessus de la fête foraine – trop lentement pour que l'œil humain les remarque. La grande horloge universelle ralentit, comme elle le fait depuis le début, et, comme les étoiles, les visages qu'ils croisent marquent le temps dont ils sont prisonniers. Pour Grâce et lui, c'était différent. Ils avaient conquis l'inaccessible, démenti l'indéniable. La dernière étoile mourrait, l'univers lui-même disparaîtrait, mais eux continueraient, encore et encore.

— À quoi penses-tu ? demanda-t-elle.

— Mon esprit ne restera pas toujours dans l'homme, car l'homme n'est que chair.

— Pardon ?

— Ça vient de la Bible.

Elle fit passer le tigre en peluche dans son autre main, et saisit la sienne.

— Ne sois pas morbide ! Cette nuit est magnifique et nous ne nous reverrons pas avant que tout soit terminé. Ton problème, c'est que tu ne sais pas comment vivre ce moment.

Elle l'entraîna à l'écart de la foule, dans l'ombre entre deux chapiteaux, et là, elle l'embrassa, plaquant son corps contre le sien. Alors, quelque chose s'ouvrit en lui. Elle entra en lui, et la terrible solitude qu'il avait éprouvée depuis son réveil se dissipa.

Grâce s'écarta. Ses joues étaient rouges, ses yeux comme illuminés d'une petite flamme.

— Parfois, j'y pense. Le premier meurtre. À quoi ça ressemblera.

Il hocha la tête.

— Moi aussi, j'y pense. Enfin, je pense surtout au dernier. L'ultime.

26

IL QUITTA LA ROUTE, coupant à travers les champs, traversant de petites routes solitaires de campagne, s'arrêtant au bord d'un ruisseau pour remplir sa gourde d'eau fraîche, se dirigeant grâce à l'étoile Polaire, comme le faisaient les Anciens. Ses blessures l'obligeaient à se reposer souvent, et chaque fois il voyait Grâce au loin. Elle ne se donnait pas la peine de se cacher. Elle voulait qu'il sache qu'elle était là, juste hors de portée de fusil. À l'aube, il rejoignit l'autoroute 68, l'artère principale reliant Huber Heights à Urbana. Dans un bosquet d'arbres qui bordait la route, il rassembla du bois pour le feu. Ses mains tremblaient. Il était fiévreux. Pourvu que ses brûlures ne s'infectent pas. Même un corps à la puissance augmentée pouvait s'effondrer sans aucun retour possible. Sa cheville enflée faisait deux fois sa taille normale, sa peau était brûlante, et ses blessures étaient un martyre. Il allait passer un jour ici, voire deux, et entretenir son feu de camp.

Un signal pour les entraîner dans le piège. S'ils étaient dans le coin. Et s'ils pouvaient être entraînés.

La route devant lui. Le bois derrière. Il resterait à découvert. Grâce, elle, s'en tiendrait au bois. Elle l'attendrait. En dehors de son territoire assigné. Déterminée à aller jusqu'au bout.

Il se réchauffa près du feu. Grâce s'abstint d'en allumer un. À lui la lumière et la chaleur. À elle l'obscurité et le froid. En se contorsionnant tant bien que mal, il parvint à se débarrasser de sa veste, retira son pull, puis sa chemise. Déjà les brûlures cicatrisaient, mais elles commençaient à le démanger atrocement. Pour se distraire, il se tailla une nouvelle béquille dans une branche ramassée dans les bois.

Grâce se risquerait-elle à dormir ? Elle savait qu'il reprenait des forces à chaque heure qui passait, tandis qu'elle-même voyait ses chances de succès s'évanouir.

Le deuxième jour, en plein après-midi, tandis qu'il rassemblait un peu plus de bois pour le feu, il remarqua Grâce, ombre parmi les ombres. À cinquante mètres, au milieu des arbres, tenant en main un fusil d'assaut de gros calibre, une bande ensanglantée autour de sa main, une autre autour du cou. Dans l'air glacé, sa voix sembla s'envoler vers l'infini.

— Pourquoi tu ne m'as pas achevée, Evan ?

Tout d'abord, il ne répondit rien. Il continua à ramasser du bois, puis lâcha d'une voix neutre :

— Je croyais l'avoir fait.

— Non. Impossible que tu aies cru ça.

— Peut-être que j'en ai marre de tuer.

— Qu'est-ce que tu veux dire ?

Il secoua la tête.

— Tu ne comprendrais pas.

— Qui est Cassiopée ?

Il se redressa de toute sa hauteur. Au milieu des arbres, la lumière était faible à cause des nuages gris. Malgré cela, il voyait la moue cynique de ses lèvres et la petite lueur bleu pâle de ses yeux.

— Celle qui s'est levée, quand toute autre personne serait restée planquée. Celle à qui je n'ai pu m'empêcher de penser avant même de la connaître. La dernière, Grâce. La dernière humaine sur Terre.

Pendant un long moment, elle demeura silencieuse. Ils ne bougèrent ni l'un ni l'autre. D'une voix stupéfaite, Grâce répliqua :

— Tu es amoureux d'une humaine.

Puis l'évidence :

— Ce n'est pas possible !

— C'est ce que nous pensions de l'immortalité.

— Ce serait comme si l'un d'entre nous tombait amoureux d'une limace de mer.

À présent, elle souriait.

— Tu es fou. Tu as perdu la raison !

— Oui.

Il lui tourna le dos, l'invitant à lui tirer dessus. Après tout, il était fou, et la folie avait sa propre armure.

— Ça ne peut pas être ça ! cria-t-elle. Pourquoi tu ne me dis pas ce qui se passe vraiment ?

Il s'arrêta soudain. Le petit bois tomba sur le sol gelé. Sa béquille se renversa. Il tourna la tête, sans pivoter complètement vers Grâce.

— Cache-toi ! chuchota-t-il.

Les doigts de Grâce se crispèrent sur la gâchette. Des yeux humains ne l'auraient pas remarqué, mais Evan le vit.

— Sinon... Quoi ? demanda-t-elle. Tu m'attaqueras de nouveau ?

Il secoua la tête.

— Ce n'est pas moi qui vais t'attaquer, Grâce. Mais eux.

Elle pencha la tête vers lui, comme l'oiseau dans les branches quand il s'était éveillé à son campement.

— Ils sont là, dit-il.

La première balle la toucha en haut de la cuisse. Grâce vacilla en arrière, mais resta debout. La seconde attaque la frappa dans l'épaule gauche, et son fusil lui échappa. La troisième balle, vraisemblablement d'un second tireur, explosa dans l'arbre juste à côté de lui, manquant sa tête de quelques millimètres seulement.

Grâce plongea à terre.

Evan s'enfuit en courant.

27

EN FAIT, DIRE QU'IL COURAIT ÉTAIT EXAGÉRÉ. Il se déplaçait, plutôt, en sautillant de façon frénétique, s'efforçant de faire peser tout son poids sur sa jambe valide, et chaque fois que son talon frappait le sol, il avait l'impression de voir mille et une étoiles. Il dépassa le feu de camp qui fumait toujours, le signal qui avait brûlé durant deux jours, le signal qu'il avait concocté dans les bois : *On est là !*, saisissant au vol son fusil resté à terre – lui n'avait aucune intention de demeurer planté ici. Grâce se chargerait de répliquer à leurs tirs – une patrouille d'au moins deux recrues, peut-être plus. Plus, oui, il l'espérait. Ainsi Grâce serait occupée un bon bout de temps.

Quelle distance ? Quinze kilomètres ? Trente ? Il ne serait pas capable de maintenir cette allure, mais s'il continuait à avancer, il serait sûrement proche de l'hôtel dès le lendemain matin, à l'aube. Derrière lui, il entendait l'échange de coups de feu. Des tirs sporadiques, ce qui signifiait que Grâce agissait avec méthode. À coup sûr, les soldats devaient porter leurs lentilles oculaires, ce qui mettrait plus ou moins les choses à égalité. Enfin, presque.

Il abandonna toute idée de discrétion et gagna l'autoroute, coupant à travers le milieu de la route, silhouette solitaire sous l'immensité d'un ciel de plomb. Des croassements de corbeaux et une envolée de plumes noires tournoyaient autour de lui, se dirigeant vers le nord, volatiles attirés par l'odeur de sang frais. Il continua à avancer, jurant sous la douleur, chaque pas aussi pénible qu'un coup de marteau. Sa température grimpait en flèche, ses poumons le brûlaient, son cœur battait à tout rompre. Les vêtements frottaient sur ses fines escarres, et bientôt il se mit à saigner. Le sang plaqua sa chemise sur son dos, coula à travers son jean. Il avait conscience d'en faire trop. Le système installé en lui pour maintenir sa vie au-delà de toute endurance humaine pouvait fort bien tomber en panne.

Quand le soleil se coucha à l'horizon, Evan s'écroula à terre, en un mouvement très lent, presque au ralenti, son épaule frappant le sol en premier, avant qu'il roule au bord de la route où il resta étendu sur le dos, bras grands ouverts, engourdi depuis la taille jusqu'aux pieds, tremblant sans pouvoir se contrôler, brûlant de fièvre dans l'air glacé. L'obscurité s'abattit sur la Terre, et Evan Walker vacilla dans un espace sombre, un espace caché qui dansait dans la lumière, son visage féminin source de cette lumière, et comment était-ce possible, comment son doux visage pouvait-il illuminer ce lieu sans lumière au cœur de lui-même ? *Tu es devenu fou.* Il l'avait cru, lui aussi. Il s'était battu pour la garder en vie tandis que chaque nuit il l'abandonnait pour tuer les autres. Pourquoi une personne devait-elle vivre alors que le monde lui-même périssait ? Elle illuminait l'espace sans lumière – sa vie comme une flamme, la dernière étoile de l'univers moribond.

« Je suis l'humanité », avait-elle écrit. Égocentrique, têtue, sentimentale, puérile, vaniteuse. « Je suis l'humanité. » Cynique, naïve, gentille, cruelle douce comme la soie, dure comme l'acier.

Il devait se lever. Sans cela, la lumière disparaîtrait. Le monde serait consumé par l'écrasante obscurité. Hélas, l'atmosphère entière semblait peser sur son corps, et le plaquer au sol sous une force d'environ quatre milliards de tonnes.

Il s'était scratché. Poussée au-delà de ses limites, la technologie alien implantée dans son corps alors qu'il n'avait que treize ans avait fini par s'éteindre. À présent, il n'y avait plus rien pour le soutenir ou le protéger. Brûlé, brisé, il n'avait rien de différent de sa proie. Fragile, délicat, vulnérable, seul.

Humain.

Il roula sur le côté. Aussitôt, des spasmes le saisirent. Du sang lui coula dans la bouche. Il le recracha.

À plat ventre. Sur les genoux, puis sur les mains. Ses coudes qui tremblent, ses poignets qui menacent de lâcher sous son propre poids. Égocentrique, têtue, sentimentale, puérile, vaniteuse. « Je suis l'humanité. » Cynique, naïve, gentille, cruelle, douce comme la soie, dure comme l'acier.

« Je suis l'humanité. »

Il rampa.

« Je suis l'humanité. »

Il tomba.

« Je suis l'humanité. »

Il se leva.

28

UNE ÉTERNITÉ PLUS TARD, caché sous le pont autoroutier, Evan observa la fille aux cheveux sombres traverser le parking de l'hôtel en courant, franchir la rampe d'accès à l'autoroute, filer vers le nord pendant une bonne centaine de mètres sur l'autoroute 68, puis s'arrêter à côté d'un SUV et se tourner une dernière fois vers l'immeuble. Il suivit son regard en direction d'une fenêtre au second étage, où une ombre se dessina un instant avant de s'évanouir.

Éphémère.

La fille aux cheveux sombres disparut entre les arbres qui bordaient la route. Pourquoi avait-elle quitté l'hôtel et où allait-elle, cela, il l'ignorait. Peut-être le groupe avait-il décidé de se séparer – cela augmenterait un peu leurs chances de survie –, ou peut-être partait-elle en quête d'une cachette plus sûre pour affronter l'hiver ? Quoi qu'il en soit, il avait l'impression de les avoir retrouvés juste à temps.

Après le départ de la fille aux cheveux sombres, il restait donc au moins quatre personnes à l'intérieur. Il en avait vu en faction à la fenêtre. Qui, parmi les amis de son Éphémère, avait pu survivre à l'explosion ? Il n'était même pas certain que ce soit l'ombre de Cassie qu'il ait aperçue. Peu importait, de toute façon. Il avait fait une promesse. Il devait s'y tenir.

Impossible d'approcher à découvert. La situation était compliquée par trop de paramètres inconnus. Et si ce n'était pas Cassie et ses copains, mais une équipe de soldats de la 5ᵉ Vague, isolés au moment où la base avait explosé – comme l'escouade qu'il avait laissée aux bons soins de Grâce ? Il serait mort avant d'avoir fait une dizaine de pas. Même s'il s'agissait de Cassie et d'un groupe de survivants, le danger n'en était pas moindre : ils risquaient de l'abattre sans l'avoir reconnu.

De toute façon, pénétrer à l'intérieur présentait plusieurs difficultés. Il ignorait le nombre de personnes qui se trouvaient effectivement dans l'hôtel. Pourrait-il affronter deux, voire quatre gamins lourdement armés et boostés par l'adrénaline, prêts à faire exploser tout ce qui bouge ? Le système qui augmentait sa puissance physique s'était scratché. « Je suis humain », avait-il dit à Cassie. À présent, c'était littéralement vrai.

Il était encore en train de soupeser ses options quand une silhouette apparut sur le parking. Un gamin vêtu d'un treillis identique à ceux des soldats de la 5e Vague. Pas Sam. Sam portait la combinaison blanche des dernières et très jeunes recrues. Jeune, cependant. Six ou sept ans, songea-t-il. Le gosse suivait la même route que celle de la fille aux cheveux sombres, s'arrêtant aussi à côté du même SUV pour observer l'hôtel un instant. Cette fois, Evan ne vit aucune ombre à la fenêtre – quelle que soit la personne qui s'était tenue là, elle avait disparu.

Ça en faisait deux. Pourquoi abandonnaient-ils l'hôtel l'un après l'autre ? Tactiquement, cela avait une certaine logique. Dans ce cas, ne devrait-il pas se contenter d'attendre que Cassie sorte, au lieu de prendre le risque d'entrer dans le bâtiment ?

Et les étoiles qui tournent au-dessus de sa tête, marquant le temps qui ralentit.

Il commença à se lever, puis se rassit. Une autre silhouette émergea de l'hôtel : bien plus corpulent que les deux précédents, un gamin potelé, à la tête large, qui portait un fusil. Cela en faisait donc trois, maintenant, aucun n'étant Cassie, ni Sam, ni le copain de lycée de Cassie – comment s'appelait-il, déjà ? Ken ? À chaque sortie, les probabilités que Cassie fasse partie de ce groupe diminuaient. Devait-il vraiment essayer d'entrer ?

Son instinct lui soufflait d'y aller. Pas de réponses à ses questions, pas d'arme, et presque plus de forces. L'instinct. C'était tout ce qui lui restait.

Il avança vers l'hôtel.

29

DEPUIS PLUS DE DIX ANS, il s'était fié aux dons qui le rendaient supérieur aux humains dans pratiquement chaque domaine. L'ouïe. La vue. Les réflexes. L'agilité. La force. Finalement, ces dons lui avaient fait du tort. Il avait oublié ce qu'était une vie normale.

À présent, il avait droit à un cours intensif sur le sujet.

Enjambant une vitre brisée, il se faufila dans une pièce du rez-de-chaussée. Se dirigea vers la porte et plaqua son oreille contre le panneau de bois, mais il n'entendait rien d'autre que son cœur qui tambourinait dans sa poitrine. Il ouvrit la porte, se glissa dans le couloir et, aux aguets, attendit que ses yeux s'habituent à l'obscurité. Avança jusque dans le hall. Sa respiration, petite buée dans l'air glacé – à part cela, le silence. Apparemment, le rez-de-chaussée était désert. Il savait que quelqu'un se tenait à la fenêtre du couloir de l'étage supérieur – il avait entraperçu cette silhouette tandis qu'il pénétrait dans le bâtiment. L'escalier. Deux étages. Le temps qu'il arrive au palier du second, il était étourdi de douleur, essoufflé par l'effort. Il sentait le goût du sang dans sa bouche. Il n'y avait aucune lumière. Il avançait dans l'obscurité la plus totale.

S'il y avait une personne, une seule, derrière cette porte, il avait quelques secondes. Plus d'un ennemi, et dans ce cas, le temps n'aurait aucune importance – il était mort. Cette fois, son instinct lui dit d'attendre.

Il n'en tint pas compte.

Derrière la porte, un gosse aux oreilles extraordinairement larges et une bouche qui s'ouvrit de surprise à l'instant où Evan lui fit une prise, plaquant son avant-bras contre la carotide du gamin, empêchant le sang de continuer à alimenter son cerveau. Il entraîna sa victime – qui ne cessait de gigoter – dans l'obscurité de l'escalier. Le temps que la porte se referme, le garçon avait perdu connaissance. Evan attendit quelques instants. Le couloir était désert à son arrivée, l'attaque avait été rapide et silencieuse. Il pourrait se passer un bon moment avant que la disparition de la sentinelle soit remarquée. Il tira le gamin au pied de l'escalier et cacha son corps inconscient dans le petit espace entre les marches et le mur. Puis il monta. Entrebâilla la porte du palier. À mi-chemin du couloir, une porte s'ouvrit et deux silhouettes fantomatiques surgirent dans la pénombre. Il les observa traverser le couloir et pénétrer dans une chambre. Elles réapparurent un peu plus tard, et se dirigèrent vers une autre porte.

Les deux inconnus vérifiaient toutes les chambres. Ensuite, ils s'attaqueraient à l'escalier. Ou à l'ascenseur

– il avait oublié l'ascenseur. Allaient-ils descendre en empruntant la cabine et remonter l'escalier ?

Non. S'ils n'étaient que deux, ils allaient se diviser. L'un pour l'escalier, l'autre pour l'ascenseur, et ils se retrouveraient dans le hall d'entrée.

Il les observa sortir de la dernière chambre, se diriger vers l'ascenseur, où l'un maintint les portes ouvertes pendant que son acolyte disparaissait de sa vue pour se glisser dans la cabine. Celui qui restait à l'étage avait du mal à tenir debout, il gardait une main plaquée sur son ventre et marmonnait sous l'effort tout en boitant dans sa direction.

Il attendit. Vingt pas. Dix. Cinq. Son fusil dans sa main droite, la gauche sur ses boyaux. Planqué derrière la porte entrouverte, Evan sourit. Ben. Pas Ken. Ben.

Je t'ai trouvé.

Il bondit sur lui et flanqua un coup de poing aussi fort que possible dans le ventre blessé de Ben. L'assaut lui coupa le souffle, mais Ben tint bon. Se redressant, il leva son fusil. Evan s'écarta et frappa de nouveau au même endroit. Cette fois, Ben s'écroula, tombant à genoux aux pieds d'Evan. Il renversa la tête en arrière. Leurs regards se croisèrent.

— Je savais que tu n'étais pas réel, haleta Ben.

— Où est Cassie ?

Il s'agenouilla face à sa victime, agrippa à deux mains le sweat jaune de Ben, et attira son visage tout près du sien.

— Où est Cassie ? répéta-t-il.

Si le système qui le rendait supérieur aux humains n'était pas tombé en panne, il aurait perçu l'ombre de la lame, entendu l'infinitésimal bruissement de l'air. Au lieu de cela, il n'eut conscience du couteau qu'une fois que Ben le lui eut planté dans la cuisse.

Il chuta en arrière, entraînant Ben avec lui. Le poussa violemment sur le côté tandis que Ben arrachait le couteau de sa chair. Flanqua un coup de genou dans le poignet de Ben pour neutraliser la menace de la lame, et plaqua ses deux mains sur le visage du copain de Cassie, couvrant son nez et sa bouche, appuyant fort. Très fort. Le temps s'éternisait. En dessous de lui, Ben se débattait, donnait des coups de pied, agitait la tête de droite à gauche, sa main libre cherchant le fusil qui n'était qu'à quelques centimètres de ses doigts, et alors le temps s'immobilisa.

Tout à coup, Ben cessa de bouger. Evan s'écarta, haletant, trempé de sang et de sueur. Il avait l'impression que son corps était en feu. Cependant, il n'avait pas le temps de récupérer : plus loin dans le couloir, une porte s'entrebâilla et un petit visage se tourna vers lui.

Sam.

Evan s'obligea à se lever, perdit l'équilibre, s'effondra sur le mur, tomba. De nouveau debout, convaincu à présent que c'était Cassie qui avait pénétré dans l'ascenseur, mais d'abord, il fallait mettre Sam en sécurité, sauf que le gamin avait claqué la porte et lui criait des insultes. Quand Evan posa la main sur la poignée, Sam ouvrit le feu.

Aussitôt, Evan se plaqua sur le mur à côté de la porte pendant que Sam vidait son chargeur. Quand le tir cessa, il n'hésita pas une seconde : Sam devait être neutralisé avant d'avoir le temps de recharger.

Evan avait le choix : enfoncer la porte avec son pied qui le faisait souffrir, ou peser de tout son poids sur le panneau de bois et l'ouvrir avec l'autre pied. Aucune des deux options ne valait mieux que l'autre. Il décida de frapper quand même avec son pied estropié – il ne pouvait pas prendre le risque de perdre l'équilibre.

Trois coups de pied. Rapides. Violents. Trois coups qui déclenchèrent une douleur plus forte que tout. Jamais il n'en avait ressenti de telle. Mais le loquet céda, la porte s'ouvrit en grand et claqua avec fracas contre le mur. Evan bondit dans la chambre alors que, effrayé, le petit frère de Cassie reculait vers la fenêtre. Sans savoir comment, Evan réussit à rester debout, et se dirigea vers l'enfant, mains tendues. *Regarde, je suis là, tu te souviens de moi ? Je t'ai déjà sauvé, je vais te sauver de nouveau...*

Et soudain, derrière lui, la dernière, l'ultime étoile, celle qu'il avait portée dans un océan de neige, celle pour qui il était prêt à mourir, ouvrit le feu.

Et quand elle atteignit sa chair, la balle les lia tous les deux comme une chaîne d'argent.

IV

DES MILLIONS

30

LE GARÇON CESSA DE PARLER durant l'été de la peste.

Son père avait disparu. Leur stock de bougies diminuait, et un matin il partit pour en chercher d'autres. Il ne revint jamais.

Sa mère était malade. Elle avait mal à la tête, et partout. Même ses dents la faisaient souffrir, gémissait-elle. Les nuits étaient pires que tout. Sa fièvre augmentait. Elle était incapable de garder quoi que ce soit dans l'estomac. Peut-être que le lendemain matin, elle irait mieux. « Peut-être que je vais m'en remettre », affirmait-elle. Elle redoutait d'aller à l'hôpital. Elle avait entendu des histoires horribles sur les hôpitaux, les cliniques et les refuges d'urgence.

Une par une, les familles quittaient le voisinage. Les pillages se faisaient de plus en plus nombreux et, la nuit, des gangs traînaient dans les rues. L'homme qui vivait à deux maisons de la leur avait été tué d'une balle dans la tête pour avoir refusé de partager son eau potable.

De temps à autre, un inconnu surgissait dans le voisinage et racontait des histoires de tremblements de terre, et d'inondations gigantesques.

Des milliers de morts. Des millions.

Quand sa mère fut trop faible pour sortir du lit, le bébé devint sa responsabilité. Ils l'appelaient le bébé, mais en fait le gosse avait presque trois ans. « Ne l'approche pas de moi, lui disait sa mère. Il tomberait malade. » Le bébé ne lui donnait pas tant de travail. Il dormait beaucoup et ne jouait qu'un peu. Ce n'était qu'un petit garçon, il ne savait rien. Parfois il demandait où était son père ou ce qui se passait avec sa maman. La plupart du temps, il ne réclamait que de la nourriture.

De la nourriture, ils n'en avaient presque plus. Néanmoins, sa mère refusait de le laisser partir. « C'est trop dangereux. Tu vas te perdre. Ou te faire kidnapper. Ou tirer dessus. » Il se disputait avec elle. Il avait quatorze ans, il était plus que costaud pour son âge. D'ailleurs, depuis ses sept ans, il était la cible des moqueries et des insultes dans la cour de récréation. Il était coriace. Il pouvait très bien s'occuper de lui tout seul. Mais elle ne voulait pas qu'il s'en aille. « Inutile d'aller chercher de quoi nous nourrir. Je suis incapable d'avaler quoi que ce soit, et toi, ça ne te ferait pas de mal de perdre un peu de poids. » Elle n'était pas cruelle, elle essayait juste de se montrer drôle. Cependant, il n'appréciait pas ses plaisanteries.

Un jour, ils n'eurent plus qu'une seule boîte de soupe en conserve et un seul paquet de crackers rassis. Il fit réchauffer la soupe dans la cheminée, sur un feu nourri de morceaux de meubles brisés et des vieux magazines de chasse de son père. Le bébé mangea tous les crackers, mais il dit qu'il ne voulait pas de soupe. Il voulait un McDo et du fromage. « Nous n'avons pas de McDo ni de fromage. Nous avons de la soupe et des crackers, c'est tout. » Le bébé se mit à crier et à se rouler par terre devant la cheminée, hurlant qu'il voulait un McDo et du fromage.

Il porta une tasse de soupe à sa mère. Sa fièvre était plus forte, c'était mauvais signe. La nuit précédente elle avait vomi un truc liquide et noir, en fait le contenu de son estomac mêlé à du sang, ce qu'il ignorait alors. Elle l'observa entrer dans sa chambre d'un regard vide, sans expression, le regard vide de ceux qui ont la Peste Rouge.

« À quoi tu joues ? Je ne peux pas manger ! Emporte ça ! »

Il emporta la tasse et mangea la soupe dans la cuisine, debout contre l'évier, tandis que son petit frère continuait à se rouler sur le sol en hurlant, et que sa mère s'enfonçait dans la folie à cause du virus qui dévorait son cerveau. Durant les dernières heures, sa mère allait se volatiliser. Sa personnalité, ses souvenirs, qui elle était, tout aurait disparu avant que son corps capitule. Il mangea la soupe tiède, puis lécha le bol. Il partirait demain matin. Ils n'avaient plus de nourriture. Il dirait à son frère de rester sagement à l'intérieur et ne reviendrait pas avant d'avoir trouvé quelque chose à manger.

Le lendemain matin, il se glissa hors de la maison sans un bruit. Il chercha dans des épiceries dévastées et des supérettes. Dans des restaurants pillés et dans des fast-foods. Il tomba sur des bennes à ordures dégageant l'odeur nauséabonde de produits en décomposition et débordant de sacs-poubelle déchirés par des mains qui avaient déjà fouillé avant lui. À la fin de l'après-midi, il n'avait déniché qu'un seul aliment encore comestible : un petit gâteau de la taille de sa paume, toujours dans son emballage de plastique, abandonné sous une étagère vide dans une station-service. Il se faisait tard : le soleil se couchait. Il décida de rentrer à la maison et de revenir le lendemain. Peut-être y avait-il d'autres biscuits ou d'autres aliments cachés ou oubliés. Il lui fallait plus de temps pour fouiller les lieux.

À son retour, la porte d'entrée était entrouverte. Il se souvenait parfaitement l'avoir fermée derrière lui en partant, donc quelque chose clochait. Il se précipita à l'intérieur. Appela le bébé. Chercha dans toutes les pièces. Regarda sous les lits, dans les placards, et au garage, dans les voitures – véhicules désormais inutiles. Sa mère l'appela depuis sa chambre. Où était-il passé ? Le bébé n'avait cessé de pleurer, de le réclamer. Où était le bébé ? lui demanda-t-il. Elle lui rétorqua d'un ton sec : « Mais enfin tu ne l'entends pas ? »

Non, il n'entendait rien.

Il sortit de la maison et cria le prénom du bébé. Il vérifia dans le jardin de derrière, fila vers la maison des voisins et frappa à la porte. Il cogna à chacune des portes des maisons de la rue. Personne ne répondit. À l'intérieur, les personnes étaient soit trop effrayées pour se manifester, soit malades, soit mortes, ou juste parties. Il se dirigea d'un côté de la rue, marcha le long de plusieurs pâtés de maisons, puis fit de même dans le sens inverse, appelant son petit frère jusqu'à en avoir la voix brisée. Une vieille femme tituba sous son porche et lui hurla de fiche le camp – elle avait une arme. Il rentra chez lui.

Le bébé avait disparu. Il décida de n'en rien dire à sa mère. Que pourrait-elle faire ? Il ne voulait pas qu'elle pense qu'il avait fait le mauvais choix en partant ce matin. Il avait bien envisagé d'emmener son frère avec lui, mais il avait songé qu'il serait plus en sécurité à la maison. Votre maison n'est-elle pas l'endroit le plus sûr de la Terre ?

Cette nuit-là, sa mère l'appela. « Où est le bébé ? » Il lui répondit que le gamin était endormi. C'était la pire nuit de sa mère. Des boulettes de mouchoirs ensanglantés traînaient sur le lit. D'autres sur la table de chevet, et par terre.

« Amène-moi mon bébé.

— Il dort.

— Je veux voir mon bébé.

— Tu risques de le contaminer. »

Elle le maudit. Lui dit d'aller au diable. Elle cracha sur lui des glaires sanglantes. Il se tenait dans l'embrasure de la porte, ses mains tripotant nerveusement ses poches. Le papier d'emballage du gâteau se craquela.

« Où étais-tu ?

— Je cherchais de la nourriture. »

Elle lui imposa le silence en criant : « Nourriture. Je ne veux pas entendre ce mot ! »

Elle le dévisagea de ses grands yeux rouges injectés de sang.

« Pourquoi cherchais-tu de quoi manger ? Tu n'en as pas besoin. Tu es la plus dégoûtante tranche de lard que j'aie jamais vue. Avec ton gros ventre, tu pourrais tenir jusqu'à l'hiver. »

Il ne répondit rien. Ce n'était pas sa mère qui parlait ainsi, mais la peste qui la faisait délirer. Sa mère, sa véritable mère l'aimait. Quand les plaisanteries à l'école avaient commencé à mal tourner, elle était allée voir le proviseur et lui avait annoncé qu'elle porterait plainte si le harcèlement envers son fils ne cessait pas.

« Qu'est-ce que c'est que ce bruit ? Qu'est-ce que c'est que cet horrible bruit ? »

Il lui dit qu'il n'entendait rien. Elle se mit en colère. Le maudit de nouveau – des jets de salive écarlate éclaboussaient la tête de lit.

« Ça vient de toi. Qu'est-ce que tu as dans ta poche ? »

Impossible de lui mentir. Il devait lui montrer. Il sortit le gâteau. Aussitôt elle lui hurla d'éloigner cette horreur et de ne plus jamais la lui montrer. Pas étonnant qu'il soit si gros ! Pas étonnant que son pauvre frère meure de faim pendant qu'il se goinfrait de gâteaux, de bonbons, de McDo et de fromage. Quelle sorte de monstre était-il pour manger tous les McDo et tout le fromage de son petit frère ?

Il essaya de se défendre. Pourtant, chaque fois qu'il commençait à parler, elle lui hurlait de la fermer, de la fermer, de LA FERMER ! Sa voix de sale môme la rendait malade. Il la rendait malade. Tout était sa faute. Il avait fait quelque chose à son mari, à son bébé, et même à elle, il l'avait rendue malade, il l'avait empoisonnée, oui, il l'avait empoisonnée ! Elle, sa propre mère !

Et chaque fois qu'il tentait de parler, elle hurlait : « Ferme-la, ferme-la, FERME-LA ! »

Elle mourut le surlendemain.

Il l'enveloppa dans un drap et porta son corps dans le jardin à l'arrière de la maison. Il l'inonda alors avec le liquide d'allumage pour charbon de bois de son père, et mit le feu. Il fit brûler le corps de sa mère, le matelas sur lequel elle était morte, et toute la literie. Il attendit une semaine entière que son petit frère revienne, mais il ne revint jamais. Il partit à sa recherche – et en quête de nourriture. Il trouva de la nourriture, mais pas son frère. Il cessa de l'appeler. Comme il était seul, il cessa carrément de parler. Il la ferma.

Six semaines s'étaient écoulées. Il avançait sur une route parsemée de véhicules abandonnés, épaves de voitures, de camions et de motos, quand il remarqua au loin une légère fumée noire. Après vingt minutes de marche, il découvrit la source de cette fumée : un bus scolaire jaune dont le moteur était en feu. Il y avait des soldats, et des enfants effrayés autour du bus, et les soldats lui demandèrent son nom, son âge, d'où il venait. Il se souvint d'avoir enfoui nerveusement ses mains dans ses poches et d'avoir retrouvé le vieux morceau de gâteau toujours dans son emballage.

Dégoûtante tranche de lard. Tu pourrais tenir jusqu'à l'hiver avec ton gros ventre.

« Hé, le gosse ! Qu'est-ce qu'il y a ? Tu ne sais pas parler ? »

Plus tard, son sergent instructeur entendit le récit de son arrivée au camp, alors qu'il n'avait rien d'autre que ses vêtements sur le dos et un morceau de gâteau rassis au fond de sa poche. Avant d'avoir eu connaissance de son histoire, le sergent instructeur l'avait surnommé

Fatboy. Une fois l'histoire connue, le sergent instructeur le renomma Poundcake.

« Je t'aime bien, Poundcake. J'aime bien le fait que tu sois un tireur-né. Je suis sûr que tu as surgi du ventre de ta mère avec un revolver dans une main et un beignet dans l'autre. J'aime que tu ressembles à Elmer Fudd et que tu aies le putain de cœur de Mufasa. Et par-dessus tout, j'aime que tu ne parles pas. Personne ne sait d'où tu débarques, par où tu es passé, ce que tu penses, ce que tu ressens. Putain, je n'en sais rien et je m'en fiche, et tu devrais en faire autant. Tu es un mec muet, un tueur surgi des ténèbres et sans cœur, n'est-ce pas, soldat Poundcake ? »

Non, ce n'était pas le cas.

Pas encore.

V

LE PRIX

31

LA PREMIÈRE CHOSE que j'avais prévu de faire lorsqu'il se réveillerait, c'était de le tuer.

Si jamais il se réveillait.

Dumbo n'était pas certain que ça arriverait. « Il est dans un sale état », m'a-t-il dit alors que nous l'avions déshabillé pour que notre médecin de bord observe ses blessures de plus près. Poignardé dans une cuisse, une balle dans l'autre, couvert de brûlures, des os brisés, tremblant d'une forte fièvre. Malgré les piles de couvertures que nous avions entassées sur lui, Evan frissonnait si violemment qu'on avait l'impression que le lit entier vibrait.

— Sepsie, a marmonné Dumbo.

Il a remarqué que je le regardais sans comprendre et a ajouté :

— C'est quand l'infection envahit ton système sanguin.

— Qu'est-ce qu'on fait ?

— Il nous faut des antibiotiques.

— Mais on n'en a pas.

Je me suis assise sur le lit adjacent. Sam s'est déplacé au pied, agrippant toujours le revolver vide. Il refusait de le lâcher. Ben était allongé contre le mur, son fusil à la main, surveillant Evan avec circonspection, comme s'il était sûr qu'il allait bondir du lit d'une seconde à l'autre pour essayer de nouveau de nous éliminer.

— Il n'avait pas le choix, j'ai dit à Ben. Comment aurait-il pu s'approcher dans le noir sans que quelqu'un lui tire dessus ?

— Je veux savoir où sont Poundcake et Teacup, a rétorqué Ben, les dents serrées.

Dumbo s'est avancé vers lui pour l'aider à se lever. Il avait refait ses bandages, mais Ben avait perdu beaucoup de sang. Ben lui a fait signe de s'éloigner. Il s'est levé tout seul, a boitillé jusqu'au lit sur lequel Evan était allongé, et d'un revers de main a frappé Evan à la joue.

— Réveille-toi ! (Un autre coup.) Réveille-toi, espèce de fils de pute !

J'ai bondi du lit et attrapé le poignet de Ben avant qu'il se remette à frapper Evan.

— Ben, ça ne va pas…

— Très bien !

D'un geste brusque, il a libéré son bras de ma poigne et s'est dirigé vers la porte.

— Je les trouverai moi-même !

— Zombie ! a glapi Sam.

Il a couru vers lui.

— Je viens avec toi !

— Ça suffit, vous deux ! j'ai crié. Personne ne va nulle part jusqu'à ce que nous…

— Jusqu'à ce que nous quoi… ? a hurlé Ben. Hein, Cassie ?

J'ai ouvert la bouche, mais aucun mot n'en est sorti. Sam tirait Ben par le bras.

— Allons-y, Zombie !

Mon petit frère de cinq ans qui s'agitait, un revolver déchargé à la main.

— Ben, écoute-moi. Tu m'écoutes ? Si tu pars d'ici maintenant…

— Justement, je pars d'ici maintenant…

— On risque de te perdre, toi aussi !

À présent, je hurlais carrément.

— Tu ignores ce qui s'est passé ! Evan s'en est peut-être pris à elles, comme à Dumbo et toi – mais peut-être pas ! Si ça se trouve, elles sont sur le chemin du retour, alors sortir d'ici serait un risque inutile…

— Pas la peine de me faire un sermon sur les risques inutiles. J'en connais un rayon sur le sujet…

Soudain, Ben a vacillé. Toute couleur s'est retirée de son visage et il est tombé sur un genou, Sam tirant en vain sur sa manche. Dumbo et moi nous l'avons traîné jusqu'au lit vide, sur lequel il s'est affalé, jurant et maudissant Evan Walker, ainsi que toute cette situation merdique. Dumbo m'a jeté un regard de cerf effrayé, immobilisé dans le halo des phares d'une voiture, genre : « Tu as les réponses, n'est-ce pas ? Tu sais ce qu'il faut faire, pas vrai ? »

Faux.

32

J'AI RAMASSÉ LE FUSIL DE DUMBO et le lui ai plaqué sur la poitrine.

— L'escalier, les deux fenêtres du hall, les chambres côté est et ouest, tu vas partout et tu gardes les yeux grands ouverts. Moi, je reste ici avec ces deux mâles débordant de testostérone, et j'essaie de les empêcher de s'entretuer.

Dumbo a acquiescé d'un hochement de tête, genre « OK, j'ai pigé », mais il n'a pas esquissé un seul autre mouvement. J'ai posé mes mains sur ses épaules et plongé mon regard dans le sien.

— Bouge-toi, Dumbo. Compris ? Bouge-toi !

Il a remué la tête de haut en bas, comme une marionnette, puis il s'est enfin traîné hors de la pièce. Quitter la chambre était bien la dernière chose qu'il avait envie de faire, mais il y avait un bail que nous étions obligés de faire la dernière chose dont nous avions envie.

Derrière moi, Ben a grommelé :

— Pourquoi tu ne lui as pas tiré dans la tête ? Pourquoi seulement dans le genou ?

— Juste retour des choses, j'ai marmonné.

Je me suis assise à côté d'Evan. Je voyais ses yeux bouger sous ses paupières. Je l'avais déjà cru mort. Je lui avais dit au revoir. À présent, il était vivant. Serais-je capable de renouer avec lui ? Nous ne sommes qu'à six kilomètres de Camp Haven. *Qu'est-ce qui t'a retenu si longtemps, Evan ?*

— On ne peut pas rester ici, a déclaré Ben. C'était une mauvaise idée d'envoyer Ringer en repérage. Je savais que nous n'aurions pas dû nous séparer. On se casse de ce bouge dès demain matin.

— Et comment on va faire ? j'ai demandé. Tu es blessé. Evan est…

— Il ne s'agit pas de lui. Enfin, j'imagine que pour toi c'est différent.

— Il est la raison pour laquelle tu es encore en vie en train de râler, Parish.

— Je ne râle pas…

— Oh que si ! Tu râles et tu déblatères comme une salope de reine de beauté du lycée.

Sammy a éclaté de rire. Je n'avais pas entendu mon petit frère rire depuis le décès de notre mère. C'était aussi stupéfiant que de découvrir un lac au beau milieu du désert.

— Cassie t'a traité de salope, a dit Sam à Ben, au cas où il ne l'aurait pas remarqué.

Ben l'a ignoré.

— Nous avons attendu ton pote ici, et maintenant nous sommes prisonniers dans ce bouge à cause de lui. Fais ce que tu veux, Sullivan. Demain matin, moi, je me casse.

— Moi aussi ! a crié Sam.

Ben s'est levé, il s'est appuyé un instant au montant du lit pour reprendre son souffle, puis il s'est dirigé vers la porte en boitillant. Sam l'a suivi, et je n'ai pas essayé de les arrêter, ni l'un ni l'autre. À quoi ça aurait servi ? Ben a entrouvert la porte, a prévenu Dumbo qu'il sortait, de ne pas lui tirer dessus – il venait pour le seconder. Alors, Evan et moi, nous nous sommes retrouvés seuls.

Je me suis assise sur le lit que Ben venait juste d'abandonner. Il était encore chaud. J'ai attrapé l'ours en peluche de Sammy et l'ai posé sur mes genoux.

— Tu m'entends ? j'ai demandé – à Evan, pas à Nounours. On dirait que nous sommes à égalité, là, non ? Tu m'as tiré dans le genou ; je t'ai tiré dans le genou. Tu m'as vue cul nu ; je t'ai vu cul nu. Tu as prié pour moi ; j'ai…

Soudain, tout s'est brouillé autour de moi. J'ai attrapé Nounours, et je m'en suis servie pour frapper Evan sur le torse.

— C'est quoi, cette veste ridicule que tu portes ? Les Pinheads, tu as raison, c'est vraiment ça. Tu as tapé en plein dans le mille, là ! (Je l'ai frappé de nouveau.) Pinhead. (Un autre coup.) Pinhead. (Encore un coup.) Pinhead. Tu comptais vérifier que tout allait bien pour moi, c'est ça ?

Il a remué les lèvres et a laissé échapper un mot, aussi léger qu'un souffle d'air.

— Éphémère.

33

IL A OUVERT LES YEUX. Dire que j'avais écrit que ce type avait les yeux d'un brun aussi délicieusement fondant que du chocolat ! Bordel ! Pourquoi me troublait-il autant ? Ça ne me ressemblait pas. Pourquoi l'avais-je laissé m'embrasser, me câliner, et d'une façon générale se morfondre à mes côtés comme un pauvre petit chien extraterrestre perdu ? Qui était ce mec ? De quelle version tordue de la réalité s'était-il transporté dans ma propre version, tout aussi tordue ? Cela n'avait aucun sens. Qu'Evan tombe amoureux de moi était aussi bizarre que si moi je tombais amoureuse d'un cafard, mais comment qualifier mes réactions en sa présence ?

Oui, comment on appelle ça ?

— Si tu n'étais pas en train de mourir et tout ça, je te dirais d'aller en enfer !

— Je ne suis pas en train de mourir, Cassie.

Ses paupières qui battent. Son visage en sueur, sa voix tremblante.

— OK, très bien, alors dans ce cas, va en enfer ! Tu m'as abandonnée, Evan. Tu as disparu d'un seul coup, dans le noir, et ensuite tu as tout fait sauter. Tu aurais pu tous nous tuer. Tu m'as abandonnée juste quand…

— Je suis revenu.

Il a tendu la main vers moi.

— Ne me touche pas ! Pas la peine d'essayer de m'avoir avec un de tes trucs d'alien à la con !

— J'ai tenu ma promesse, a-t-il chuchoté.

Une promesse… C'était à cause d'une promesse que nos routes s'étaient croisées. Une fois de plus, j'étais stupéfaite que nous soyons tous les deux passés par le même chemin. Sa promesse pour la mienne. Ma balle pour la sienne. Chacun se retrouvant à déshabiller l'autre parce qu'il n'y a pas d'autre choix si on veut le sauver, et s'accrocher à sa pudeur à l'époque des Autres est comme sacrifier un bouc pour faire surgir la pluie.

— Tu as failli te prendre une balle dans le crâne, crétin ! Il ne t'est pas venu à l'esprit qu'une fois arrivé en haut de l'escalier, tu aurais pu crier : « Hé, c'est moi, Evan ! Ne me tirez pas dessus » ?

Il a secoué la tête.

— C'était trop risqué.

— Oh, tu as raison ! Beaucoup plus risqué que de te faire exploser la cervelle. Où est Teacup ? Où est Poundcake ?

De nouveau, il a secoué la tête.

— Qui ça ?

— La petite fille qui s'est engagée sur l'autoroute. Le garçon potelé qui est parti à sa suite. Tu dois bien les avoir vus.

Cette fois, il a acquiescé.

— Nord.

— Je sais dans quelle direction ils sont partis…

— Ne va pas les chercher.

Sa réponse m'a surprise.

— Pourquoi tu dis ça ?

— Ce n'est pas sûr.

— Aucun endroit n'est sûr, Evan.

Ses yeux vacillaient. Il était sur le point de s'évanouir.

— Mais avec Grâce…

— Qu'est-ce que tu as dit ? Grâce ? Comme dans *Amazing Grace*, ou quoi ? Qu'est-ce que ça veut dire « avec grâce… » ?

— Grâce, a-t-il murmuré avant de perdre conscience.

34

JE SUIS RESTÉE AVEC LUI JUSQU'À L'AUBE. Assise à côté de lui comme il m'avait veillée dans la vieille ferme. Il m'avait emmenée dans cet endroit contre ma volonté, et ensuite ma volonté l'a amené ici, alors peut-être que cela signifie que nous appartenons l'un l'autre. Ou que nous sommes redevables l'un envers l'autre. De toute façon, aucun dû n'est jamais vraiment remboursé en totalité, pas ceux qui comptent, en tout cas. « Tu m'as sauvé », avait-il dit, et à ce moment-là je n'avais pas compris de quoi je l'avais sauvé. C'était avant qu'il ne me révèle sa véritable identité. Par la suite, j'ai pensé qu'il entendait par là que je l'avais sauvé de tout ce gigantesque génocide humain, ce truc de meurtre en masse. À présent, je songeais que, au fond, il n'avait pas voulu dire que je l'avais sauvé de quelque chose, mais *pour* quelque chose. Ce qui me flanquait carrément la trouille, c'était l'existence même de ce quelque chose.

Il a gémi dans son sommeil. Ses doigts ont agrippé les couvertures avec force. Il a déliré. *Moi aussi, j'ai vécu ça, Evan.* J'ai pris sa main. Son corps était couvert d'hématomes, de brûlures, brisé. Dire que je m'étais demandé pourquoi il avait autant tardé pour me retrouver ! Il avait dû carrément ramper jusqu'ici. Sa main était chaude, son visage luisant de sueur. Pour la première fois, j'ai pensé qu'Evan Walker pourrait mourir – si tôt après avoir survécu à la mort.

— Tu vas vivre. Tu dois vivre ! Promets-le-moi, Evan. Promets-moi que tu vivras. Promets-le-moi !

J'ai un peu dérapé, là, mais je n'ai pu m'en empêcher :

— Ça complète le cercle. Cette fois, nous en avons fini, toi et moi. Tu m'as tiré dessus et j'ai vécu. Je t'ai tiré dessus et tu vis. Tu vois. C'est comme ça que ça fonctionne. Demande à n'importe qui. De plus, je te rappelle que tu es M. Créature Suprême, que vous êtes arrivés ici après nous avoir observés durant des milliers d'années, et que tu es destiné à débarrasser la Terre des pitoyables humains que nous sommes. C'est ta mission. Tu es né pour ça. Ou plutôt, tu as été élevé pour ça. Enfin, genre. Parce qu'à dire vrai, vos plans pour conquérir le monde sont plutôt merdiques. Ça fait presque un an que vous avez débarqué, et nous sommes toujours là. Oui, nous sommes toujours là, et qui est le mec à moitié mort allongé sur le dos comme un insecte, avec de la salive qui lui coule sur le menton ?

Je lui ai essuyé la bouche avec le coin de la couverture.

La porte s'est ouverte, et ce bon gros Poundcake est entré dans la chambre. Ensuite Dumbo, un grand sourire aux lèvres, puis Ben, et finalement Sam. Finalement, ce qui signifie : toujours pas de Teacup.

— Comment va-t-il ? a demandé Ben.

— Il est brûlant de fièvre. Il délire. Il ne cesse de parler de grâce.

Ben a froncé les sourcils.

— Grâce ? Comme dans *Amazing Grace* ?

— Peut-être qu'il parle de rendre les grâces, comme avant un repas, a suggéré Dumbo. Il doit mourir de faim.

D'un pas lourd, Poundcake s'est dirigé vers la fenêtre et a contemplé le parking, en bas, couvert de glace. Je l'ai observé un instant, puis je me suis tournée vers Ben.

— Que s'est-il passé dehors ?

— Il n'a rien dit.

— Dans ce cas, fais-le parler, j'ai insisté. C'est toi le sergent, non ?

— Je ne crois pas qu'il en soit capable.

— Donc Teacup a disparu et nous ne savons pas où ni pourquoi.

Dumbo est intervenu :

— Elle a dû rattraper Ringer... qui a sûrement préféré l'emmener jusqu'aux grottes, plutôt que de perdre du temps à la ramener ici.

D'un geste de la tête, j'ai désigné Poundcake.

— Et lui ? Il était où ?

— Je l'ai trouvé dehors, a répondu Ben.

— Qu'est-ce qu'il faisait ?

— Rien... il traînait, c'est tout.

— Il ne faisait que traîner ? C'est tout ? Hé, les mecs, vous vous êtes déjà demandé dans quel camp Poundcake joue vraiment ?

Ben a poussé un profond soupir.

— Sullivan, ne commence pas...

— Sérieusement. Cette façon de ne jamais lâcher un mot, ça pourrait être... juste un truc. Ça lui évite d'avoir à répondre à des questions embarrassantes. De plus, ça serait logique pour les Autres d'infiltrer l'un d'entre eux dans chaque escouade qui a subi un lavage de cerveau, au cas où quelqu'un se mette à piger...

— OK, et avant Poundcake, c'était Ringer.

Ben commençait à s'énerver.

— Ton prochain suspect, ce sera Dumbo. Ou moi. Néanmoins, je te rappelle que le mec qui a reconnu être l'ennemi est allongé dans ce lit, pile à côté de toi, et il te tient la main.

— En fait, c'est moi qui lui tiens la main. Et il n'est pas notre ennemi, Parish. Je croyais qu'on en avait fini avec ça !

— Comment on sait qu'il n'a pas tué Teacup ? Ou Ringer ? Hein, comment on le sait, Sullivan ?

— Oh mon Dieu, regarde-le. Il est à peine en état de tuer un... un...

J'essayais de trouver la victime qu'Evan aurait eu la force de tuer, hélas, la seule chose à laquelle mon cerveau épuisé était capable de penser était un éphémère, ce qui aurait représenté un très mauvais choix. Comme un présage insouciant, si l'on peut qualifier un présage d'insouciant.

Ben s'est retourné brusquement vers Dumbo, qui a tressailli. Je crois qu'il préférait que la colère de Ben soit dirigée contre n'importe qui mais pas lui.

— Est-ce qu'il va survivre ? a demandé Ben.

Dumbo a secoué la tête – ses oreilles sont devenues toutes rouges.

— C'est mauvais.

— C'est bien ma question. Mauvais, à quel point ? Combien de temps avant qu'il puisse voyager ?

— Pas avant un bon moment.

— Bordel, Dumbo, quand ?

— Dans quelques semaines ? Des mois ? Sa cheville est foutue, mais ce n'est pas le pire. L'infection… et puis il y a le risque de gangrène…

Ben a lâché un rire amer.

— Un mois ? Un mois ! Il a fait sauter cette base, il vous a tirés de là, il m'a fracassé la gueule, et maintenant il ne peut plus bouger pendant un mois !

Je me suis mise à crier :

— Allez-y, si vous avez tellement envie de partir ! Fichez tous le camp ! Laissez-moi seule avec lui, on vous suivra dès qu'il sera en état.

Ben est resté un instant bouche bée. Sam se tenait contre lui, plaqué contre sa jambe, son petit doigt glissé dans un passant du treillis de notre sergent. En voyant mon frère ainsi, j'ai éprouvé une pointe de tristesse. Ben m'avait dit qu'à Camp Haven, Sam était surnommé « le toutou de Zombie », cette appellation signifiant qu'il trottait toujours fidèlement à ses côtés.

Dumbo a hoché la tête.

— Ça me paraît une bonne idée, sergent.

— Nous avions un plan, a rétorqué Ben. On s'y tient. Si Ringer n'est pas de retour demain, alors on décampera d'ici.

Il m'a jeté un regard sévère.

— Tous ensemble.

D'un geste du pouce, il a désigné Poundcake.

— Il pourra porter ton petit copain, en cas de besoin.

L'air visiblement agacé, Ben a tourné les talons, puis il a quitté la pièce.

Dumbo a bondi derrière lui.

— Sergent, où est-ce que tu vas ?

— Au lit, Dumbo, au lit ! Je vais m'allonger, sinon je vais m'écrouler. Prends le premier tour de garde. Nugget – Sam – ou quel que soit ton nom, qu'est-ce que tu trafiques ?

— Je viens avec toi.

— Non, reste avec ta sœur. Attends. Tu as raison. Elle a déjà les mains occupées – littéralement parlant. Poundcake ! Sullivan est de garde. Viens dormir un peu, espèce de grande gueule muette…

Sa voix s'est évanouie. Dumbo est revenu se placer au pied du lit d'Evan.

— Notre sergent est anxieux, m'a-t-il expliqué, comme si j'avais besoin qu'il m'explique quoi que ce soit. D'habitude, il est plutôt cool.

— Moi aussi, je suis du genre relax.

À l'évidence, il ne comptait pas s'éloigner. Il me fixait, et ses joues étaient aussi rouges que ses oreilles.

— C'est vraiment ton petit copain ?

— Quoi ? Non, Dumbo. C'est juste un mec que j'ai rencontré un jour, quand il essayait de me tuer.

Il a semblé soulagé.

— Oh, super. Parce que, tu sais, ce type, il est comme Vosch.

— Il n'est pas du tout comme Vosch.

— Je veux dire, il est l'un d'entre Eux.

Il a baissé la voix, comme s'il partageait avec moi un sombre secret :

— Zombie m'a expliqué : ils ne sont pas comme ces puces minuscules dans nos crânes, mais d'une façon ou d'une autre ils arrivent à se télécharger en nous comme un virus dans un ordinateur, ou un truc du genre.

— Ouais, un truc du genre.

— C'est bizarre.

— Eh bien, je crois qu'ils auraient pu se télécharger dans des animaux domestiques, comme des chats, par exemple, mais ça leur aurait pris un peu plus de temps pour nous exterminer.

— Seulement un mois ou deux, a répondu Dumbo.

J'ai éclaté de rire… et mon rire m'a autant surprise que celui de mon petit frère. Si vous voulez ôter leur humanité aux humains, je pense que les empêcher de rire serait un bon départ. Je n'ai jamais été très douée en histoire, cependant je suis quasiment sûre que des connards comme Hitler ne se marraient pas beaucoup.

— Je ne comprends toujours pas, a poursuivi Dumbo. Pourquoi l'un d'entre Eux serait-il de notre côté ?

— Je ne suis pas certaine que lui-même connaisse la réponse à cette question.

Dumbo a hoché la tête, carré les épaules et pris une profonde inspiration. Il était mort de fatigue. Nous l'étions tous. Il a commencé à s'éloigner, mais je l'ai rappelé avant qu'il franchisse le seuil.

— Dumbo !

La même question que Ben, à laquelle il n'avait pas vraiment répondu.

— Il va s'en sortir ?

Dumbo est resté silencieux un long moment.

— Si j'étais un alien et que je puisse choisir de m'incarner dans n'importe quel corps humain, j'en choisirais un très solide. Ensuite, juste pour m'assurer de survivre à la guerre, j'aimerais, je ne sais pas, m'arranger pour être immunisé contre tous les virus et toutes les bactéries de la Terre. Ou au moins, y être très résistant. Tu vois, comme quand on fait vacciner son chien contre la rage.

J'ai souri.

— Tu sais, Dumbo, tu es très intelligent.

Il a rougi.

— Ce surnom… C'est à cause de mes oreilles.

Il est parti. J'avais l'étrange sensation d'être observée. Peut-être parce que je l'étais effectivement : Poundcake me fixait depuis son poste à la fenêtre.

— Et toi, Poundcake, quelle est ton histoire ? Pourquoi est-ce que tu ne parles pas ?

Il s'est détourné, et son souffle a embué la vitre.

35

— Cassie ! Cassie, réveille-toi !

J'étais blottie contre Evan, ma tête sur son épaule, nos doigts entrelacés – comment diable tout ceci était-il arrivé ? Sam se tenait à côté du lit et me tirait par le bras.

— Debout, Sullivan !

Je me suis redressée.

— Ne m'appelle pas comme ça, Sams, j'ai marmonné. La lumière inondait la chambre, l'après-midi était déjà bien avancé. J'avais dormi toute la journée. Qu'est-ce que… ?

Sam a posé un doigt sur ses lèvres, puis de l'autre main il a désigné le plafond :

— Écoute.

Je l'ai entendu : le son caractéristique du rotor d'un hélicoptère – léger, mais qui devenait plus fort. J'ai bondi du lit, attrapé mon fusil et suivi Sam dans le couloir, où Poundcake et Dumbo s'étaient rassemblés autour de Ben.

— Ce n'est peut-être qu'une patrouille, a chuchoté l'ancienne star du football, celui qui, dans un passé pas si lointain, dictait toujours les règles du jeu sur le terrain. Si ça se trouve, ils ne sont même pas à notre recherche. Il y avait deux escouades en extérieur quand le camp a explosé. Ça doit être une mission de sauvetage.

— Ils vont remarquer notre présence, a dit Dumbo, paniqué. On est foutus, sergent !

— Pas forcément, a rétorqué Ben, qui semblait avoir retrouvé un peu de sa superbe. Écoutez ! Le bruit s'éloigne…

Ce n'était pas un produit de son imagination : le son faiblissait effectivement. Nous devions retenir notre souffle pour l'entendre. Nous sommes restés comme ça, dans le couloir, encore une dizaine de minutes, jusqu'à ce que le son disparaisse complètement. Dix minutes à patienter, inquiets, mais l'hélicoptère n'est pas revenu. Ben a poussé un profond soupir.

— Je crois que c'est bon, maintenant.

— Pour combien de temps ? a demandé Dumbo. On ne devrait pas rester ici, ce soir, sergent. À mon avis, on ferait bien de se tirer tout de suite pour rejoindre les grottes.

— Et rater le retour de Ringer ? Ou prendre le risque que l'hélicoptère revienne quand nous serons exposés ? Pas question, Dumbo. On s'en tient au plan.

Ben m'a alors fixée.

— Comment ça se passe, avec M. le Ranger de l'Univers ? Pas de changement ?

— Il s'appelle Evan, et non, pas de changement.

Pour la première fois depuis longtemps, Ben a souri. Qui sait, peut-être l'imminence du danger l'aidait-elle à se sentir plus vivant, de la même façon que les zombies sont carnivores et ne consomment qu'une seule sorte de nourriture. On n'entend jamais parler de zombies végétariens. Quel serait le risque d'attaquer un plat d'asperges ?

Sam a ricané.

— Zombie a dit que ton petit copain est un Ranger de l'Univers.

— Ce n'est pas un Ranger de l'Univers – et pourquoi vous dites tous que c'est mon petit copain ?

Le sourire de Ben s'est élargi.

— Ce n'est pas ton petit copain ? Pourtant il t'a embrassée…

— Pour de bon ? s'est enquis Dumbo.

— Oh, oui. Et deux fois. Je les ai vus.

— Avec la langue ?

— Beeeerk ! a fait Sammy.

— J'ai une arme, les mecs, vous savez ! j'ai lâché, plaisantant à moitié.

— Je n'ai vu aucune langue, a répliqué Ben.

— Tu veux en voir une ?

Je lui ai tiré la langue. Dumbo a éclaté de rire. Même Poundcake a souri.

C'est à ce moment-là que la fille est apparue, surgissant par l'escalier, et alors, tout est soudain devenu très bizarre.

36

Un T-shirt rose Hello Kitty en lambeaux, taché de boue (mais ça aurait pu être du sang). Un short qui avait dû être blanc, et dont la couleur passée ressemblait plutôt à un beige très sale. Des tongs blanches, cradingues, avec quelques strass décorant encore les lanières. Un petit visage d'elfe, creusé d'immenses yeux, et surmonté d'une masse de cheveux sombres très emmêlés. Très jeune, environ l'âge de Sammy, mais elle était si mince que son visage évoquait plutôt celui d'une vieille dame.

Tout le monde est resté silencieux. Nous étions choqués. La voir ainsi, à l'autre bout du couloir, claquant des dents, les genoux tremblant dans l'air glacé, c'était comme revivre ce moment stupéfiant au Camp des Cendres, quand nous avions vu surgir ces gros bus scolaires jaunes alors que l'école n'existait plus depuis longtemps. C'était quelque chose qui ne pouvait tout simplement pas exister.

Puis Sammy a chuchoté :

— Megan ?

Et alors, Ben a dit :

— Bordel, c'est qui, cette Megan ?

Ce qui était exactement ce que nous pensions tous.

Sam a bondi avant qu'aucun d'entre nous puisse l'en empêcher. Il s'est avancé à mi-chemin vers elle. La petite fille n'a pas bougé. Elle n'a même pas cillé. Ses yeux semblaient briller dans la lumière déclinante, grands et fixes comme ceux d'une très vieille chouette.

Sam s'est tourné vers nous et a répété :

— Megan !

Puis, comme s'il nous faisait remarquer l'évidence :

— C'est Megan, Zombie. Elle était dans le bus avec moi !

Il a pivoté vers elle.

— Salut, Megan.

Tout cela d'un air détaché, comme si leurs retrouvailles étaient des plus normales.

Aussitôt, Ben a pris les choses en main, avec un immense calme.

— Poundcake, vérifie l'escalier ! Dumbo, occupe-toi des fenêtres. Ensuite, tous les deux, vous scannez le premier étage. Il est impossible qu'elle soit seule.

La gamine s'est mise à parler, d'une voix aiguë, grinçante, qui m'évoquait des ongles crissant sur un tableau noir.

— J'ai mal à la gorge.

Ses yeux se sont révulsés, et ses genoux se sont dérobés sous elle. Sam a foncé pour la retenir, mais il était trop tard : elle s'est écroulée à terre, heurtant le sol du front une seconde avant que Sam la rattrape. Ben et moi, nous nous sommes précipités à notre tour, et Ben s'est penché pour la prendre dans ses bras. Je l'ai repoussé.

— Tu n'es pas en état de la porter !

— Cette gamine ne pèse rien ! a-t-il protesté.

Je l'ai soulevée avec douceur. Il avait raison. Megan ne pesait pas plus lourd qu'un sac de farine. Je l'ai portée dans la chambre d'Evan, l'ai allongée dans le lit et j'ai entassé six épaisseurs de couvertures sur son petit corps tremblant. Après, j'ai demandé à Sammy d'aller chercher mon fusil dans le couloir.

— Sullivan, a dit Ben depuis la porte, cette histoire est louche.

J'ai hoché la tête. Il était déjà curieux que cette gamine ait atterri dans notre hôtel par hasard, mais comment diable avait-elle pu survivre à ces températures glaciales avec cette tenue estivale ? Ben et moi nous pensions la même chose : vingt minutes après que nous avions entendu l'hélicoptère, miss Megan surgissait dans notre refuge.

Évidemment, elle n'était pas arrivée ici toute seule. C'était une livraison spéciale qui nous était adressée.

— Ils savent que nous sommes là, j'ai dit.

— Oui, mais au lieu de faire exploser l'hôtel, ils la déposent ici. Pourquoi ?

Sam est revenu avec mon fusil.

— Cassie, c'est Megan, a-t-il répété. On s'est rencontrés dans le bus qui nous a emmenés à Camp Haven.

— Le monde est petit, hein, Sams ?

Je l'ai écarté du lit, le poussant vers Ben.

— Tu as une idée de ce que ça signifie ? j'ai demandé à Ben.

Il s'est frotté le menton. Moi, la nuque. Mille pensées tourbillonnaient dans nos esprits. Je l'ai regardé se frotter le menton, il m'a regardée me frotter la nuque, et c'est alors qu'il a dit :

— Un traqueur. Ils lui ont implanté une puce.

Bien sûr. Quelle idiote ! Voilà pourquoi Ben était en charge des opérations. C'est lui qui a toujours les meilleures idées. J'ai effleuré la nuque de Megan, aussi fine qu'un crayon, cherchant la menue protubérance révélatrice. Rien. J'ai jeté un coup d'œil à Ben et, d'un mouvement négatif de la tête, je lui ai fait comprendre que je n'avais rien trouvé.

— Ils savaient que nous regarderions là en premier, a-t-il dit d'un ton impatient. Fouille-la, Sullivan. Scanne-la. Vérifie chaque centimètre carré de son corps. Sam, toi, tu viens avec moi.

— Pourquoi je ne peux pas rester ? a protesté mon petit frère.

Après tout, il venait juste de retrouver sa vieille copine.

— Tu veux voir une fille nue, c'est ça ?

Ben lui a fait une grimace.

— Espèce de dégoûtant !

Notre sergent a entraîné mon frère hors de la pièce. J'ai pressé un instant mes doigts contre mes yeux. Bordel. Bordel, bordel, bordel ! J'ai repoussé les couvertures jusqu'au pied du lit, exposant le corps maigrichon de Megan à la lumière tombante de cette soirée hivernale. Son corps couvert de croûtes, de bleus, de plaies ouvertes, de couches de poussière et de crasse – atteint jusqu'aux os par l'horrible cruauté de l'indifférence et la brutale indifférence de la cruauté, elle était l'une d'entre nous, et nous tous à la fois. Elle était le chef-d'œuvre des Autres, leur œuvre maîtresse, le passé et l'avenir de l'humanité, ce qu'ils avaient fait et ce qu'ils avaient promis de faire, et j'ai pleuré. J'ai pleuré pour Megan, pour moi, pour mon frère, et pour tous les humains trop stupides ou moins chanceux d'être déjà morts. Fais-toi une raison, Sullivan ! Nous sommes ici, puis nous disparaissons, et c'était déjà vrai avant leur arrivée. Cela a toujours été vrai. Les Autres n'ont pas inventé la mort, ils l'ont juste perfectionnée. Ils ont donné à la mort notre propre visage parce qu'ils savaient que c'était le seul moyen de nous exterminer. Ça ne se terminerait pas sur un continent, au milieu d'un océan, dans une montagne, une plaine, une jungle ou un désert. Ça se terminerait où tout avait commencé, sur le champ de bataille du dernier battement de cœur humain.

J'ai déshabillé Megan, lui retirant ses vêtements d'été, sales et élimés. J'ai écarté ses bras et ses jambes comme ceux du type sur le célèbre dessin de Léonard de Vinci, l'homme de Vitruve. Je me suis obligée à aller lentement, de façon méthodique, en débutant par sa tête et en descendant.

— Je suis désolée, tellement désolée, j'ai chuchoté tout en pressant, malaxant, investiguant chaque centimètre de son corps.

Je n'éprouvais plus aucune tristesse. Je pensais au doigt de Vosch appuyant sur le bouton du dispositif qui ferait exploser le cerveau de mon petit frère, et j'avais tellement envie de voir couler le sang de ce monstre que j'en salivais carrément.

Alors comme ça, Vosch, tu prétends savoir comment nous pensons. Dans ce cas, tu sais ce que je suis sur le point de faire. Je vais te peler la gueule avec ma pince à épiler. T'arracher le cœur avec une aiguille à coudre. Je vais t'infliger sept milliards de mini-entailles qui te feront pisser le sang – une pour chacun d'entre nous. C'est le prix à payer. Prépare-toi, connard, parce que quand on retire l'humanité des humains, il ne reste que des humains sans humanité.

En d'autres mots, tu obtiendras exactement ce que tu as voulu, espèce d'ordure !

37

J'AI APPELÉ BEN, pour qu'il me rejoigne dans la chambre.

— Rien, j'ai dit. Pourtant j'ai vérifié… partout.

— Et sa gorge ? a-t-il demandé avec un grand calme.

Moi, je m'étais exprimée d'un ton sec. Ben a aussitôt compris qu'il s'adressait à une personne très en colère qu'il fallait traiter avec ménagement.

— Juste avant qu'elle s'évanouisse, elle nous a fait part de son mal de gorge, a-t-il ajouté.

J'ai hoché la tête.

— Il n'y a aucun dispositif ancré en elle, Ben.

— Tu en es bien certaine ? C'est bizarre qu'une gamine gelée, affamée nous annonce : « J'ai mal à la gorge » à l'instant précis où elle déboule ici.

Il s'est avancé jusqu'au lit avec précaution, comme s'il redoutait que je lui saute dessus dans un accès de colère déplacé. Non que ce soit déjà arrivé. Avec délicatesse, il a posé une main sur le front de Megan tout en lui ouvrant la bouche de l'autre avant de se pencher.

— Difficile de voir quoi que ce soit, a-t-il marmonné.

— J'ai utilisé ça, ai-je répondu en lui tendant la petite torche de Sam.

Ben s'en est servi pour éclairer la gorge de Megan.

— Elle est plutôt rouge, a-t-il fait remarquer.

— Exact. C'est pour ça qu'elle se plaignait.

Il a réfléchi au problème en frottant sa barbe de trois jours.

— C'est quand même bizarre. Elle n'a pas dit « Au secours » ni « J'ai froid » ou « Toute résistance est inutile », juste « J'ai mal à la gorge ».

J'ai croisé les bras sur ma poitrine.

— Toute résistance est inutile ? Tu plaisantes ?

Sam a passé la tête dans l'embrasure de la porte. Ses grands yeux bruns me fixaient.

— Cassie, elle va bien ?

— Elle est en vie.

— Elle l'a avalé ! s'est exclamé Ben, le mec qui a toujours les meilleures idées. Tu ne l'as pas trouvé parce qu'il est dans son estomac !

— Ces dispositifs ont la taille d'un grain de riz, je lui ai rappelé. Pourquoi ça lui aurait fait mal à la gorge de l'avaler ?

— Je ne dis pas qu'il lui a fait mal à la gorge. Sa gorge n'a rien à voir avec ça.

— Alors pourquoi tu te soucies autant qu'elle ait mal ?

— Ce n'est pas ce qui m'inquiète, Sullivan.

Il faisait son possible pour rester calme, parce qu'à l'évidence l'un de nous devait maîtriser ses nerfs.

— Que cette gamine débarque comme ça de nulle part pourrait signifier plein de choses, mais sûrement rien de positif. D'ailleurs, ça ne peut qu'être mauvais.

D'autant plus que nous ignorons pourquoi ils l'ont envoyée ici.

Ben a contemplé Megan durant un moment.

— Nous devons la réveiller, a-t-il décidé.

Soudain, Dumbo et Poundcake ont débarqué dans la chambre.

— Pas la peine de me dire quoi que ce soit, a lâché Ben à Poundcake, qui de toute façon n'en aurait rien fait. J'ai compris. Vous n'avez rien trouvé.

Il s'est tourné vers Dumbo.

— Donne-moi ta gourde.

Il en a retiré le bouchon, et a tenu la gourde au-dessus du front de Megan. Une goutte d'eau est apparue au bord du goulot. Elle est restée suspendue là durant ce qui a paru être une éternité.

Avant que l'éternité ne se termine, une voix rauque s'est élevée derrière nous.

— À ta place, j'éviterais de faire ça.

Evan Walker venait de se réveiller.

38

TOUT LE MONDE S'EST FIGÉ. Même la goutte d'eau, qui grossissait au bord du goulot, s'est immobilisée. Depuis son lit, Evan nous observait de ses yeux brillants de fièvre, attendant que l'un de nous pose la question évidente, ce que Ben fit enfin :

— Pourquoi ?

— Parce que la réveiller ainsi pourrait l'amener à prendre une profonde inspiration, et ça, ce serait mauvais.

Ben s'est retourné pour lui faire face. L'eau a coulé sur le tapis.

— Bordel, mais de quoi tu parles ?

Evan a dégluti, grimaçant sous l'effort. Son visage était aussi pâle que la taie d'oreiller sous sa joue.

— Elle a été implantée – mais pas avec un traqueur.

Ben a crispé les lèvres. Il a compris avant nous tous. Aussitôt, il a lancé des ordres à Dumbo et à Poundcake.

— Dehors ! Tout de suite ! Sullivan, toi et Sam aussi !

— Je ne vais nulle part, j'ai répondu.

— Tu devrais, a dit Evan. J'ignore avec quelle précision il a été calibré.

— Avec quelle précision il a été calibré à quoi ? j'ai insisté.

— Au dispositif incendiaire qui réagit au CO_2.

Evan a détourné les yeux.

— À notre souffle, Cassie.

À ce moment-là, tout le monde a compris. Cependant, il y a une différence entre comprendre et accepter. Cette idée était inacceptable. Malgré tout ce que nous avions traversé, nos cerveaux refusaient encore certaines horreurs.

— Maintenant, foutez tous le camp en bas ! a grogné Ben.

Evan a secoué la tête.

— Ce n'est pas assez loin. Vous feriez mieux de quitter l'hôtel.

D'une main, Ben a attrapé Dumbo par un bras, de l'autre, il a agrippé Poundcake, et les a quasiment jetés vers la porte. Sam s'était réfugié vers l'entrée de la salle de bains, son petit poing pressé sur sa bouche.

— Quelqu'un devrait ouvrir la fenêtre, a suggéré Evan.

J'ai poussé Sam dans le couloir, puis je me suis dirigée vers la fenêtre. J'ai tiré de toutes mes forces, mais elle n'a pas bougé d'un pouce, sûrement bloquée par le froid. Ben s'est avancé, m'a écartée de son chemin, et a brisé la vitre avec la crosse de son fusil. Un flot d'air gelé a pénétré dans la pièce. Alors, Ben s'est approché d'Evan. Il l'a observé un bref instant avant de l'attraper par les cheveux pour l'obliger à se redresser.

— Toi, espèce de fils de pute…

— Ben !

J'ai posé une main sur son bras.

— Lâche-le ! Il n'a pas…

— Oh, c'est vrai, j'avais oublié ! Lui, c'est le gentil Méchant.

Il l'a relâché. Evan est retombé sur le dos – il n'avait carrément pas la force de tenir assis.

— T'as intérêt à te montrer coopératif, monsieur l'Alien, a poursuivi Ben. Sinon, je te…

Là, il a suggéré de lui faire quelque chose de techniquement impossible.

Evan a tourné les yeux vers moi.

— Dans sa gorge. Suspendu juste au-dessus de son épiglotte.

— C'est une bombe ! a lâché Ben, d'une voix tremblante de rage et d'incrédulité. Ils ont pris une gamine et l'ont transformée en bombe humaine !

— On peut l'enlever ? j'ai demandé.

Evan a secoué la tête.

— Comment ? s'est-il enquis.

— C'est la question qu'elle te pose, espèce de trou du cul ! a rétorqué Ben.

— L'explosif est connecté à un détecteur de CO_2 encastré dans sa gorge. Si le branchement est rompu, il explose.

— Tu ne m'as toujours pas répondu, j'ai fait remarquer. Est-ce qu'on peut l'enlever sans se faire cramer la gueule ?

— C'est faisable…

— Faisable. Faisable !

Ben a éclaté d'un rire étrange, entrecoupé de hoquets. J'avais peur qu'il perde complètement les pédales.

— Evan, j'ai dit avec toute la douceur et tout le calme dont j'étais capable, est-ce qu'on peut le retirer sans…

Je n'arrivais pas à le formuler, et Evan ne m'a pas aidée.

— Dans ce cas, les chances qu'il explose sont plus fortes.

— L'enlever sans… quoi ?

À l'évidence, Ben avait soudain du mal à suivre. Ce n'était pas sa faute. Il se débattait avec l'inconcevable, comme un mauvais nageur entraîné dans les rapides.

— Sans la tuer d'abord, a expliqué Evan.

39

BEN ET MOI, nous avons organisé une nouvelle réunion de crise dans le couloir. Ben a ordonné à tout le monde de traverser le parking et d'aller se cacher dans le snack, jusqu'à ce qu'il fasse signe que les voies étaient dégagées – ou que l'hôtel ait explosé, quel que soit ce qui aurait lieu en premier. Sam refusait de partir. Ben s'est montré plus sévère. Mon petit frère a eu les larmes aux yeux, et il a fait la moue. Ben lui a rappelé qu'il était un soldat, et qu'un bon soldat suivait les ordres. De plus, s'il restait, qui protégerait Poundcake et Dumbo ?

Avant de s'éloigner, Dumbo a dit :

— C'est moi, le médecin. C'est à moi de le faire, sergent.

Il avait deviné ce que notre leader avait en tête.

— Fiche le camp ! a répliqué Ben d'un ton sec.

Alors, nous nous sommes retrouvés seuls. Ben jetait de toutes parts des regards affolés. Le cafard piégé. Le rat coincé. L'homme qui tombe de la falaise sans le moindre arbuste auquel s'accrocher.

— Eh bien, je crois que nous avons la réponse à notre grande question, non ? a-t-il dit. Ce que je ne comprends pas, c'est pourquoi ils ne se sont pas contentés de nous exterminer avec quelques-uns de leurs putain de missiles. Ils savent bien que nous sommes ici.

— Ce n'est pas leur style, j'ai répondu.

— Leur style ?

— Est-ce que tu as déjà réalisé à quel point ça a toujours été personnel – depuis le début ? Ils prennent leur pied à nous tuer.

Ben m'a contemplée avec incrédulité.

— Ouais. Maintenant je comprends pourquoi tu avais envie de sortir avec l'un d'entre Eux.

Ce n'était pas vraiment la remarque appropriée. Il l'a pigé aussitôt et a tout de suite fait marche arrière.

— À quoi on joue, là, Cassie ? Il n'y a pas vraiment de décision à prendre, sauf : qui veut le faire ? On devrait peut-être tirer au sort.

— Ou confier ça à Dumbo. Tu n'as pas dit qu'il avait appris la chirurgie au camp ?

Ben a froncé les sourcils.

— La chirurgie ? Tu plaisantes ?

— Bon, sinon… ?

Soudain, j'ai compris. Je ne pouvais pas l'accepter, mais le comprendre, oui. Je me trompais au sujet de Ben. Il avait plongé bien plus loin que moi dans l'inconcevable. Oui, bien plus loin.

En voyant mon regard, il a compris que j'avais compris, et il a baissé le menton sur sa poitrine. Il avait le visage rouge. Pas tant d'embarras que de colère, d'une immense colère, une colère au-delà des mots.

— Non, Ben, on ne peut pas faire ça.

Il a relevé la tête. Ses yeux brillaient. Ses mains tremblaient.

— Moi je peux.

— Non, tu ne peux pas !

Ben Parish se noyait. Il avait coulé si profond que je n'étais pas sûre de pouvoir le rattraper ni d'avoir la force de le ramener à la surface.

— Je n'ai pas demandé ça ! a-t-il lâché avec fureur. Je n'ai pas demandé à vivre toute cette merde !

— Pas plus qu'elle, Ben.

Il s'est approché, et j'ai alors vu une fièvre différente brûler dans ses yeux.

— Je ne m'inquiète pas pour elle. Il y a une heure, elle n'existait pas. Tu comprends ? Elle n'était rien, littéralement rien. Je vous avais, toi, ton petit frère, et Poundcake, et Dumbo. Elle, elle était à Eux. Elle leur appartenait. Ce n'est pas moi qui l'ai prise. Ce n'est pas moi qui l'ai obligée à monter dans un bus, qui lui ai dit qu'elle était parfaitement en sécurité avant de lui planter une bombe dans la gorge. Ce n'est pas ma faute. Ce n'est pas ma responsabilité. Mon job, c'est de garder mon cul et les vôtres en vie aussi longtemps que possible, et si ça signifie qu'une autre personne, quelqu'un qui ne représente rien à mes yeux, doit mourir alors ce sera comme ça.

Je ne pouvais pas m'en sortir. Nous en sortir. Il avait coulé bien trop profond, il y avait trop de pression, j'étais incapable de respirer.

— C'est ça, Cassie, pleure ! a-t-il répliqué d'un ton amer. Pleure, Cassie. Pleure pour elle. Pleure pour tous les enfants. Ils ne peuvent pas t'entendre, ni te voir, ni comprendre ta souffrance, mais chiale pour eux. Une larme pour chacun d'eux, vas-y, remplis ce putain d'océan de l'horreur, et pleure ! Tu sais que j'ai raison. Que je n'ai pas le choix ! Et que Ringer avait raison aussi.

Tout ça, c'est une question de risque. Ça l'a toujours été. Et si une seule petite fille doit mourir pour que six personnes puissent vivre, alors ce sera le prix à payer. C'est le prix, Cassie !

Il est passé devant moi pour avancer dans le couloir jusqu'à la porte brisée. Moi, je ne parvenais ni à bouger ni à parler. Je n'ai pas esquissé un seul mouvement ni prononcé une seule parole pour l'arrêter. Je n'avais plus aucun mot utile dans mon vocabulaire et bouger ne servait à rien.

Arrête-le, Evan. Arrête-le, parce que moi, je ne peux pas.

Au sous-sol, dans la salle sécurisée, leurs petits visages levés vers moi, et ma prière silencieuse, ma promesse sans espoir : *Grimpe sur mes épaules, grimpe sur mes épaules, grimpe sur mes épaules.*

Il ne la tuerait pas d'une balle. À cause du risque. Il allait l'étouffer. Plaquer un oreiller sur son visage et le tenir serré jusqu'à son dernier souffle. Il n'abandonnerait pas non plus son corps ici : toujours à cause du risque. Il l'emporterait dehors, sans l'enfouir ni le brûler : encore le risque. Il l'emmènerait loin dans les bois et le jetterait sur le sol gelé comme des débris pour les buses, les corbeaux et les insectes. Eh oui, le risque ! Je me suis assise contre le mur, j'ai ramené mes genoux contre ma poitrine, posé ma tête dessus et replié mes bras sur mon crâne. Je me suis bouché les oreilles et j'ai fermé les yeux. Et là, j'ai vu le doigt de Vosch appuyer sur le bouton, les mains de Ben sur l'oreiller, mon doigt sur la gâchette. Sam, Megan. Le soldat au crucifix. Et la voix de Ringer a émergé du silence : *Parfois tu te trouves*

au mauvais endroit au mauvais moment, et ce qui arrive n'est
la faute de personne.

Quand Ben sortira de là, ravagé par son acte, je me lèverai, j'irai à lui et je le réconforterai. Je tiendrai la main qui aura tué une gamine et nous pleurerons sur notre sort, et sur les choix que nous avons dû faire, et qui n'étaient nullement des choix.

Ben est sorti de la chambre. Il s'est assis contre le mur, à dix portes de moi. Au bout d'une minute, je suis allée le rejoindre. Il n'a pas levé les yeux. Jambes repliées, il avait posé son front sur ses genoux. Je me suis installée à côté de lui.

— Tu as tort, j'ai dit.

Il a fait un geste de la main, genre : Je m'en fous.

— Elle était des nôtres, j'ai continué. Ils sont tous des nôtres.

Ben a renversé la tête contre le mur.

— Tu les entends ? Ces putain de rats !

— Ben, je pense que vous devriez partir. Maintenant. Inutile d'attendre demain matin. Emmène Dumbo et Poundcake, et filez jusqu'aux grottes aussi vite que vous pourrez.

Peut-être que Ringer pourrait l'aider. Il l'écoutait toujours, et semblait même souvent intimidé par elle, voire sidéré. Il a laissé échapper un rire amer.

— Je suis plutôt cassé, là, tu sais, Sullivan.

Il a tourné la tête pour me regarder.

— Et Walker n'est pas non plus en forme pour le faire.

— En forme pour quoi ?

— Pour couper ce putain de truc. Tu es la seule ici à avoir un minimum de chance.

— Tu ne l'as pas… ?

— Je n'ai pas pu.

De nouveau, un rire amer. Il venait de resurgir à la surface et de prendre une longue inspiration.

— Non, je n'ai pas pu.

40

IL FAISAIT UN FROID GLACIAL dans la chambre où elle était allongée.

Evan s'était redressé dans son lit et me regardait avancer. Un oreiller traînait sur le sol, là où Ben l'avait jeté. Je l'ai ramassé et je me suis assise au pied du lit d'Evan. Les petits nuages de nos souffles qui flottent dans l'air froid, nos cœurs qui battent, et le silence qui s'épaissit entre nous.

Jusqu'à ce que je demande :

— Pourquoi ?

Et qu'Evan réponde :

— Pour détruire ce qui reste. Pour rompre le dernier lien.

J'ai serré l'oreiller sur ma poitrine et je me suis balancée d'avant en arrière. Froid. J'avais si froid.

— On ne peut faire confiance à personne, j'ai lâché. Pas même à une enfant.

Le froid s'insinuait dans mes os, jusqu'à la moelle.

— Qui es-tu, Evan Walker ? Qui es-tu ?

Il paraissait incapable de me regarder.

— Je te l'ai déjà dit.

J'ai hoché la tête.

— Oui, tu l'as dit, monsieur le Grand Requin Blanc. Mais, moi, je ne suis pas comme toi. Pas encore. On ne va pas la tuer, Evan. Je vais lui retirer ce truc de la gorge, et toi, tu vas m'assister.

Il a compris qu'il était inutile de me contredire.

Ben m'avait aidée à réunir le nécessaire, avant de partir rejoindre les autres au snack, à l'extrémité du parking. Un gant de toilette. Des serviettes. Une bombe désodorisante. La trousse médicale de Dumbo. Nous nous étions dit au revoir à la porte de l'escalier. Je l'avais enjoint d'être prudent : il y avait des boyaux de rats écrasés sur les marches.

Ben avait baissé la tête, frotté son pied sur le tapis comme un gamin gêné d'être pris la main dans le sac.

— J'ai perdu les pédales, tout à l'heure. C'était moche de ma part.

— Ne t'inquiète pas, Ben, ton secret est en sécurité avec moi.

Il avait souri.

— Sullivan… Cassie… Au cas où tu ne… Je voulais te dire…

J'ai attendu, sans le presser.

— Ces connards ont fait une grosse bourde en omettant de te tuer, a-t-il bredouillé.

— Benjamin Thomas Parish, c'est le compliment le plus adorable et le plus bizarre qu'on m'ait jamais fait.

J'ai déposé un baiser sur sa joue. Il m'a embrassée sur la bouche.

— Tu sais, j'ai chuchoté après, il y a un an, j'aurais vendu mon âme au diable pour ça.

Il a secoué la tête.

— Ça n'en aurait pas valu la peine.

Et durant l'éclair d'une seconde, tout s'est évanoui, le désespoir, le chagrin, la colère, la souffrance, la faim, et l'ancien Ben Parish a resurgi. Ces yeux qui vous clouent sur place. Ce sourire qui vous tue. Dans un instant, tout s'effacerait, et je me retrouverais face au nouveau Ben, celui qu'ils appellent Zombie, et alors j'ai soudain compris : l'objet de mes désirs d'adolescente était mort, tout comme l'adolescente qui le désirait était morte, elle aussi.

— Fiche le camp d'ici ! je lui ai dit. Et si jamais il arrive quoi que ce soit à mon petit frère par ta faute, je te traquerai jusqu'à la mort.

— Je suis peut-être idiot, Sullivan, mais pas à ce point.

La seconde d'après, il avait disparu dans la pénombre de l'escalier.

Je suis retournée dans la chambre. Impossible de faire ça. Pourtant je le devais. Evan a reculé tant bien que mal sur le matelas, jusqu'à ce que son cul touche la tête du lit. J'ai glissé mes bras sous le corps de Megan et, avec lenteur, je l'ai soulevée, puis déposée avec précaution, sa tête sur les genoux d'Evan. J'ai saisi la bombe désodorisante (« Merveilleuse senteur de la nature » !) et j'en ai bombardé le gant de toilette. Mes mains tremblaient. Impossible de réussir. Impossible de rater.

— Un crochet à cinq dents, a déclaré Evan d'un ton neutre. Enfoncé sous son amygdale droite. N'essaie pas de le sortir. Attrape d'abord bien le fil, coupe aussi près du crochet que tu pourras, puis sors-le – lentement. Si le fil se détache, la capsule…

J'ai hoché la tête avec impatience.

— Je sais. *Boum !* Tu me l'as déjà dit.

J'ai ouvert la trousse médicale dans laquelle j'ai pris une pince à épiler et des ciseaux de chirurgie. Ils avaient beau être petits, ils paraissaient immenses. J'ai allumé la lampe-stylo et je l'ai coincée entre mes dents.

J'ai tendu à Evan le gant de toilette qui empestait le pin. Il l'a plaqué sur le nez et la bouche de Megan. Elle a gigoté un instant, ses paupières se sont ouvertes, ses yeux se sont révulsés. Ses mains, qui reposaient jusque-là sagement sur ses genoux, se sont crispées, avant de s'immobiliser. Evan a alors posé le gant sur sa frêle poitrine.

— Si elle se réveille pendant que je trifouille dans sa gorge…

Avec la lampe coincée entre mes dents, je m'exprimais comme un mauvais ventriloque : « Chi elle che réveille pendant que che trifouille dans cha gorge… »

Evan a hoché la tête.

— Il y a une bonne centaine de façons pour que ça se passe mal, Cassie.

Il a incliné la tête de Megan en arrière et a forcé sa bouche à s'ouvrir. Je me suis penchée vers un étroit tunnel d'un rouge brillant, extrêmement profond. La pince à épiler dans ma main gauche. Les ciseaux dans la droite. Mes deux mains paraissaient énormes.

— Tu peux ouvrir un peu plus ? j'ai demandé.

— Si je le fais, je vais lui disloquer la mâchoire.

Eh bien, une mâchoire disloquée vaudrait peut-être mieux que nos corps éparpillés en mille et un morceaux sur le sol, mais bon...

J'ai effleuré l'amygdale avec la pointe de la pince.

— Celle-là ?

— Je ne vois rien.

— Evan, quand tu parlais de l'amygdale droite, tu voulais dire à sa droite, pas à la mienne, c'est ça ?

— Oui, sa droite. Ta gauche.

— OK, juste histoire d'être sûre.

Je ne voyais rien de ce que je faisais. J'avais enfoncé la pince dans sa gorge, mais pas les ciseaux. Comment allais-je pouvoir enfourner ces deux trucs énormes dans la minuscule bouche de cette gamine ?

— Attrape le fil avec l'extrémité de la pince, a suggéré Evan. Puis tire-le très doucement pour que tu puisses voir ce que tu es en train de faire. Ne tire pas d'un coup sec. Si le fil est déconnecté de la capsule...

— Putain de bordel de merde, Walker, tu n'as pas besoin de me rappeler toutes les deux minutes ce qui risque d'arriver si ce putain de fil se détache de cette putain de capsule !

Soudain j'ai senti l'extrémité de la pince toucher quelque chose.

— OK, je crois que je l'ai.

— C'est très mince. Noir. Brillant. Ta lampe devrait refléter...

— S'il te plaît, tais-toi !

Ou, en langage avec une lampe coincée entre les dents : « Ch'il te plaît... »

Je tremblais de tout mon corps, mais, par miracle, mes mains, elles, restaient fermes. J'ai réussi à glisser un peu plus ma main droite dans la bouche de Megan en poussant sur le côté de sa joue, et j'ai placé le bout des ciseaux en position. Est-ce que c'était ça ? J'avais bon, là ? Le fil, si c'était bien le fil qui brillait dans la lueur de ma lampe, était aussi fin qu'un cheveu.

— Doucement, Cassie.

— Ferme-la.

— Si elle l'avale…

— Bordel, Evan, je vais te tuer. Sérieusement.

Voilà, j'avais le fil, bloqué entre les extrémités de la pince. Pendant que je tirais, je voyais le petit crochet incrusté dans sa chair enflammée. *Doucement, doucement, doucement. Assure-toi de couper le bon côté du fil.*

— Tu es trop près, m'a prévenue Evan. Arrête de parler et ne respire pas directement dans sa bouche…

OK. Je crois que je vais plutôt flanquer un méga coup de poing sur la tienne.

Une bonne centaine de façons pour que ça se passe mal, avait-il dit. Mais il y a de mauvaises façons, de très mauvaises façons, et de très, très mauvaises façons. Quand les yeux de Megan se sont ouverts et qu'elle s'est mise à gigoter, nous sommes passés par un très, très mauvais moment.

— Elle est réveillée ! j'ai crié.

Comme si c'était nécessaire.

— Lâche le fil !

Ça, c'était nécessaire.

Les dents de Megan se sont refermées sur ma main. Elle remuait la tête de droite à gauche. Mes doigts étaient coincés dans sa bouche. J'essayais de garder la pince immobile, mais si Megan tirait un peu trop et que la capsule lâche…

— Evan, fais quelque chose !

Tendant le bras, il a tenté d'attraper le gant imprégné de désodorisant. J'ai crié :

— Non, tiens plutôt sa tête, crétin ! Ne la laisse pas…

— Lâche le fil ! a-t-il haleté.

— Quoi ? Tu viens de me dire de ne pas lâcher…

Il a pincé le nez de Megan. Lâcher ? Ne pas lâcher ? Si je lâchais, le fil risquait de s'enrouler autour de la pince et de casser. Si je ne lâchais pas, tous ces gestes et mouvements désordonnés allaient tirer trop fort dessus. Les yeux de Megan se sont révulsés. De douleur, de terreur et de désorientation, ce cocktail auquel les Autres nous avaient habitués. Sa bouche s'est ouverte, j'ai enfoncé les ciseaux dans sa gorge.

— Je te déteste, j'ai chuchoté à Evan. Je te déteste plus que n'importe qui au monde.

Je me suis dit qu'il était important qu'il le sache avant que je referme les ciseaux. Juste au cas où nous serions pulvérisés par le souffle de l'explosion.

— Tu l'as ? a demandé Evan.

— Putain, mais j'en sais rien si je l'ai ou pas !

— Fais-le.

Puis il a souri. Souri !

— Coupe le fil, mon Éphémère.

J'ai coupé le fil.

41

— C'EST UN TEST, a dit Evan.

Le truc, qui ressemblait à une gélule emplie de liquide vert, était posé sur le bureau, ne présentant plus aucun danger – en tout cas nous l'espérions –, enfermé dans un petit sachet en plastique, du genre de ceux que votre mère utilisait à l'époque des jours heureux – disparus depuis longtemps – pour garder le sandwich de votre déjeuner au frais.

— Quoi, tu veux dire qu'ils sont encore en phase de recherche et développement pour transformer les humains en bombes ? a demandé Ben.

Il était appuyé contre le rebord de la fenêtre brisée, tremblant de froid, mais quelqu'un devait surveiller le parking et il ne voulait confier cette tâche à personne. Au moins Ben avait-il retiré ce hideux sweat-shirt jaune à capuche trempé de sang (il était hideux avant même d'être imprégné de sang), et il avait enfilé un simple sweat noir, qui le faisait presque ressembler à celui qu'il était avant l'arrivée des Autres.

Assis sur le lit, Sam a gloussé avec hésitation, semblant se demander si son Zombie adoré plaisantait ou non. Je ne suis pas psy, cependant je soupçonne Sam d'avoir effectué une sorte de transfert sur Ben, étant donné que notre père ne sera plus jamais là.

— Je ne parlais pas de la bombe, a répondu Evan, mais de nous.

— Super ! a grommelé Ben. C'est le premier test que j'aurai réussi en trois ans.

— La ferme, Parish ! j'ai rétorqué. (Qui avait instauré cette règle disant que les sportifs devaient se comporter de façon stupide pour être cool ?) Je sais très bien que l'année dernière tu faisais partie des finalistes du National Merit.

— Vraiment ? a lancé Dumbo.

Ses oreilles s'étaient dressées. OK, je ne devrais pas faire de telles remarques sur ses oreilles, néanmoins, il avait l'air abasourdi.

— Oui, vraiment, a répondu Ben avec son sourire breveté style Parish. Mais c'était une petite année. On a juste eu une invasion d'aliens.

Il a regardé Evan. Son sourire s'est évanoui, ce qui arrivait toujours quand il regardait Evan.

— Qu'est-ce qu'ils veulent tester ? a-t-il demandé.

— Nos connaissances.

— Ouais, en général, c'est là-dessus que portent les tests. Tu sais ce qui nous aiderait franchement, Walker ? C'est que tu arrêtes avec tes mystérieux trucs d'alien, et que tu nous parles de la putain de réalité. Parce que chaque seconde qui passe sans que ce truc se déclenche (d'un mouvement de tête il a désigné le sachet) est une seconde durant laquelle nos risques doublent. Tôt ou tard, et à mon avis plutôt tôt que tard, ils vont revenir et faire voltiger nos culs jusqu'à Dubuque.

— Dubuque ? Pourquoi Dubuque ? Qu'est-ce qu'il y a là-bas ? s'est inquiété Dumbo.

Il ne voyait pas le rapport, et ça le perturbait.

— C'est rien qu'une ville, Dumbo, a répondu Ben. Choisie au hasard, comme ça.

Evan a hoché la tête. J'ai jeté un coup d'œil à Poundcake, dont la silhouette rondouillarde emplissait l'embrasure de la porte. Bouche bée, il tournait la tête de droite à gauche pour suivre la conversation.

— Effectivement, ils vont revenir, a dit Evan. À moins que nous n'échouions au test. Dans ce cas, ils n'auront plus besoin de se pointer ici.

— Échouer ? Nous avons réussi, non ?

Ben a pivoté vers moi.

— J'ai pourtant la sensation d'avoir réussi. Et toi ?

— Échouer pour l'avoir recueillie, tout contents de nous, j'ai expliqué. Avant que nos culs voltigent jusqu'à Dubuque.

— Dubuque, a répété Dumbo, perdu.

— L'absence de détonation ne peut signifier que trois choses, a commencé Evan. Un : le dispositif fonctionnait mal. Deux : le dispositif n'était pas bien calibré. Ou, trois…

Ben a levé la main pour terminer l'explication à sa place.

— Ou trois : quelqu'un dans l'hôtel était au courant pour les enfants transformés en bombes humaines, a été capable de retirer le dispositif, de le mettre en sécurité dans un sachet en plastique et a organisé un séminaire sur la meilleure façon de distiller la panique et la paranoïa chez ces crétins d'humains. Le test, c'est pour voir si nous avons un Silencieux parmi nous.

— On en a un ! a crié Sammy.

Du doigt, il a pointé Evan.

— Tu es un Silencieux !

— Ce dont ils ne pourraient être sûrs, s'ils faisaient exploser notre gargote avec quelques missiles bien envoyés, a poursuivi Ben.

— Ce qui amène une autre question, a complété Evan : pourquoi soupçonneraient-ils la présence d'un Silencieux parmi vous ?

Un lourd silence s'est abattu dans la pièce. Ben pianotait des doigts sur son avant-bras. Poundcake a refermé la bouche. Dumbo ne cessait de tirer son lobe d'oreille. Moi, je me balançais d'avant en arrière sur mon siège, tout en tripotant la patte de Nounours. J'ignorais comment il avait atterri sur mes genoux. Peut-être que je l'avais récupéré pendant que Poundcake avait emmené Megan dans la chambre d'à côté. Je me souvenais de l'avoir vu par terre, mais pas de l'avoir ramassé.

— Pourtant, a dit Ben, ils doivent avoir un moyen de savoir que tu es avec nous, non ? Sinon, ils risqueraient d'éliminer leur propre pion.

— S'ils étaient certains de ma présence, ils n'auraient pas besoin de ce test. Ils soupçonnent que je suis là, c'est tout.

Alors, j'ai compris, ce qui ne m'a pas rassurée.

— Ringer.

Ben a tourné la tête vers moi. Le moindre souffle d'air aurait pu le faire tomber de son perchoir.

— Elle a été capturée, j'ai dit. Ou Teacup. Ou toutes les deux.

...e à Evan, parce que la mine déconfite
...it trop difficile à supporter.

...me paraît le plus vraisemblable, a

...van.

— Ça, c'est des conneries ! lui a hurlé Ben. Ringer
ne nous donnerait jamais.

— Pas de son plein gré, a fait remarquer Evan.

— Wonderland, j'ai chuchoté. Ils ont téléchargé ses
souvenirs...

Ben s'est écarté du bord de la fenêtre, a légèrement perdu l'équilibre et titubé un instant avant de se
cogner contre le lit de Sammy. Il tremblait, mais pas
de froid.

— Oh, non. Non, non, non ! Ringer n'a pas été capturée. Elle est en sécurité, tout comme Teacup, et pas
question d'imaginer ça...

— Pas la peine d'imaginer, l'a interrompu Evan. C'est
ce qui a dû se passer pour de bon.

Je me suis levée pour m'approcher de Ben. C'était
l'un de ces moments où vous savez que vous devez faire
quelque chose, mais vous ignorez quoi.

— Ben, écoute-le ! Il n'y a sûrement qu'une seule raison pour que nous soyons en vie et qu'ils aient envoyé
Megan.

— Qu'est-ce qui t'arrive ? m'a demandé Ben. Tu es
d'accord avec tout ce que dit ce mec, comme s'il était
Moïse descendu de sa montagne ? S'ils savent qu'il est
ici, quelle qu'en soit la raison, alors ils savent que ton
petit copain est un traître et ils nous enverront quand
même crever à Dubuque.

Tout le monde a fixé Dumbo, attendant un commentaire de sa part sur Dubuque.

— Ils ne veulent pas me tuer, a lâché Evan.

Il avait un regard triste.

— C'est vrai, j'avais oublié, a dit Ben. Ce sera plutôt moi leur victime.

Il s'est écarté de moi pour regagner la fenêtre. Une fois là, il a posé ses mains sur le rebord et a observé le ciel sombre.

— Si on reste ici, on est foutus. Si on se casse, on est foutus. On est comme des gamins de cinq ans qui affrontent Bobby Fischer[1] aux échecs.

Il s'est retourné vers Evan.

— Tu as peut-être été repéré par une patrouille qui t'a suivi jusqu'ici.

Du doigt, il a désigné le sachet.

— Ça, ça ne signifie pas qu'ils ont Ringer ou Teacup. Ça veut juste dire qu'on n'a plus de temps devant nous. On ne peut pas se cacher, on ne peut pas s'enfuir, donc on en revient toujours à la même question : pas *si* nous allons mourir, mais *quand*. Comment allons-nous mourir ? Dumbo, comment tu voudrais mourir, toi ?

Dumbo s'est redressé. Il a carré les épaules et relevé le menton.

— Debout, chef !

Ben a ensuite contemplé Poundcake.

— Et toi, Cake, tu veux aussi mourir debout ?

---

1. Le plus grand joueur d'échecs de tous les temps, selon Garry Kasparov, lui-même champion mondial d'échecs. (*N.d.T.*)

À son tour, il s'est redressé. Il a hoché la tête avec élégance.

Ben n'a pas eu besoin de poser la question à Sam. Mon petit frère s'est levé, et lentement, très lentement, avec une grande dignité, il a effectué un salut à l'intention de son commandant.

42

OH MERDE ! Les mecs !

J'ai jeté Nounours sur le bureau avant de m'adresser à la brigade de machos qui me faisait face.

— J'ai déjà vécu ça : on s'enfuit, on crève ; on reste, on crève. Alors, au lieu de se la péter règlements de comptes à OK Corral, envisageons plutôt la troisième option : on fait sauter l'hôtel.

Ma suggestion les a laissés bouche bée un moment. Evan a compris le premier. Il a hoché la tête avec lenteur, visiblement peu satisfait de l'idée. Il y avait beaucoup de paramètres inconnus. Un bon millier de risques que ça se passe mal, une seule chance que tout aille bien.

Ben est allé directement au cœur du problème :

— Et comment on fait ? Qui prend le risque de souffler dessus et d'exploser avec ?

— Je m'en occuperai, sergent, a dit Dumbo.

Ses oreilles sont devenues toutes rouges, comme s'il était gêné de son propre courage. Il a eu un léger sourire, genre : il avait finalement pigé, avant d'ajouter :

— J'ai toujours eu envie de voir Dubuque.

— Le souffle humain n'est pas la seule source de CO_2, j'ai fait remarquer à notre finaliste de l'ordre du National Merit.

— Le Coca ! s'est écrié Dumbo.

— Bonne chance pour en trouver dans le coin, a fait remarquer Ben.

Il avait raison. Les sodas et les boissons alcoolisées étaient dans les premières choses à avoir fait défaut après l'invasion.

— Une canette ou une bouteille, a marmonné Evan. Cassie, tu ne m'as pas dit qu'il y avait un snack juste à côté ?

— Les canettes de CO_2 pour la fontaine d'eau potable…, j'ai commencé.

— … sont sûrement encore là-bas, a poursuivi Evan.

— Si on attache la bombe à la canette…

— … qu'on fixe la canette pour qu'elle délivre le CO_2…

— Une fuite lente…

— … dans un espace confiné…

Là, on a crié à l'unisson :

— L'ascenseur !

— Waouh ! Ça, c'est brillant, a fait remarquer Ben, mais je ne comprends pas vraiment comment ça va résoudre notre problème.

— Ils croiront que nous sommes morts, Zombie, a dit Sam.

Mon petit frère de cinq ans avait saisi le principe, mais il ne connaissait pas aussi bien Vosch et compagnie que notre sergent.

— Et quand ils vérifieront les lieux et ne trouveront pas de corps, ils pigeront, a lâché Ben.

— Mais ça nous donnera de l'avance sur eux, a fait remarquer Evan. Et à mon avis, le temps qu'ils comprennent la vérité, il sera trop tard.

— Parce qu'on est beaucoup trop malins pour eux, c'est ça ? a demandé Ben avec ironie.

Evan a souri.

— Parce que nous allons nous rendre là où ils ne penseront même pas à nous chercher.

43

NOUS N'AVIONS PLUS LE TEMPS DE DISCUTER. Nous devions lancer l'opération Départ Immédiat avant que la 5e Vague nous tombe dessus. Ben et Poundcake sont sortis pour récupérer une cartouche de CO_2 au snack. Dumbo s'est mis en faction dans le hall. J'ai dit à Sam qu'il devait surveiller Megan, vu qu'elle était une de ses copines depuis l'épisode du bus. Il a réclamé mon pistolet. Je lui ai rappelé que, la dernière fois, ça ne lui avait pas beaucoup servi : il en avait vidé le chargeur sans même effleurer sa cible. Je lui ai tendu Nounours. Il a haussé les yeux au ciel. Nounours, ça, c'était il y a six mois !

Alors, Evan et moi nous nous sommes retrouvés seuls. Juste lui, moi, et cette petite bombe verte, en fait, ça faisait trois.

— Vas-y, déballe ! je lui ai ordonné.

— Qu'est-ce que tu veux que je déballe ?

Il me regardait d'un air aussi innocent que Nounours.

— Ce que tu as dans le ventre, Walker. Je sais que tu me caches un truc.

— Pourquoi est-ce que tu… ?

— Parce que c'est ton style. Ton *modus operandi*. Tu es comme un iceberg, dont les trois quarts flottent sous la surface. Mais pas question que je te laisse transformer cet hôtel en *Titanic*.

Il a poussé un soupir, évitant mon regard.

— Tu as un stylo et du papier ?

— Pardon ? Tu crois que c'est le moment d'écrire un poème d'amour ?

Ça aussi, c'était son style : chaque fois que je m'approchais trop de la vérité, il m'en faisait dévier en me parlant d'amour. En me rappelant que je l'avais sauvé. Ou bien il me sortait n'importe quelle remarque pseudo-profonde sur la nature de ma splendeur. J'ai néanmoins attrapé un stylo et un bloc sur le bureau et je les lui ai tendus, vu que, finalement, ça n'est jamais désagréable qu'un homme vous écrive un gentil poème, n'est-ce pas ?

Mais au lieu d'un poème, Evan a dessiné une carte.

— Un étage, blanche – ou en tout cas, elle a été blanche –, en bois. Je ne me souviens pas de son emplacement exact, mais cette baraque est pile sur l'autoroute 54. À côté d'une station-service avec une de ces pancartes en métal HAVOLINE OIL ou un truc du genre.

Il a déchiré la feuille et me l'a plaquée dans la main.

— Et pourquoi est-ce qu'à ton avis c'est le dernier endroit où ils viendront nous chercher ?

J'allais encore me faire piéger, même si cette histoire d'HAVOLINE OIL n'avait rien de romantique.

J'ai insisté :

— Et pourquoi tu dessines une carte puisque tu viens avec nous ?

— Au cas où il arrive quelque chose.

— À toi. Et si jamais il nous arrive quelque chose à tous les deux ?

— Tu as raison. Je vais dessiner cinq autres cartes.

Il s'est attelé à la suivante. Je l'ai observé pendant deux secondes, puis j'ai attrapé le bloc-notes et le lui ai jeté à la tête.

— Espèce de fils de pute. Je sais ce que tu fais.

— J'étais en train de dessiner une carte, Cassie.

— Installer un détonateur grâce à un distributeur de sodas, dans le style Mission Impossible, c'est bien ça ? Puis on file tous vers la pancarte HAVOLINE, toi en tête avec ta cheville cassée, ta jambe qui a pris un coup de couteau, et 45 °C de fièvre.

— Si j'avais 45 °C de fièvre, je serais mort, a-t-il fait remarquer.

— Non, et tu veux savoir pourquoi ? Parce que les morts n'ont pas de fièvre !

Il a hoché la tête d'un air songeur.

— Mon Dieu, Cassie, tu m'as manqué !

— Voilà ! Voilà, on y est ! C'est comme quand on parle de la ferme Walker, du Camp des Cendres, ou des camps de la mort de Vosch. Chaque fois que je te coince...

— Tu m'as coincé à l'instant où j'ai posé les yeux...

— Ça suffit !

Surpris, il a fermé la bouche. Je me suis assise sur le lit à côté de lui. Peut-être que je me plantais complètement. On attrape mieux les mouches avec du miel, disait toujours ma grand-mère. Le problème, c'est que tous ces stratagèmes féminins n'étaient pas vraiment dans mes gènes. J'ai pris la main d'Evan. Je l'ai regardé au fond des yeux. J'ai même envisagé de défaire un bouton ou deux de ma chemise, mais je me suis dit qu'il verrait sûrement un petit peu trop clair dans mon jeu.

— Pas question que tu me refasses le coup de Camp Haven, j'ai dit, d'une voix que j'espérais suffisamment aguichante. Hors de question, Evan. Tu viens avec nous. Poundcake pourra te porter.

Sa main a effleuré ma joue. Ses caresses m'avaient manqué.

— Je sais, a-t-il dit.

Ses yeux, couleur de chocolat fondant (argh !) avaient une expression d'infinie tristesse. Je connaissais aussi ce regard. Je l'avais vu, dans les bois, quand il m'avait confessé sa véritable identité.

— Mais tu ne sais pas tout, a-t-il continué. Tu n'es pas au courant pour Grâce.

— Grâce, j'ai répété.

J'ai écarté sa main de ma joue, oubliant toute cette histoire de miel et de séduction. J'aimais beaucoup trop ses caresses. Je devais m'efforcer de moins les apprécier, ainsi que sa façon de me regarder comme si j'étais la dernière humaine sur Terre, ce que je croyais avant qu'il me trouve. C'est un lourd fardeau à poser sur les épaules de quelqu'un. Vous décidez que votre existence entière dépend d'une personne, et vous vous retrouvez noyé dans un océan de problèmes. Songez à toutes ces histoires d'amour tragiques jamais écrites. Je n'avais aucune envie d'être la Juliette d'un quelconque Roméo, surtout si je pouvais l'éviter. Même si le seul candidat valable était prêt à mourir pour moi, et qu'il se trouvait assis juste là, tenant ma main, son regard plongé dans le mien. De plus, il était quasiment nu sous les couvertures et Evan avait le corps d'un mannequin de chez Hollister... mais pas question de penser à tout ça.

— Encore *grâce*. Tu n'as pas cessé de prononcer ce mot après que je t'ai tiré dessus.

— Grâce... Tu ne sais pas ce que ça signifie.

Waouh ! J'ignorais qu'il était aussi religieux – ou si critique. En général, ces deux aspects allaient ensemble, néanmoins...

— Cassie, je dois te dire quelque chose.

— Tu es baptiste ?

— Ce jour-là, sur l'autoroute, après... quand je t'ai laissée partir, j'étais très inquiet. Je ne comprenais pas ce qui m'arrivait, pourquoi je ne pouvais pas... faire ce que j'étais venu faire. Ce pour quoi j'avais été élevé. Ça n'avait aucun sens pour moi. Et de bien des façons, ça n'en a toujours pas. On croit se connaître. On pense être la personne qu'on voit dans le miroir. Je t'ai trouvée, et en te trouvant, je me suis perdu. Plus rien n'était clair. Plus rien n'était simple.

J'ai hoché la tête.

— Je me souviens du temps où tout était simple.

— Au début, quand je t'ai amenée chez moi, j'ignorais si tu allais survivre. J'étais assis là, avec toi, et je pensais : *Peut-être qu'elle ne devrait pas vivre.*

— Eh bien ! C'est d'un romantisme fou !

— Je savais ce qui allait arriver, a-t-il dit.

Il a pris mes mains entre les siennes, m'a attirée près de lui, et j'ai sombré, complètement sombré dans ses satanés yeux, et c'est bien pour cela que le coup du miel ne marche pas avec moi : moi, je suis plutôt comme la mouche qui vient se coller dessus.

— Je savais ce qui allait arriver, Cassie, et jusqu'à présent, je pensais que seuls les morts avaient de la chance. Mais je la vois, maintenant. Je la vois.

— Quoi ? Qu'est-ce que tu vois, Evan ?

Ma voix tremblait. Il m'effrayait. Peut-être était-ce la fièvre qui le faisait délirer, mais j'avais l'impression de ne plus le reconnaître.

— La sortie. La façon de mettre un terme à tout ça. Le problème, c'est Grâce. Elle est trop forte pour toi – pour n'importe lequel d'entre vous. Grâce est la porte, et je suis le seul à pouvoir en franchir le seuil. Au moins, je peux te donner ça. Et du temps. Ces deux choses, du répit et du temps, et alors, tu pourras en finir avec tout ça.

44

AVEC UN TIMING PARFAIT, Dumbo s'est pointé.

— Ils sont revenus, Sullivan. Zombie a dit...

Il s'est interrompu. À l'évidence, il venait d'écourter un moment intime. Dieu merci, je n'avais pas déboutonné ma chemise. J'ai lâché Evan et je me suis levée.

— Ils ont trouvé une recharge ?

Dumbo a hoché la tête.

— Ils sont en train de l'installer dans l'ascenseur.

Il a regardé Evan.

— Zombie a dit que c'est quand tu veux...

Evan a acquiescé d'un mouvement de tête.

— OK.

Cependant, il n'a pas bougé. Moi non plus. Dumbo est resté planté là quelques secondes.

— OK, a-t-il lâché à son tour.

Evan n'a rien répondu. Pas plus que moi. Du coup, Dumbo a ajouté :

— À plus tard ! On se revoit à Dubuque ! Hé ! Hé !

Il a quitté la pièce. Je me suis tournée vers Evan.

— Bon, tu te souviens du discours de Ben au sujet de ce truc d'alien énigmatique ?

Evan Walker a alors fait quelque chose que je ne l'avais jamais vu faire – ou plutôt, entendu dire, pour être exacte.

— Merde ! a-t-il lâché.

Dumbo était de retour à la porte. Bouche bée, les oreilles en feu, empoigné par une fille immense avec une cascade de cheveux d'un blond de miel, des traits norvégiens saisissants, des yeux bleus perçants, des lèvres pleines, sensuelles, comme bourrées de collagène, et la silhouette élancée d'une princesse des podiums de mode.

— Salut, Evan ! a lancé miss Cosmopolitan.

Bien sûr, sa voix était profonde et légèrement rauque comme celle de toutes les séduisantes garces imaginées par Hollywood.

45

GRÂCE : UNE PERSONNE, PAS UNE PRIÈRE, ni quoi que ce soit lié à Dieu. Et armée jusqu'aux dents : en plus de son énorme fusil de sniper accroché dans le dos, elle avait le M16 de Dumbo. Elle a poussé le gamin dans la chambre, puis elle m'a éblouie avec son sourire à 100 000 watts.

— Tu dois être Cassiopée, la reine des nuits étoilées. Je suis surprise, Evan. Je ne l'imaginais pas comme ça. J'ignorais que c'était ton genre.

J'ai regardé Evan.

— Qui est cette fille ?

— Grâce est comme moi.

— Ça fait un bail qu'on se connaît. À quelques dizaines de siècles près. Au fait…

D'un geste de la main, Grâce a désigné mon fusil. Je l'ai jeté à ses pieds.

— Ton arme de poing aussi. Ainsi que ce couteau attaché à ta cheville, sous ton treillis.

— Laisse-les partir, Grâce, a plaidé Evan. On n'a pas besoin d'eux.

Grâce l'a ignoré. Elle a donné un coup de pied dans mon fusil et m'a ordonné de le jeter par la fenêtre avec mon Luger et mon couteau. Evan a hoché la tête dans ma direction, style : *Il vaut mieux que tu lui obéisses.* J'ai donc obtempéré. La tête me tournait. Je n'arrivais pas à penser de façon cohérente. Grâce faisait partie des Silencieux, comme Evan. Ça, je pigeais. Mais comment connaissait-elle mon prénom, pourquoi était-elle là, comment Evan était-il au courant de sa venue, et que voulait-il dire avec son : *Grâce est la porte*? La porte vers quoi ?

Grâce a repris la parole, s'adressant à Evan :

— Je savais qu'elle était humaine, mais je n'avais jamais imaginé à quel point.

Me connaissant bien, Evan était certain de ce qui allait suivre, cependant il a quand même tenté de l'éviter :

— Cassie…

— Allez vous faire foutre, toi et ta bande d'enfoirés de putain d'aliens !

— Quel langage pittoresque ! a rétorqué Grâce. C'est charmant !

Le fusil de Dumbo en main, elle m'a fait signe de m'asseoir. De nouveau, Evan m'a jeté un regard acéré : *Obéis, Cassie.* Alors je me suis assise sur le lit voisin du sien, à côté de Dumbo qui respirait fort par la bouche, comme un asthmatique. Grâce restait près de la porte, afin de pouvoir surveiller le couloir d'un œil. Elle semblait ignorer que Sam et Megan se trouvaient dans la chambre contiguë, et que Ben et Poundcake attendaient Evan en bas, dans l'ascenseur. Tout à coup, j'ai compris la stratégie d'Evan : essayer de gagner du temps. Quand Ben et Poundcake monteraient voir ce qui se passait, nous aurions notre chance. Hélas, je me suis souvenue d'Evan qui, dans l'obscurité la plus complète, avait pris le dessus sur toute une escouade de soldats de la 5e Vague, bien plus armés que lui, et j'ai pensé : *Non, quand Ben et Poundcake nous rejoindront, ce sera elle qui aura sa chance.*

Je l'ai observée : appuyée contre le montant de la porte, une cheville croisée nonchalamment sur l'autre, ses boucles blondes flottant sur une épaule, la tête légèrement tournée afin que nous puissions admirer son superbe profil nordique, et j'ai songé : *Évidemment ! Si vous pouvez vous télécharger dans n'importe quel corps humain, pourquoi ne pas choisir l'un des plus beaux ?* Evan avait fait de même. Sur ce point-là, il n'était rien d'autre qu'un charlatan. C'était bizarre de penser à tout cela. Finalement, le mec qui me faisait fondre n'était qu'une effigie, un masque sur un visage… sans visage, qui, il y a dix mille ans, ressemblait peut-être à un calamar ou un truc du même genre.

— Bon, ils nous avaient bien prévenus qu'il y avait un risque à vivre si longtemps comme des humains… parmi les humains, a lâché Grâce. Dis-moi, Cassiopée, tu ne le trouves pas merveilleux au lit ?

— Pourquoi tu ne me dis pas ce que tu en penses, toi, espèce de salope extraterrestre ?

— Elle est fougueuse ! a lancé Grâce à Evan, un sourire aux lèvres. Comme son homonyme.

— Laisse-les partir, Grâce. Ils n'ont rien à voir avec ça !

— Evan, je ne suis même pas sûre de comprendre ce qui se passe exactement, a-t-elle rétorqué.

Elle a quitté son poste et flotté – il n'y a pas d'autre mot pour qualifier son déplacement – jusqu'au lit d'Evan.

— Et personne n'ira nulle part tant que je ne l'aurai pas décidé !

Elle s'est penchée vers lui, a pris son visage entre ses mains et lui a donné un long baiser sur les lèvres. J'ai bien vu qu'il la repoussait, mais elle ne l'a pas laissé faire. Miss Garce Blonde Intergalactique semblait avoir plus d'une ruse dans son sac.

— Tu lui as dit, Evan ? a-t-elle murmuré contre sa joue, d'une voix cependant assez forte pour que je puisse entendre. Est-ce qu'elle sait comment tout va se terminer ?

— Comme ça ! j'ai rétorqué.

Au même instant, j'ai foncé sur elle tête baissée, comme je le fais toujours, heurtant sa tempe de mon crâne. L'impact l'a projetée contre la porte du placard. Moi, je me suis affalée sur les genoux d'Evan. *Voilà, c'était parfait*, j'ai pensé, de façon un peu incohérente. J'ai voulu me relever, mais Evan m'a enlacée par la taille, m'immobilisant.

— Non, Cassie.

Sa faiblesse a joué en ma faveur, et je me suis facilement libérée de sa poigne pour sauter du lit sur le dos de Grâce. Grossière erreur : elle m'a attrapée par le bras et m'a lancée à travers la chambre. Je me suis ramassée sur le mur à côté de la fenêtre et je me suis écroulée sur le cul. Aussitôt, une vive douleur a envahi mon dos. J'ai entendu une porte s'ouvrir dans le couloir, et j'ai crié :

— Sauve-toi, Sam ! Barre-toi, Zombie ! Fichez le…

Grâce s'est projetée hors de la pièce avant que j'aie le temps de terminer ma phrase. La dernière fois que j'avais vu quelqu'un se déplacer aussi rapidement, c'était au Camp des Cendres, quand les faux soldats de Wright-Patterson m'avaient traquée dans les bois. Ça me faisait penser aux personnages de bande dessinée, l'humour en moins. D'autant plus que j'étais loin d'apprécier la raison pour laquelle Grâce avait filé.

Oh non, espèce de garce ! Pas question que tu touches à mon petit frère.

J'ai foncé, dépassant Dumbo – et Evan qui avait repoussé ses couvertures et tentait tant bien que mal de s'extirper du lit malgré ses blessures –, et j'ai bondi dans le couloir, désert, ce qui n'était pas une bonne chose, pas bonne du tout. J'ai avancé vers la chambre de Sam mais, à l'instant où j'ai posé la main sur la poignée, un boulet s'est abattu sur ma nuque, et je me suis écrasé le nez contre la porte. Quelque chose a craqué, et ce n'était pas le panneau de bois. J'ai reculé d'un pas. Le sang dégoulinait sur mon visage. J'en sentais le goût dans ma bouche et, d'une certaine façon, c'est ça qui m'a aidée à tenir. Jusqu'à cet instant, j'ignorais que la rage avait un goût : celui de votre propre sang.

Des doigts glacés m'ont serré le cou, et à travers un brouillard rougeoyant j'ai vu mes pieds quitter le sol. Puis j'ai été projetée le long du couloir, je me suis écrasée sur mon épaule et j'ai roulé jusqu'à la fenêtre à l'autre extrémité du hall.

— Ne bouge pas de là ! m'a ordonné Grâce.

Elle se tenait à côté de la porte de Sam, ombre menaçante au bout d'un tunnel faiblement éclairé, brillant néanmoins derrière les larmes qui coulaient sur mes joues sans que je puisse les en empêcher, et se mêlaient à mon sang.

— Ne. Touche. Pas. À. Mon. Petit. Frère.

— Oh ! Cet adorable gamin est ton frère ? Désolée, Cassiopée, je l'ignorais.

Elle a secoué la tête d'un air de regret simulé. Oh, ils étaient doués pour nous parodier ! Puis Grâce a ajouté :

— Il est déjà mort.

46

TROIS CHOSES SE SONT ALORS PRODUITES EN MÊME TEMPS. Quatre, si l'on compte que mon cœur a explosé en mille morceaux.

J'ai foncé vers Grâce. J'allais lui éclater son ravissant visage de mannequin. Lui arracher son pseudo-cœur humain de sa poitrine si parfaitement humaine. J'allais lui arracher les entrailles, à cette garce.

Ça, c'était la première chose.

La deuxième : la porte de l'escalier qui s'ouvre en grand, Poundcake qui se rue dans le couloir, me pousse d'un bras, tandis que de l'autre il pointe son fusil en direction de Grâce. Ce n'est pas un tir facile, mais selon Ben, Poundcake est le meilleur tireur de l'équipe – après Ringer, bien sûr.

La troisième : Evan Walker, torse nu, vêtu seulement d'un caleçon, qui titube hors de la chambre juste derrière Grâce. Tireur expert ou non, si Poundcake ratait son coup… Ou si Grâce s'écartait à la dernière seconde…

J'ai plongé aussitôt, pour éviter qu'Evan se prenne la balle destinée à Grâce, et saisi Poundcake aux chevilles. Il a trébuché en avant. Le coup est parti en l'air. Soudain, j'ai entendu la porte de l'escalier s'ouvrir de nouveau, et Ben a crié « On ne bouge plus ! », exactement comme dans les films, mais personne ne s'est figé, ni moi, ni Poundcake, ni Evan – et encore moins Grâce, qui de toute façon avait disparu. La seconde d'avant elle était là, à présent, pfff ! envolée. Ben s'est avancé tant bien que mal jusqu'à Poundcake et moi, puis il a claudiqué vers la chambre en face de celle de Sam.

Sam.

J'ai bondi dans le couloir. Ben a fait signe à Poundcake et a lancé : « Elle est là ! »

J'ai appuyé sur la poignée. Fermée à clé. Merci, mon Dieu ! J'ai frappé à la porte.

— Sams ! Sams, ouvre ! C'est moi !

De l'autre côté, une petite voix aussi faible qu'un cri de souris.

— C'est un truc ! Je sais que vous essayez de me tromper !

Là, j'ai perdu les pédales. J'ai posé ma joue ensanglantée sur la porte et je me suis offert une jolie minidépression. J'avais baissé ma garde. J'avais oublié à quel point les Autres pouvaient être cruels. Ce n'était pas suffisant de me flanquer une balle en pleine poitrine. D'abord, ils voulaient m'arracher le cœur, l'écraser entre leurs mains jusqu'à ce qu'il suinte entre leurs doigts comme de la pâte à modeler.

— OK, OK, OK, j'ai chuchoté. Reste enfermé, d'accord ? Ce n'est pas grave, Sams. Ne sors pas avant que je revienne.

Poundcake se trouvait à côté de la porte. Ben aidait Evan à tenir sur ses pieds – en tout cas, il essayait. Chaque fois qu'il le lâchait, les genoux d'Evan se dérobaient sous lui. Ben a finalement décidé de l'adosser au mur. Evan était secoué de tremblements, haletant, sa peau couleur des cendres du camp dans lequel mon père était mort. Evan m'a regardée et, dans un souffle, il m'a lancé :

— Barrez-vous de ce couloir. Maintenant !

Le mur devant Poundcake a explosé en une pluie de fine poussière de plâtre blanc et de gros morceaux de papier peint moisi. Poundcake a reculé en titubant, avant de lâcher son fusil. Il s'est cogné contre Ben, qui l'a attrapé par les épaules et l'a poussé dans la chambre avec Dumbo. Ben a tendu le bras vers moi, mais j'ai écarté sa main et l'ai enjoint d'aider Evan, puis j'ai ramassé le fusil de Poundcake et j'ai fait feu sur la porte de Grâce. Dans le couloir étroit, le bruit était assourdissant. J'ai vidé le chargeur avant que Ben m'agrippe et me tire en arrière.

— Ne sois pas idiote ! a-t-il crié.

Il m'a plaqué un chargeur plein dans la paume et m'a ordonné de surveiller la porte, mais sans faire feu à tout-va.

La scène se déroulait comme une émission de télé qu'on entendrait depuis une autre pièce : il n'y avait que les voix. J'étais allongée sur le ventre, en position de tir, mes coudes soutenant le haut de mon corps, mon fusil pointé sur la porte directement en face de moi. *Sors de là, princesse des neiges. J'ai un cadeau pour toi.* Ma langue sur mes lèvres ensanglantées, je déteste ce goût, je l'adore. *Allez, viens un peu par ici, effrayante blonde.*

Ben : Dumbo, comment ça va ? Dumbo !

Dumbo : C'est mauvais, sergent.

Ben : Mauvais à quel point ?

Dumbo : Plutôt mauvais…

Ben : Oh, bon sang ! Ça, je m'en doute, Dumbo !

Evan : Ben – écoute-moi –, vous devez m'écouter – on doit sortir d'ici. Tout de suite.

Ben : Pourquoi ? On la contrôle…

Evan : Pas pour longtemps.

Ben : Sullivan peut s'en occuper. Bordel, Walker, c'est qui, cette fille ?

Evan : (*Propos inintelligibles*).

Ben : C'est sûr ! Plus on est de fous, plus on rit. On dirait qu'on n'a plus qu'à passer au plan B. Je m'occupe de toi, Walker. Dumbo, tu te charges de Poundcake. Sullivan prendra les gamins.

Ben s'est faufilé jusqu'à moi. Il a posé une main au creux de mes reins et d'un mouvement de tête a désigné la porte.

— On ne peut pas foutre le camp avant d'avoir neutralisé cette menace, a-t-il chuchoté. Hé ! Qu'est-ce qui est arrivé à ton nez ?

J'ai haussé les épaules. Passé deux fois ma langue sur mes lèvres.

— Qu'est-ce que tu as en tête, Ben ?

— C'est simple : on s'occupe de la porte, un à droite, un à gauche. Le pire, ce sera les deux premières secondes et demie.

— Et le meilleur ?

— Les deux dernières secondes et demie. Tu es prête ?

— Cassie, attends !

Evan, à genoux, derrière nous comme un pèlerin devant l'autel.

— Ben ignore ce qu'il a à affronter, mais toi, tu le sais. Dis-lui. Dis-lui de quoi Grâce est capa…

— Boucle-la, l'Amoureux ! a grommelé Ben avant de tirer sur ma chemise. Viens, Sullivan, on y va !

Evan a haussé la voix.

— Vous ne pourrez pas la rattraper. Elle a déjà quitté les lieux, a-t-il assuré.

Ben a éclaté de rire.

— Quoi ? Tu veux dire qu'elle a sauté deux étages ? Super ! Je la ramasserai, jambes fracassées, quand on sera en bas…

— Elle a sûrement sauté – mais elle ne s'est rien brisé du tout. Grâce est comme moi.

Evan s'adressait à nous deux, tout en me jetant un regard désespéré.

— Comme moi, Cassie ! a-t-il insisté.

— Mais tu es humain – je veux dire, ton corps l'est, a répliqué Ben. Et aucun corps humain ne pourrait…

— Son corps en est toujours capable. Plus le mien. Le mien s'est… scratché.

— Tu crois à tout ça ? m'a demandé Ben. Parce que, pour moi, ça ressemble carrément aux conneries de E.T.

— Qu'est-ce que tu proposes, Evan ? j'ai lancé.

Malgré le goût du sang dans ma bouche, la rage me quittait, remplacée par le sentiment inconfortable, mais hélas désormais familier, de me noyer.

— Fichez le camp. Maintenant. Ce n'est pas vous qu'elle veut.

— L'agneau du sacrifice, a rétorqué Ben avec un méchant sourire. J'aime bien cette idée.

— Elle nous laisserait partir ? j'ai lâché, secouant la tête avec incrédulité.

J'avais de plus en plus l'impression de sombrer. Était-il possible que Ben ait raison ? Avais-je perdu l'esprit ? Comment pouvais-je croire Evan Walker au point de lui confier ma vie et celle de mon petit frère ? Un truc dérapait carrément, là.

— Elle nous laisserait partir, comme ça ? j'ai insisté.

— Je ne sais pas, a avoué Evan.

Là, il marquait un point. Il aurait pu répondre : « Bien sûr, c'est une nana très sympa si on ne tient pas compte de ses tendances sadiques. »

— Par contre, je sais parfaitement ce qui se passera si vous restez.

— Bon, changement de plan, les gars ! a crié Ben en reculant. Je m'occupe de Poundcake. Dumbo, tu prends Megan. Sullivan, ton frère. Allez, on s'arrache !

Evan s'est avancé vers moi. Tendant les bras, il a saisi mon menton entre ses doigts pour approcher mon visage du sien. Puis il a effleuré ma joue ensanglantée.

— C'est la seule façon, Cassie.

233

— Pas question que je te quitte, Evan. Et pas question que je te laisse me quitter. On ne va pas recommencer !

— Et Sam ? Tu lui as fait une promesse, à lui aussi. Tu ne peux pas tenir les deux. Grâce, c'est mon problème. Elle… Elle m'appartient. Pas de la façon dont Sam t'appartient ; je ne veux pas dire que…

— Vraiment ? Je suis surprise, Evan. D'habitude, tu es pourtant très clair.

Je me suis redressée, j'ai pris une profonde inspiration et je lui ai flanqué une gifle. J'aurais pu l'abattre, mais j'ai décidé de lui accorder ma *grâce*.

C'est alors que nous l'avons entendu, comme si la gifle était le signal qu'il attendait : le bruit d'un hélicoptère de combat qui approchait à toute allure.

47

LE RAYON DES PROJECTEURS QUI NOUS FRAPPE : une lumière vive inonde le couloir, pénètre dans la pièce, jetant des ombres aux contours nets sur les murs et le sol. Ben bondit vers moi et me force à me baisser ; j'attrape Evan par le bras. Il se libère, secouant la tête.

— Contentez-vous de me laisser une arme.

— En voilà une, mec, a répliqué Ben en lui tendant son arme de poing. Sullivan, prends ton frère !

Je n'en croyais pas mes oreilles.

— Qu'est-ce qui cloche avec vous, les mecs ? On ne peut pas s'enfuir maintenant.

— C'est quoi, ton plan ? a hurlé Ben.

Il était obligé de crier. Le vrombissement de l'hélicoptère écrasait tout – apparemment, vu l'angle de la lumière et le bruit, il se trouvait à présent pile au-dessus de l'hôtel.

Evan s'est cramponné au montant de porte qui avait volé en éclats et s'est hissé sur ses pieds – ou plutôt sur son pied, vu qu'il était incapable de peser sur l'autre.

Je lui ai crié à l'oreille :

— Dis-moi juste une chose, et pour une fois durant ta très longue existence sois honnête : tu n'as jamais eu l'intention de poser une bombe, puis de te sauver avec nous. Tu savais que Grâce allait arriver, tu avais prévu de tout faire sauter et...

À cet instant, Sammy a surgi de sa chambre, agrippant Megan par le poignet.

— Cassie !

Il a foncé sur moi, heurtant sa tête contre mon ventre. Je l'ai calé sur ma hanche, j'ai oscillé, mon Dieu, qu'il pèse lourd à présent, et j'ai attrapé Megan par la main. Un tourbillon de vent glacial a pénétré à travers la fenêtre brisée, et Dumbo a hurlé :

— Ils se posent sur le toit !

Je l'ai entendu parce qu'il me grimpait presque sur le dos pour essayer de gagner le couloir. Ben était derrière lui, Poundcake avachi sur lui, le bras du gamin potelé passé autour de son épaule.

— Sullivan ! a crié Ben. Bouge de là !

Evan m'a saisie par le coude.

— Attends !

Il a levé les yeux vers le plafond. Ses lèvres remuaient sans émettre un son, ou alors j'étais incapable de l'entendre.

— Quoi ? Qu'est-ce que tu veux que j'attende ?

Evan avait toujours les yeux levés vers le ciel.

— Grâce.

Un hurlement de banshee s'est élevé au-dessus du vacarme du rotor, de plus en plus fort, de plus en plus aigu, jusqu'à se transformer en un cri lugubre et strident qui vous perçait les oreilles. Le bâtiment entier a tremblé. Une fissure a creusé le plafond. Les horribles photos de l'hôtel dans leurs cadres bon marché sont tombées des murs. Le faisceau lumineux a clignoté et, une seconde plus tard, l'explosion a eu lieu. Un souffle d'air très chaud a pénétré dans la pièce.

— Elle a eu le pilote, a dit Evan avec un hochement de tête.

Il nous a poussés, Sam, Megan et moi, dans le couloir et s'est adressé à Ben par-dessus son épaule :

— Maintenant, vous partez.

Puis à moi :

— La maison sur la carte. Pour l'instant, c'est celle de Grâce, mais ce sera différent après ce soir. Restez planqués là-bas. Il y a de la nourriture, de l'eau, et suffisamment de provisions pour tenir tout l'hiver.

Il parlait à toute vitesse, comme s'il n'avait plus le temps : la 5ᵉ Vague n'était peut-être pas en train d'arriver, néanmoins Grâce l'était.

— Vous serez en sécurité dans cet endroit, Cassie. Au moment de l'équinoxe...

Ben, Dumbo et Poundcake avaient atteint l'escalier. Ben faisait des gestes frénétiques : allons-y !

— Cassie ! Tu m'écoutes ? À l'équinoxe, le ravitailleur enverra une capsule de sauvetage pour extraire Grâce de la maison...

— Sullivan ! Maintenant ! a hurlé Ben.

— Si tu trouves un moyen de l'installer...

Il me plaquait quelque chose sur le ventre, mais je tenais déjà Sam – sur ma hanche – et Megan. Les yeux grands écarquillés, j'ai regardé mon petit frère arracher des doigts d'Evan le sachet en plastique qui contenait la bombe.

Puis Evan Walker a saisi mon visage entre ses mains et m'a embrassée sur les lèvres.

— Tu peux mettre un terme à tout ceci, Cassie. Toi. C'est comme ça que ça doit se passer. Ça doit être toi. Toi.

Il m'embrasse de nouveau. Mon sang tache son visage, ses larmes, le mien.

— Je ne peux pas te faire de promesse, cette fois, dit-il à toute allure. Mais toi, tu le peux. Promets-moi, Cassie. Promets-moi que tu mettras un terme à tout ça.

J'ai hoché la tête.

— Oui, je le ferai.

Ma promesse comme une sentence, la porte d'une cellule qui se referme, une pierre autour de mon cou qui m'entraîne au fond d'une mer infinie.

48

JE ME SUIS ARRÊTÉE UNE DEMI-SECONDE à la porte de l'escalier, sachant que je voyais peut-être Evan pour la dernière fois, ou plus exactement pour la seconde dernière fois. Ensuite, le plongeon dans l'obscurité, quasi similaire à la première fois, et je chuchote à Megan de faire attention aux boyaux de rats, puis nous arrivons dans le hall où les garçons qui m'ont entraînée à cette méga fiesta se tiennent près des portes d'entrée, leurs silhouettes découpées par la lueur orangée de l'hélicoptère en flammes. S'enfuir par l'entrée principale était un brillant mouvement contre-intuitif. Grâce penserait probablement que nous étions barricadés dans une chambre à l'étage, et grimperait sur un mur – façon Matrix – jusqu'à la fenêtre cassée de l'autre côté de l'immeuble.

— Cassie, ton nez est vraiment gonflé, m'a murmuré Sam à l'oreille.

— C'est parce qu'il est brisé.

Comme mon cœur, frérot, j'ai l'ensemble complet.

Poundcake n'était plus avachi contre Ben, un bras passé autour du cou de notre sergent. À présent, Ben portait son corps potelé comme le font les pompiers. Et il n'avait pas vraiment l'air d'apprécier cette charge supplémentaire sur ses épaules.

— Ça ne va pas marcher, tu sais, je l'ai informé. Tu ne tiendras pas une centaine de mètres.

Ben m'a ignorée.

— Dumbo, tu es désormais responsable de Megan. Sam, tu vas devoir descendre de là : ta sœur va prendre la tête. Moi, j'assurerai l'arrière-garde.

— J'ai besoin d'un revolver ! a glapi Sam.

Ben l'a ignoré, lui aussi.

— On y va par étapes. Étape numéro un : le pont autoroutier. Numéro deux : les arbres de l'autre côté du pont autoroutier. Étape numéro trois...

— L'est, j'ai dit.

J'ai posé Sammy à terre et tiré la carte froissée de ma poche. Ben m'a regardée comme si j'avais perdu l'esprit.

— On va là-bas, j'ai affirmé en pointant du doigt le petit carré qui représentait la maison de Grâce.

— Non, Sullivan. On se rend aux grottes pour retrouver Ringer et Teacup.

— Je me fiche pas mal de savoir où on va tant que ce n'est pas à Dubuque ! a crié Dumbo.

Ben a poussé un gros soupir.

— Arrête avec ça, Dumbo ! OK, on y va !

Nous sommes partis. Une légère neige tombait, les fins cristaux illuminés d'orange tournoyant au-dessus de nous. La puanteur du combustible qui brûlait, la chaleur de l'incendie autour de nous. J'ai pris la tête comme Ben l'avait suggéré – ou, à vrai dire, ordonné –, Sammy tenant ma ceinture d'une main, Dumbo juste derrière avec Megan, laquelle n'avait pas dit un seul mot, mais qui aurait pu l'en blâmer ? Elle était sûrement en état de choc. À mi-chemin au milieu du parking, en approchant de la bande de terre qui le séparait de la bretelle d'accès à l'autoroute, j'ai jeté un coup d'œil derrière moi pile à temps pour voir Ben s'écrouler sous le poids de son fardeau. J'ai poussé Sammy vers Dumbo et foncé vers Ben. Sur le toit de l'hôtel, j'apercevais l'enchevêtrement des restes métalliques du Black Hawk.

— Je t'avais dit que ça ne fonctionnerait pas ! je lui ai mi-chuchoté, mi-crié.

— Pas question de le laisser...

Ben était à quatre pattes, il toussait, il avait des haut-le-cœur. À la lueur de l'incendie, ses lèvres étaient rouge carmin : il crachait du sang.

Soudain, Dumbo a surgi à côté de moi.

— Sergent. Hé, sergent... ?

Quelque chose dans la voix de Dumbo a attiré l'attention de Ben. Il a levé les yeux vers Dumbo, qui secouait la tête avec lenteur en contemplant Poundcake : *il ne va pas s'en sortir.*

Alors, avec violence, Ben Parish a frappé le sol gelé de sa main grande ouverte, cambrant le dos, hurlant avec incohérence, et j'ai pensé : *Ô mon Dieu, ô mon Dieu, ce n'est pas le moment de piquer une crise existentielle. Si jamais il perd les pédales, on est foutus. On est déjà tellement foutus !*

Je me suis agenouillée à côté de Ben. Il avait le visage tordu de douleur, de peur et de rage, sa colère figée dans son passé immuable, mais toujours si présent, là où sa petite sœur pleurait, le suppliant de la sauver, et qu'il l'abandonnait, mourante. Il l'avait abandonnée, mais elle ne l'abandonnait pas. Elle serait en permanence avec lui, et ce, jusqu'à ce qu'il exhale son dernier souffle. Elle était avec lui en ce moment, se vidant de son sang à quelques pas de lui, et il ne pouvait rien faire pour la sauver.

— Ben, j'ai dit, en effleurant sa nuque de mes doigts. C'est fini.

Ses cheveux, parsemés de flocons cristallins, scintillaient.

Une ombre a filé devant nous, courant vers l'hôtel. J'ai bondi à sa suite, parce que cette ombre était celle de mon frère qui se précipitait vers les portes d'entrée de l'hôtel. Je l'ai rattrapé, je l'ai saisi par la taille, il a commencé à lancer des coups de poing et des coups de pied de toutes parts, à hurler comme un fou furieux ; j'étais sûre que le prochain à perdre les pédales serait Dumbo, et trois tarés, c'était beaucoup trop à supporter pour une seule personne.

Néanmoins, je m'inquiétais pour rien. Ben était sur pied, Dumbo tenait Megan par la main et les entraînait tous les deux vers la route. Apparemment, il gérait les choses mieux que moi qui gardais Sammy bloqué sous mon bras. Visage vers le bas, mon petit frère ne cessait de se débattre en hurlant :

— On doit retourner là-bas, Cassie ! On doit retourner là-bas !

La rampe d'accès, en bas de la colline vers le pont autoroutier, étape numéro un accomplie, alors j'ai déposé Sam à terre et lui ai flanqué une bonne fessée en lui ordonnant de la boucler, sinon il allait tous nous faire tuer.

— C'est quoi, le problème ? je lui ai demandé.

— J'ai essayé de te le dire ! a-t-il sangloté. Mais tu ne m'as même pas écouté ! Tu ne m'écoutes jamais ! Je l'ai laissé tomber !

— Tu l'as laissé tomber… ?

— Le sachet, Cassie. Quand on courait je... je l'ai laissé tomber !

J'ai regardé en direction de Ben. Recroquevillé, tête penchée, les bras posés sur ses genoux relevés. J'ai contemplé Dumbo. Épaules avachies, les yeux écarquillés, sa main tenant celle de Megan.

L'hôtel a explosé en une aveuglante boule de feu teintée de vert. Le sol a tremblé. L'air a soufflé avec une telle violence que nous nous sommes tous retrouvés par terre. Puis les débris ont voltigé jusqu'à nous en un énorme rugissement. Je me suis jetée sur Sammy pour le protéger. Une vague de béton, de verre, de bois, de particules de métal pas plus grosses que des grains de sable (et – oui – des morceaux de ces satanés rats), qui dévale la colline, une masse grise en ébullition qui nous engloutit.

Bienvenue à Dubuque.

VI

LA GÂCHETTE

49

IL N'AIMAIT PAS SE TROUVER avec les plus jeunes gamins du camp. Ces gosses lui rappelaient son petit frère, celui qu'il avait perdu. Celui qui dormait dans leur maison familiale le matin où il était sorti en quête de nourriture, et n'était plus là à son retour. Celui qu'il n'avait jamais retrouvé. Au camp, lorsqu'il n'était pas en train de s'entraîner, de manger, de dormir, de laver les sols à grande eau, ou encore de faire briller ses bottes, de nettoyer son fusil, d'accomplir sa corvée de patates ou de travailler dans le hangar des T&E[1], il se portait volontaire pour s'occuper des logements des enfants, ou des bus au retour de leurs rafles. Il n'aimait pas se trouver avec ces gosses, mais il le faisait quand même. Il n'avait jamais perdu l'espoir : un jour il retrouverait son frère. Un jour, il entrerait dans le hangar où les gamins étaient réunis lors de leur arrivée, et il le verrait assis

_____

1. Traitement et Élimination (voir tome 1). (*N.d.T.*)

au milieu de l'un des grands cercles rouges tracés sur le sol, ou bien il l'apercevrait se balancer dans le vieux pneu accroché à l'arbre dans la cour de récréation, à côté du terrain de rassemblement.

En fait, il ne le trouva jamais.

À l'hôtel, quand il avait compris que l'ennemi implantait des bombes dans les gorges des enfants, il s'était interrogé : était-ce ce qui était arrivé à son petit frère ? L'avaient-ils trouvé, kidnappé, et obligé à avaler la mince capsule verte avant de le renvoyer dans la nature pour qu'il soit découvert par quelqu'un d'autre ? Probablement pas. La plupart des enfants étaient morts. Seule une poignée d'entre eux avaient été sauvés et amenés au camp. Son frère n'avait sûrement pas survécu plus de quelques jours après sa disparition.

Cependant, il avait peut-être été enlevé par les soldats. L'avait-on obligé à ingérer la gélule verte ? Ils avaient pu l'abandonner dans le vaste monde et le laisser errer jusqu'à ce qu'il rencontre un groupe de survivants qui le prendraient avec eux, le nourriraient, et empliraient la pièce où il se trouvait de leurs souffles. Oui, les choses avaient pu se passer de cette façon. « Qu'est-ce qui t'inquiète ? » avait demandé Zombie. Ils avaient traversé le parking pour aller chercher une bonbonne de CO_2 dans le vieux snack. Zombie avait renoncé à lui adresser la parole tant qu'il n'avait pas d'ordre à lui donner, tout comme il avait laissé tomber ses tentatives pour le faire parler. Quand il lui posait une question, Zombie ne s'attendait pas réellement à une réponse. « Je sais toujours quand quelque chose te perturbe. Tu as cet air constipé. On dirait que tu essaies de chier une brique. »

La bonbonne n'était pas très lourde, mais Zombie était blessé et il marchait en tête sur le chemin du retour. Leur sergent était nerveux, il sursautait devant chaque ombre. Il ne cessait de dire que quelque chose clochait. Quelque chose clochait avec cet Evan Walker, et quelque chose clochait dans la situation générale. Zombie pensait qu'ils avaient été dupés. Une fois de retour à l'hôtel, leur sergent avait envoyé Dumbo à l'étage pour aller chercher Evan. Puis ils avaient attendu dans l'ascenseur qu'Evan descende.

« Tu vois, Cake, avait dit Zombie, on en revient sans cesse à mon point de vue. Pile dessus. Des impulsions électromagnétiques, des tsunamis, la Peste Rouge, des aliens qui débarquent incognito, des gamins à qui ils font subir un lavage de cerveau, et maintenant des gosses à qui ils ont implanté des bombes. Pourquoi est-ce qu'ils se compliquent autant les choses ? C'est comme s'ils voulaient un combat. Ou alors, ils tiennent à ce que ce combat soit intéressant. Hé ! Peut-être que c'est ça ! Peut-être qu'à un moment donné on atteint un certain point dans l'évolution où l'ennui est la pire menace à notre survie. Peut-être que tout ça n'est pas une invasion planétaire, mais juste un jeu. Comme quand un gamin s'amuse à arracher les ailes des mouches. »

Plus les minutes passaient, plus Zombie devenait nerveux.

« Bon, qu'est-ce qu'il fout ? Oh merde, tu ne crois quand même pas que... ? Tu ferais mieux d'aller voir ce qui se passe, Poundcake. Et en cas de besoin, tu balances ce mec sur ton épaule et tu le ramènes jusqu'ici ! »

À mi-chemin dans l'escalier, il entendit soudain un coup violent au-dessus de sa tête, puis un second, plus doux, et ensuite quelqu'un cria. Il arriva à la porte juste à temps pour voir le corps de Cassie voltiger à travers le couloir et heurter le sol. Tournant la tête vers son point de départ, il vit la fille blonde qui se tenait à côté de la chambre à la porte cassée. Il n'hésita pas un instant, se précipita dans le couloir : pas question de laisser cette fille en vie. Il était bon tireur, le meilleur de son escouade jusqu'à l'arrivée de Ringer, et il savait qu'il ne raterait pas sa cible.

Sauf que Cassie l'agrippa, et que la blonde disparut hors de sa vue. Il l'aurait tuée si Cassie n'avait pas agi ainsi. Il en était certain.

Puis la fille lui avait tiré dessus à travers le mur et il s'était effondré sous le choc.

Dumbo avait déchiré sa chemise et pressé un morceau de drap roulé en boule sur sa blessure. Il l'avait assuré que ce n'était pas si mauvais, qu'il allait s'en sortir, mais il savait que ce n'était pas le cas. Il avait vu trop de morts. Il connaissait l'odeur et le goût de la mort. Il la portait en lui, dans les souvenirs de sa mère, dans son bûcher funéraire, dans tous ces cadavres le long de la route, dans le tapis roulant qui véhiculait des centaines de corps vers le crématoire du camp, ces morts brûlés pour éclairer leurs casernes, chauffer leur eau et leur tenir chaud. Mourir ne le dérangeait pas. Par contre, mourir sans savoir ce qui était arrivé à son petit frère l'ennuyait.

Mourant, il avait été porté au rez-de-chaussée. Mourant, il avait été jeté sur les épaules de Zombie. À présent, dans le parking, Zombie était tombé, les autres s'étaient réunis autour de lui, et, de rage, Zombie avait frappé le sol gelé jusqu'à s'entailler la paume.

Après cela, ils l'avaient laissé. Poundcake n'était pas fâché. Il comprenait. Il allait mourir.

Il s'était levé.

Non, pas tout de suite. D'abord, il avait rampé.

La fille blonde se trouvait dans le hall où il s'était traîné. Elle était à côté de la porte qui donnait sur l'escalier, tenant un pistolet à deux mains, penchant la tête, semblant écouter... quoi ? C'est à ce moment-là qu'il s'était levé.

La fille se crispa. Elle se retourna, leva son arme, puis la baissa quand elle constata qu'il était en train de mourir. Elle sourit et lui dit bonjour. Elle l'observa tandis qu'il se tenait à côté des portes d'entrée. Elle ne pouvait voir l'ascenseur, ni Evan se laissant tomber à l'intérieur par la trappe de secours. La seconde d'après, Evan découvrit la scène et se figea, comme un animal aux aguets.

— Je te connais.

La fille blonde s'avança vers lui. Si elle se retournait maintenant, si elle jetait un coup d'œil derrière elle, elle remarquerait Evan, alors il sortit son arme de poing pour la distraire, mais le revolver glissa de sa main et tomba sur le sol. Poundcake avait perdu beaucoup de sang. Sa tension chutait. Son cœur ne battait plus assez fort et il n'avait quasiment plus aucune sensation dans les mains et les pieds.

Il s'agenouilla, et tendit le bras pour récupérer son revolver. La fille lui tira dans la main. Il tomba sur le cul, enfouissant sa main blessée dans sa poche en une protection dérisoire.

— Eh bien, tu es plutôt costaud, n'est-ce pas ? Quel âge as-tu ?

Elle attendit qu'il réponde.

— Quel est le problème ? Tu n'as pas de langue ?

Elle lui tira dans la jambe. Puis elle attendit qu'il crie, qu'il pleure, ou qu'il parle, au moins. Comme il n'en faisait rien, elle lui flanqua une balle dans l'autre jambe.

Derrière elle, Evan s'allongea à plat ventre et commença à ramper vers eux. Poundcake renversa la tête, essayant d'avaler quelques bouffées d'air. Il était engourdi de partout. Il ne ressentait aucune douleur, mais un lourd rideau gris s'était abattu devant ses yeux.

La fille s'approcha. À présent, elle était à mi-chemin entre lui et Evan. Elle pointa son revolver au milieu de son front.

— Parle, ou je te fais sauter la cervelle. Où est Evan ?

Elle esquissa le geste de se retourner. Elle avait peut-être entendu Evan ramper derrière elle. Alors, Poundcake se leva pour l'avant-dernière fois, histoire de la distraire. Il ne se leva pas très vite. Il lui fallut quasiment une minute : ses bottes glissaient sur le carrelage mouillé de neige fondue, il se redressa avant de s'affaler une fois de plus, le fait qu'il garde sa main dans sa poche rendant les choses deux fois plus difficiles. La blonde sourit, gloussa, ricanant d'un air suffisant comme les gamins à l'école. Il était gros. Maladroit. Empoté. Stupide. Il n'était qu'un immonde tas de lard. Quand il réussit finalement à se remettre sur pied, elle lui tira de nouveau dessus.

— S'il te plaît, dépêche-toi. Je vais être à court de munitions.

Le plastique d'emballage du gâteau était raide, crissant, et faisait toujours du bruit quand il jouait avec, au fond de sa poche. C'était ainsi que sa mère avait su qu'il avait un gâteau dans la main le jour où son frère avait disparu. Les soldats du bus l'avaient découvert de la même façon. Et le sergent instructeur l'avait surnommé Poundcake parce qu'il aimait l'histoire du gros gamin qui arrive au camp avec seulement ses vêtements sur le dos et un papier d'emballage plein de miettes de gâteau rassis au fond de sa poche.

Le sachet en plastique qu'il avait trouvé juste devant les portes de l'hôtel ne craquait pas. Il était beaucoup plus doux. Il n'y eut aucun bruit quand il le tira de sa poche. Oui, le sachet était aussi silencieux qu'il l'était lui-même devenu après que sa mère lui avait dit de la fermer, de la fermer, de LA FERMER.

Le sourire de la fille s'effaça.

Poundcake recommença à ramper. Ni vers elle, ni vers l'ascenseur, mais vers la porte latérale à l'extrémité du hall.

— Hé ! Qu'est-ce que tu as là, mon gros ? Hein ? Qu'est-ce que c'est que ça ? Sûrement pas un antidouleur.

La fille sourit de nouveau. Néanmoins, c'était un sourire différent. Un sourire gentil. Elle était vraiment mignonne quand elle souriait comme ça. C'était peut-être la fille la plus ravissante qu'il ait jamais vue.

— Il faut que tu sois très prudent avec ça. Tu comprends ? Hé ! Hé, tu sais quoi ? On va faire un pacte, tous les deux. Je pose mon revolver si toi, tu poses ça, d'accord ? Ça te va ?

Elle fit ce qu'elle avait dit. Elle posa son arme par terre. Elle retira son fusil de son épaule et le posa aussi. Puis elle leva les deux mains devant elle.

— Je peux t'aider. Pose ça, et je t'aiderai. Il est inutile que tu meures. Je sais comment te soigner. Je suis – je ne suis pas comme toi. Je ne suis vraiment pas aussi brave ni aussi forte que toi, ça, c'est sûr. J'ai carrément du mal à croire que tu tiennes encore le coup.

Elle allait attendre. Attendre qu'il s'évanouisse ou qu'il clapse. Il lui suffisait de continuer à parler, à sourire, et à prétendre l'apprécier.

Il ouvrit le sachet.

À présent, la fille ne souriait plus. Elle courait vers lui. Jamais il n'avait vu quelqu'un courir aussi vite. Le voile gris chatoyait pendant qu'elle approchait. Quand elle fut tout près, ses pieds quittèrent le sol, elle se jeta sur lui et le projeta en arrière, l'écrasant contre l'embrasure de la porte métallique. Le sachet tomba de ses doigts engourdis et glissa sur le carrelage comme un palet de hockey. Durant une seconde, le voile gris devint noir. La fille pivota vers le sachet avec la grâce d'une ballerine. D'un croche-pied, il la fit tomber à terre.

Elle était trop rapide, et lui trop affaibli. Elle allait atteindre le sachet avant lui. Alors, il ramassa le revolver qu'il avait laissé tomber et lui tira dans le dos.

Puis il se leva pour la dernière fois. Jeta son arme au loin. Il dépassa la fille qui se tortillait à terre, mais il n'alla pas plus loin avant de tomber pour la dernière fois. Il se traîna jusqu'au sachet. La fille rampa derrière lui. Elle ne pouvait plus se lever. La balle avait touché sa moelle épinière. À présent, elle était paralysée depuis la taille jusqu'au bas du corps. Cependant, elle était plus forte que lui et n'avait pas perdu autant de sang.

Il ramassa le sachet. La fille lui agrippa le bras et tira dessus comme s'il était aussi léger qu'une plume. Elle allait l'achever d'un seul coup de poing.

Mais tout ce qu'il avait à faire, c'était de respirer.

Il plaqua le sachet ouvert sur sa bouche.

Et souffla.

LIVRE 2

VII

LA SOMME DE TOUT

50

JE SUIS ASSISE SEULE dans une salle de classe sans fenêtre. Moquette bleue, murs blancs, longue table blanche. Des écrans d'ordinateurs blancs et des claviers blancs. Je porte la combinaison blanche des nouvelles recrues. Camp différent, même routine, jusqu'à l'implant dans ma nuque et le voyage *via* Wonderland. J'en suis encore à me remettre de ce voyage. Vous ne vous sentez pas vide quand ils exhument vos souvenirs. Non, après, vous avez mal partout. Les muscles ont des souvenirs, eux aussi. C'est pourquoi ils vous attachent durant l'expérience. La porte s'ouvre, et le commandant Alexandre Vosch entre dans la pièce. Il porte un coffret en bois qu'il pose sur la table devant moi.

— Tu as bonne mine, Marika, affirme-t-il. Tu es en meilleure forme que je ne m'y attendais.

— Je m'appelle Ringer.

Il acquiesce d'un hochement de tête. Il comprend parfaitement ce que je veux dire. Je me suis demandé plus d'une fois si les informations réunies par Wonderland pouvaient se répandre dans les deux sens. S'ils peuvent télécharger l'expérience humaine, pourquoi ne pourraient-ils pas aussi la... décharger ? Il est possible que la personne qui me sourit ait absorbé les souvenirs de chaque humain ayant subi le programme. D'ailleurs, est-ce un humain ? J'ai de sérieux doutes là-dessus, mais il est peut-être le résultat des souvenirs de tous les humains qui ont franchi les grilles de Wonderland.

— Oui, Marika est morte.

Il s'assied en face de moi.

— Et te voilà, tel le Phénix renaissant de ses cendres.

Il sait ce que je vais demander. Je le devine à la lueur dans ses yeux d'un bleu d'acier. Pourquoi ne me le dit-il pas ? Pourquoi dois-je poser la question ?

— Est-ce que Teacup est vivante ?

— Quelle réponse préfères-tu ? Oui ou non ?

Réfléchir avant de répondre. C'est ce que les échecs vous enseignent.

— Non.

— Pourquoi ?

— Parce qu'une réponse positive pourrait être un mensonge destiné à me manipuler.

Il a un hochement appréciateur.

— Pour te donner de faux espoirs.

— Non, pour prendre l'avantage.

Il penche la tête et m'observe.

— Pourquoi quelqu'un comme moi aurait-il besoin de prendre l'avantage sur quelqu'un comme toi ?

— Je ne sais pas. Vous attendez peut-être quelque chose de moi.

— Sinon… ?

— Sinon, je serais morte.

Il reste silencieux durant un long moment. Son regard acéré me transperce jusqu'aux os. D'un geste, il désigne le coffret en bois.

— Je t'ai apporté un présent. Ouvre-le.

Je contemple un instant la boîte, puis je darde les yeux sur lui.

— Pas question.

— Ce n'est qu'une boîte.

— Quoi que vous vouliez que je fasse, je n'obéirai pas. Vous perdez votre temps.

— Et le temps est tout ce qui nous reste, n'est-ce pas ? Le temps – et les promesses.

Il tapote le couvercle du coffret.

— J'ai dépensé pas mal de cette précieuse denrée pour t'en trouver un.

Il pousse le coffret vers moi.

— Ouvre-le !

J'obtempère. Il poursuit :

— Ben n'a pas joué avec toi. Pas plus qu'Alison. Je veux dire Teacup ; Alison est morte, elle aussi. Tu n'as pas joué aux échecs depuis le décès de ton père.

Je secoue la tête. Pas en réponse à sa question, mais parce que je ne comprends pas. Le grand architecte en chef de cet immense génocide veut jouer aux échecs avec moi ? Je frissonne dans ma combinaison aussi mince que du papier. La pièce est glaciale. Vosch me contemple, un sourire aux lèvres. Non. Il ne se contente pas de m'observer. Ce n'est pas comme Wonderland. Vosch ne connaît pas seulement mes souvenirs, il sait aussi ce que je pense. Wonderland est un mécanisme. Il enregistre, mais Vosch lit.

— Ils sont partis, je bredouille. Ils ne sont pas à l'hôtel. Et vous ignorez où ils sont.

Ça doit être ça. Il ignore leur position, sinon il m'aurait déjà tuée. Je ne vois pas d'autre raison.

Néanmoins, c'est une raison merdique. Avec cette météo et les ressources dont il dispose, ça ne doit pas être bien difficile pour lui de les retrouver. Je serre mes mains glacées entre mes genoux et je me force à respirer lentement et calmement.

Il sort l'échiquier du coffret, puis la reine blanche.

— Blanche ? Tu préfères le blanc.

Ses doigts longs et agiles préparent le jeu. Les doigts d'un musicien, d'un sculpteur, d'un peintre. Il pose ses coudes sur la table et entrelace ses doigts sous son menton, dans la position qu'adoptait mon père chaque fois qu'il jouait.

— Que voulez-vous ?

Il hausse un sourcil.

— Juste jouer aux échecs.

Il m'observe en silence. Cinq secondes se transforment en dix. Dix en vingt. Après trente secondes, j'ai l'impression qu'une éternité s'est écoulée. Je crois que je sais ce qu'il fait : il joue un jeu à l'intérieur du jeu. Mais je ne comprends pas pourquoi.

Je commence par une Ruy López. Ce n'est pas l'ouverture la plus originale dans l'histoire des échecs, mais je suis un peu stressée. Pendant que nous jouons, il fredonne doucement, et à présent je sais qu'il imite délibérément mon père. Mon estomac se révulse de dégoût.

Pour survivre, j'ai construit des murs autour de moi, une forteresse pour me protéger de mes émotions et ne pas perdre la raison dans un monde devenu dément, mais même la personne la plus ouverte possède en elle un lieu sacré où nul n'est autorisé à pénétrer.

À présent, je comprends le jeu à l'intérieur du jeu : rien n'est privé, rien n'est sacré. Rien de ce qui me concerne ne lui est étranger. Pas la moindre parcelle. Cette fois, mon sang bouillonne carrément. Vosch a plus que violé mes souvenirs, il a attaqué mon âme. La souris et le clavier à ma droite fonctionnent sans câble. Mais ce n'est pas le cas de l'écran derrière lui. Il suffirait que je me jette brusquement en travers de la table, que je le frappe à la tête et que j'enroule le câble autour de son cou. Le tout exécuté en quatre secondes, terminé en quatre minutes. À moins que nous ne soyons observés, ce qui est probablement le cas. Vosch survivrait, Teacup et moi nous serions condamnées. Et même si je parvenais à liquider Vosch avant que ses sbires m'en empêchent, ce ne serait qu'une victoire à la Pyrrhus, si les déclarations d'Evan Walker se révèlent justes. C'est ce que j'ai fait remarquer à Sullivan, à l'hôtel, quand elle a affirmé qu'Evan s'était sacrifié pour faire sauter la base : s'ils peuvent se télécharger dans des corps humains, ils peuvent aussi faire des copies d'eux-mêmes. La série d'« Evan » et de « Vosch » pourrait être infinie. Evan pourrait se tuer. Je pourrais assassiner Vosch. Peu importe. Par définition, les entités à l'intérieur d'eux sont immortelles.

— Tu devrais faire attention à ce que je t'explique, avait lâché Sullivan avec une patience exagérée. Il y a

Evan, l'humain, qui a fusionné avec une conscience extraterrestre. Il n'est pas l'un ou l'autre : il est les deux. Donc, il peut mourir.

— Ce n'est pas le plus important.

— Exact, avait-elle fait remarquer. Ça, c'est juste le côté humain sans importance.

Vosch se penche au-dessus de l'échiquier. Son haleine sent la pomme. Je pose mes mains sur mes genoux. De nouveau, il hausse un sourcil.

— Il y a un problème ?

— Je vais perdre, je lui dis.

Il feint la surprise.

— Qu'est-ce qui t'amène à penser cela ?

— Vous savez ce que je vais faire avant même que je bouge.

— Tu te réfères à Wonderland. Mais tu oublies que nous sommes plus que la somme de nos expériences. Les êtres humains sont merveilleusement imprévisibles. Par exemple, ton sauvetage de Ben Parish durant l'effondrement de Camp Haven défiait toute logique et ignorait la première prérogative de tous les êtres vivants : continuer à vivre. Comme ta décision, hier, d'abandonner, de te laisser arrêter quand tu as réalisé que vous faire prendre offrait la seule chance de survie à cette gamine.

— Est-ce que cela a été le cas ? Elle a survécu ?

— Tu connais déjà la réponse à cette question.

D'un geste impatient, il me désigne l'échiquier :

— Joue !

Je serre le poing, aussi fort que possible. Comme si je serrais son cou. Quatre minutes pour retirer toute vie de lui. Seulement quatre minutes.

— Teacup est vivante, j'affirme. Vous êtes conscient que la menace de me faire griller le cerveau ne me fera pas obtempérer à vos ordres. Mais vous savez que j'obéirai pour la sauver.

— Vous vous appartenez l'une à l'autre, maintenant, c'est cela ? Vous êtes liées comme par une chaîne d'argent ?

Il dit tout cela avec un petit sourire, avant de poursuivre :

— Quoi qu'il en soit, mis à part les blessures sérieuses dont elle risque de ne pas se remettre, tu lui as offert un cadeau sans prix : du temps. Il y a un proverbe latin qui fait référence à cela. *Vincit qui patitur.* Tu sais ce que cela signifie ?

J'ai plus que froid. Ma température doit être de zéro pointé.

— Vous savez que non.

— « Conquiert celui qui souffre. » Souviens-toi des rats de la pauvre Teacup. Que nous enseignent-ils ? Je t'ai dit, la première fois que nous nous sommes rencontrés, qu'il ne s'agit pas tant de détruire vos facultés à lutter que de broyer votre envie de vous battre.

Les rats, de nouveau.

— Un rat sans espoir est un rat mort.

— Les rats ne connaissent pas l'espoir. Ni la foi. Ni l'amour. Tu avais raison sur ces sujets, soldat Ringer. L'humanité ne sera pas délivrée par la force. Néanmoins, tu avais tort au sujet de la rage. La rage n'est pas non plus la réponse.

Je n'ai pas envie de poser la question, pas envie de lui donner la satisfaction de l'avoir entendue de ma bouche, mais je ne peux m'en empêcher.

— Quelle est la réponse ?

— Tu en es proche. Je crois que tu serais surprise de savoir à quel point tu es proche.

— Proche de quoi ?

Ma voix, aussi faible que les couinements des rats.

De nouveau impatient, Vosch secoue la tête.

— Joue !

— C'est inutile.

— Un monde dans lequel les échecs n'ont pas d'importance n'est pas un monde dans lequel j'aimerais vivre.

— Arrêtez ! Cessez d'imiter mon père.

— Ton père était un homme bon, esclave d'une terrible maladie. Tu ne devrais pas le juger aussi sévèrement. Pas plus que toi, pour l'avoir abandonné.

S'il te plaît, ne t'en va pas. Ne me quitte pas, Marika.

De longs doigts agiles qui s'accrochent à ma chemise, les doigts d'un artiste. Le visage sculpté par le couteau impitoyable de la faim, l'artiste furieux à l'argile inutile, et ses yeux rougis ourlés de cernes.

Je vais revenir, je te le promets. Si je ne pars pas, tu mourras. Promis, je reviens.

Vosch a un sourire sans âme, le sourire d'un requin ou le rictus d'un crâne, et si la rage n'est pas la réponse, alors qu'est-ce que c'est ? Je serre le poing si fort que mes ongles s'enfoncent dans ma paume. C'est comme ça qu'Evan l'a décrite, avait dit Sullivan, en serrant le poing. Ça, c'est Evan. C'est l'être à l'intérieur. Ma main est la rage, mais qu'est-ce que mon poing ? Quelle est la chose emballée dans la rage ?

— Un seul mouvement pour échec et mat, souffle Vosch. Pourquoi tu ne le fais pas ?

Mes lèvres remuent à peine.

— Je n'aime pas perdre.

Il tire de sa poche de poitrine un appareil argenté de la taille d'un téléphone portable. J'en ai déjà vu un. Je sais à quoi ça sert. La peau autour du petit morceau de sparadrap qui ferme le point d'insertion dans ma nuque commence à me démanger.

— Nous sommes au-delà de cette étape, affirme Vosch.

Du sang au creux de ma paume.

— Appuyez sur le bouton. Je n'en ai rien à foutre.

Il hoche la tête d'un air approbateur.

— À présent, tu es vraiment très près de la réponse. Mais ce n'est pas ton implant qui est lié à cet émetteur. Tu veux toujours que j'appuie sur le bouton ?

Teacup. Je baisse les yeux sur l'échiquier. Un mouvement et j'aurai droit à échec et mat. La partie était déjà terminée avant même d'avoir commencé. Quand le jeu est joué d'avance, comment peut-on éviter de perdre ?

Une gamine de sept ans connaît la réponse à cette question. Je glisse ma main sous l'échiquier et le jette à la tête de Vosch. *Je crois que là, c'est échec et mat, salope !*

Vosch voit venir le coup. Il se baisse et l'esquive facilement. Les pièces tombent du jeu, roulent sur la table, puis dégringolent par terre. Il n'aurait jamais dû me dire que cet appareil est connecté à Teacup : s'il appuie sur le bouton, il perd son avantage sur moi.

Vosch presse le bouton.

51

MA RÉACTION EST IMMÉDIATE.

Je bondis en travers de la table, lui envoie mon genou dans le torse et l'expédie à terre. Je me jette sur lui et, de ma main ensanglantée, je frappe son nez aristocratique, faisant pivoter mes épaules pendant le coup pour en maximiser l'impact, comme me l'ont appris mes entraîneurs à Camp Haven. Exercice après exercice après exercice jusqu'à ce que je n'aie plus besoin de réfléchir : les muscles ont une mémoire, eux aussi. Son nez se brise en un craquement satisfaisant. C'est à ce moment-là, m'a enseigné l'instructeur, qu'un soldat avisé se retire. Le combat au corps à corps est imprévisible, et chaque seconde durant laquelle vous restez engagé augmente le risque. L'expression adéquate c'était : se retirer.

Vincit qui patitur.

Mais là, pas question de se retirer. L'horloge approche du dernier tic-tac – je suis à la bourre. La porte s'ouvre à la volée et des soldats surgissent dans la pièce. Ils foncent sur moi, libèrent Vosch, et me plaquent avec fermeté visage contre terre. Un tibia appuie contre mon cou. Je sens l'odeur du sang. Pas le mien, celui de Vosch.

— Tu m'as déçu, me chuchote-t-il à l'oreille. Je t'ai prévenue que la rage n'était pas la réponse.

Ils me remettent debout. Vosch a le bas du visage couvert de sang. C'est comme si ses joues étaient ornées de peintures de guerre. Ses yeux enflent déjà, lui donnant une curieuse allure bovine.

Il se tourne vers le chef de l'escouade qui se tient à côté de lui, un garçon svelte, au teint clair, cheveux blonds et yeux sombres sans âme.

— Préparez-la.

52

Couloir : PLAFOND BAS, LUMIÈRES FLUORESCENTES, mur de parpaings. Des corps qui m'entourent, un devant, un derrière, un de chaque côté me tenant les bras. Le couinement des semelles en caoutchouc sur le sol de béton gris, la faible odeur de transpiration et la senteur douce-amère de l'air recyclé. Cage d'escalier : des rambardes en métal peint en gris comme le sol, des toiles d'araignée qui flottent dans les coins, des ampoules jaunes poussiéreuses sous des grilles métalliques et la descente vers un air plus chaud à l'odeur de moisi plus prononcée. Un autre couloir : des portes toutes identiques, sans aucune plaque, de larges rayures rouges sur chaque mur gris, et des panneaux qui affichent : ACCÈS INTERDIT SAUF AU PERSONNEL AUTORISÉ. La pièce : petite, sans fenêtre. Des meubles de rangement sur un mur, un lit d'hôpital au milieu, à côté un moniteur qui indique les signes vitaux, dont l'écran, pour l'instant, est noir. Deux personnes vêtues de blouses blanches se trouvent dans la pièce, chacune d'un côté du lit. Un homme d'une cinquantaine d'années environ, une femme plus jeune, chacun affichant un sourire forcé.

La porte se referme d'un claquement derrière moi. Je me retrouve seule avec ces deux inconnus, plus le soldat blond, barrant la porte.

— On peut faire de deux façons, annonce l'homme à la blouse blanche. Mollo, ou difficile. À toi de voir.

— Difficile, je réponds.

Je me retourne d'un mouvement vif et frappe le jeune garde à la gorge. Son arme de poing tombe sur le carrelage. Je la saisis et pivote illico vers les deux blouses blanches.

— Tu n'as aucun moyen de t'échapper, dit l'homme d'une voix neutre. Tu le sais très bien.

Oui, je le sais. Mais si j'ai besoin de l'arme, ce n'est pas pour m'échapper. En tout cas, pas dans le sens où il l'entend. Je n'ai pas l'intention de prendre des otages ou de tuer quiconque. Tuer des êtres humains, ça c'est le but de l'ennemi. Recroquevillé sur le sol, le garçon frémit de douleur. Sa gorge produit des bruits bizarres, sortes de glouglous entrecoupés de hoquets. Qui sait ? Je lui ai peut-être fracturé le larynx. Je jette un coup d'œil à la caméra installée dans le coin le plus reculé de la pièce. Est-ce qu'il m'observe ? Grâce à Wonderland, il me connaît mieux que n'importe qui sur Terre. Lui doit savoir pourquoi je me suis emparée de l'arme.

Je suis mat. Et il est trop tard pour abandonner la partie.

Je plaque le canon froid contre ma tempe. La femme en reste bouche bée.

Elle avance d'un pas vers moi.

— Marika.

Un regard gentil. Une voix douce.

— Elle est en vie parce que tu l'es aussi. Si tu meurs, elle mourra.

Je comprends alors. Il m'a dit que la rage n'était pas la réponse, mais la rage est la seule explication pour qu'il ait appuyé sur le commutateur quand j'ai fait voltiger le jeu d'échecs. C'est ce que je pensais à ce moment-là. Je n'ai jamais envisagé qu'il pouvait bluffer.

J'aurais dû piger. Il est impossible qu'il abandonne son avantage sur moi. Pourquoi ne m'en suis-je pas rendu compte ? C'est moi qui suis aveuglée par la rage, pas lui.

Je suis étourdie – la pièce ne cesse de bouger. Un bluff à l'intérieur du bluff, des feintes au milieu de contre-feintes. Je suis au centre d'un jeu dont je ne connais pas les règles, ni même l'objet. Teacup est en vie parce que je le suis. Je suis en vie parce qu'elle l'est.

— Emmenez-moi auprès d'elle, je demande à la femme.

Je tiens à avoir la preuve qu'au moins cette hypothèse est vraie.

— Pas question, rétorque l'homme. Alors, que fait-on maintenant ?

Bonne question. Je presse toujours l'arme très fort contre ma tempe.

— Emmenez-moi vers elle, ou je vous jure que je le ferai.

— Tu ne peux pas, lâche la femme.

Voix douce. Regard gentil. Mains tendues vers moi.

Elle a raison. Je ne peux pas. Il est possible que ce soit un mensonge – Teacup est peut-être morte. Néanmoins, il existe une chance qu'elle soit en vie, mais si je disparais, ils n'auront plus besoin d'elle. Ils s'en débarrasseront sûrement. C'est un risque que je ne peux pas prendre.

Voilà le piège. C'est là que s'arrête la route des promesses impossibles. C'est la seule issue envisageable à la croyance démodée que la vie insignifiante d'une gamine de sept ans a encore de l'importance.

Je suis désolée, Teacup. J'aurais dû mettre un terme à tout cela dans les bois.

Je baisse mon arme.

53

L'ÉCRAN DU MONITEUR S'ALLUME. Pouls, tension artérielle, rythme respiratoire, température. Le garçon que j'ai frappé est de nouveau sur ses jambes, appuyé contre la porte, une main massant son cou, l'autre tenant son pistolet. Il me jette des regards noirs alors que je suis allongée sur le lit.

— Voilà quelque chose pour t'aider à te détendre, murmure la femme à la voix douce et au regard gentil. Une petite dose.

La piqûre d'une aiguille. Les murs disparaissent dans le néant. Mille ans passent. Je suis écrasée dans la poussière sous le talon du temps. Les voix se font saccadées, les visages s'élargissent. Tout se dissout. Je flotte sur un océan illimité de blanc.

Une voix désincarnée émerge du brouillard.

— Maintenant, retournons au problème des rats.

Vosch. J'ignore où il se situe. Sa voix provient de partout et de nulle part, comme s'il était à l'intérieur de moi.

— Tu as perdu ta maison. Et la belle demeure – la seule – que tu as trouvée pour la remplacer est infestée de vermine. Que peux-tu faire ? Quels sont tes choix ? Te résoudre à vivre pacifiquement avec ces nuisibles destructeurs ou les exterminer avant qu'ils détruisent ton nouveau chez-toi ? Que te dis-tu : « Les rats sont des bestioles dégoûtantes, cependant ce sont des créatures vivantes qui ont les mêmes droits que moi » ? Ou bien : « Nous sommes incompatibles, ces rats et moi. Et si je dois vivre ici, cette vermine doit mourir » ?

À des milliers de kilomètres, j'entends le moniteur biper au rythme des battements de mon cœur. La mer infinie ondule. Je me lève et tombe à chaque vague.

— Mais le sujet, ce ne sont pas vraiment les rats, martèle sa voix aussi forte que le tonnerre. Ça ne l'a jamais été. La nécessité de les exterminer est une donnée de base. C'est la méthode qui te perturbe. Le sujet réel, le problème fondamental, ce sont les roches.

Le voile blanc s'estompe. Je flotte toujours, mais à présent, je suis bien au-dessus de la Terre, dans un vide obscur inondé d'étoiles, et le soleil qui embrasse l'horizon teinte la surface de la planète en dessous de moi d'une lueur dorée. Le moniteur bipe frénétiquement et la voix annonce :

— Oh, merde !

Puis Vosch :

— Respire, Marika. Tu es parfaitement en sécurité.

Parfaitement en sécurité. Voilà pourquoi ils m'ont donné un sédatif. Dans le cas contraire, mon cœur se serait certainement arrêté de battre sous le choc. L'effet est tridimensionnel, on ne peut le différencier de la réalité, sauf que je ne pourrais pas respirer dans l'espace. Pas plus qu'entendre la voix de Vosch dans un lieu où le son n'existe pas.

— Voici la Terre, comme elle était, il y a soixante-six millions d'années. C'est magnifique, n'est-ce pas ? Intacte. Préservée. L'atmosphère avant que vous l'empoisonniez. L'eau avant que vous la polluiez. Les terres luxuriantes, pleines de vie, avant que vous, rongeurs que vous êtes, ne les déchiquetiez en morceaux pour combler vos appétits voraces et construire vos nids crasseux. Elle aurait pu rester immaculée encore soixante-six autres millions d'années, vierge de votre gloutonnerie mammalienne, si elle n'avait pas croisé par hasard la route d'un visiteur de l'espace de la taille d'un quart de Manhattan.

Il siffle juste à côté de moi, criblé de trous, grêlé, masquant les étoiles tandis qu'il fonce vers la planète. Quand il pénètre dans l'atmosphère, la moitié inférieure de l'astéroïde commence à briller. D'un jaune lumineux, puis d'un blanc aveuglant.

— Et ainsi en a été décidé le sort de la Terre. Par un rocher.

À présent, je me tiens sur les rivages d'une mer vaste et peu profonde, et j'observe l'astéroïde tomber, petit point, minuscule galet, insignifiant.

— Après cet impact, les trois quarts de la vie sur Terre auront disparu. Le monde se termine. Le monde renaît. L'humanité doit son existence à un caprice cosmique. À une roche. C'est tout à fait remarquable, quand on y pense.

Le sol tremble. Un grand bruit, un *boum* lointain, puis un silence étrange. Inquiétant.

— Et là se trouve l'énigme, la devinette que vous préférez éviter parce que affronter le problème en secoue les fondations, n'est-ce pas ? Cela défie toutes les explications. Cela rend tout ce qui s'est passé complètement discordant, absurde, insensé.

L'eau remue ; jets de vapeur, mousse, tourbillons : l'eau bout. Un mur impressionnant de poussières et de particules de roche fonce vers moi, masquant le ciel. L'air est empli de cris stridents, comme ceux d'un animal mourant.

— Je n'ai pas besoin d'énoncer l'évidence, n'est-ce pas ? La question vous tracasse depuis très longtemps.

Je suis incapable de bouger. Je sais que tout ceci n'est pas réel, mais ma panique l'est, elle, tandis que ce mur rugissant de vapeur bouillante et de débris rocheux se précipite vers moi. Un million d'années d'évolution m'a enseigné à me fier à mon instinct, et la partie primitive de mon cerveau est sourde aux cris stridents de la partie rationnelle qui, tel un animal blessé, hurle que tout ceci n'est pas réel, pas réel, pas réel, pas réel.

— Impulsions électromagnétiques. Tiges géantes de métal qui tombent du ciel. Épidémie de peste…

Sa voix s'élève à chaque énoncé, et les mots sont comme des coups de tonnerre ou le talon d'une botte qui claque sur le sol.

— Des agents endormis implantés dans des corps humains. Des armées d'enfants ayant subi des lavages de cerveau. Qu'est-ce que tout ceci ? C'est la question centrale. La seule qui importe vraiment : pourquoi se donner de la peine avec tout ça, alors que tout ce dont on a besoin c'est d'un très, très gros rocher ?

La vague déferle sur moi. Je me noie.

54

JE ME RETROUVE SOUS TERRE PENDANT DES MILLÉNAIRES.

À des kilomètres au-dessus de moi, le monde s'éveille. Parmi les ombres de la forêt tropicale, une créature qui ressemble à un rat creuse le sol à la recherche de racines tendres pour se nourrir. Ses descendants apprivoiseront le feu, inventeront la roue, découvriront les mathématiques, écriront des poésies, détourneront des rivières, raseront des forêts, construiront des villes, exploreront l'espace. Pour l'instant, le principal est de trouver de la nourriture et de rester en vie suffisamment longtemps pour se reproduire.

Anéanti dans le feu et la poussière, le monde renaît par la grâce d'un rongeur affamé qui creuse dans la boue.

L'horloge égrène son tic-tac. Avec nervosité, la créature respire l'air chaud et moite. Le mouvement de l'horloge s'accélère et je remonte à la surface. Quand j'émerge de la poussière, la créature s'est transformée : elle est assise dans un fauteuil à côté d'un lit et porte un jean souillé de poussière et un T-shirt déchiré. Épaules voûtées, pas rasé, les yeux enfoncés, l'inventeur de la roue, l'héritier, le gardien, le prodige.

Mon père.

Le bip-bip du moniteur. L'intraveineuse, les draps raides, l'oreiller dur, les tubes qui serpentent sur mon bras. Et l'homme assis à côté du lit, agité, couvert de sueur et de crasse, le teint cireux, tirant nerveusement sur sa chemise, les yeux rougis de sang, les lèvres gonflées.

— Marika.

Je ferme les yeux. Ce n'est pas lui. C'est la drogue que Vosch a injectée en moi.

De nouveau :

— Marika.

— Tais-toi ! Tu n'es pas réel.

— Marika, j'ai quelque chose à te dire. Quelque chose que tu dois savoir.

— Je ne comprends pas pourquoi vous m'infligez cela, je lance à Vosch.

Je sais qu'il m'observe.

— Je te pardonne, lâche mon père.

J'ai du mal à respirer. J'éprouve une douleur intense à la poitrine, comme si l'on m'y avait planté un couteau.

Je supplie Vosch :

— Je vous en prie. Arrêtez !

— Il fallait que tu partes, poursuit mon père. Tu n'avais pas le choix. Je suis le seul responsable de ce qui est arrivé. Ce n'est pas toi qui m'as transformé en ivrogne.

D'instinct, j'appuie mes mains sur mes oreilles. Hélas, sa voix ne se trouve pas dans la pièce, mais à l'intérieur de moi.

Mon père essaie de me rassurer.

— Je n'ai pas tenu le coup très longtemps après ton départ. À peine deux heures.

Nous étions allés jusqu'à Cincinnati. Un peu plus de cent kilomètres. Son stock tirait à sa fin. Il m'avait suppliée de ne pas le quitter, mais je savais que si je ne trouvais pas de l'alcool très vite, il mourrait. J'en ai trouvé – une bouteille de vodka planquée sous un matelas – après être entrée par effraction dans seize maisons, si on peut appeler ça entrer par effraction vu que toutes les demeures étaient abandonnées, et qu'il me suffisait d'y pénétrer par une fenêtre cassée. J'étais si contente de tenir cette bouteille en main que je l'ai même embrassée.

Mais il était trop tard. Le temps que je revienne à notre campement, mon père était mort.

— Je sais que tu culpabilises, mais je serais mort de toute façon, Marika. *De toute façon.* Tu as fait ce que tu pensais devoir faire.

Impossible de me cacher ou de fuir cette voix. J'ouvre les yeux et plonge mon regard droit dans le sien.

— Je sais que tu n'es pas réel. Tout ceci est un mensonge.

Il sourit. Le même sourire qu'il avait quand je marquais un point décisif durant une de nos parties.

Le professeur ravi.

— C'est ce que je suis venu te dire !

Il frotte ses longs doigts sur ses cuisses, et je remarque la poussière incrustée sous ses ongles.

— C'est ça, la leçon, Marika. C'est ce qu'ils veulent que tu comprennes.

Main chaude contre peau fraîche : il me touche le bras. La dernière fois que j'ai senti sa main, c'était sur ma joue, lors d'une gifle cuisante tandis que son autre main me tenait immobile. *Garce ! Ne me quitte pas. Ne me quitte jamais, garce !* Chaque « garce ! » ponctué par une gifle. Il avait perdu l'esprit. Dans l'obscurité qui s'abattait sur nous chaque nuit il voyait des choses qui n'existaient pas. Il entendait des choses dans l'horrible silence qui menaçait de nous broyer chaque jour. La nuit où il est mort, il s'est levé en hurlant, se griffant les yeux. Il sentait des insectes grouiller à l'intérieur, sous ses paupières, au creux de ses globes. Aujourd'hui, ces mêmes yeux gonflés me fixent. Les griffures sont toujours fraîches. Un autre cercle, une autre chaîne d'argent : maintenant, c'est moi qui vois des choses, qui entends des choses, qui ressens des choses qui n'existent pas dans l'horrible silence.

— D'abord, ils nous ont enseigné à ne pas les croire, murmure-t-il. Puis ils nous ont appris à ne pas nous faire mutuellement confiance. À présent, ils nous enseignent que nous ne pouvons carrément pas avoir confiance en nous-mêmes.

Je lui chuchote ma réponse :

— Je ne comprends pas.

Son image s'estompe. Tandis que je plonge un peu plus dans les profondeurs dénuées de lumière, mon père disparaît dans la lumière sans profondeur. Il dépose un baiser sur mon front. Une bénédiction. Une malédiction.

— Désormais, tu leur appartiens.

55

LE FAUTEUIL EST DE NOUVEAU VIDE. Je suis seule. Puis je me rappelle que j'étais seule même quand le fauteuil n'était pas vide. J'attends que les battements de mon cœur diminuent. Je m'efforce de rester calme, de contrôler mon souffle. La drogue va trouver son chemin dans mon organisme, et tout ira bien. *Tu es en sécurité,* je me dis à moi-même. *Parfaitement en sécurité.* Le jeune soldat blond que j'ai frappé à la gorge entre. Il porte un plateau de nourriture : une grosse tranche d'une mystérieuse viande grise, des pommes de terre, des haricots trop cuits, carrément en bouillie, et un grand verre de jus d'orange. Il pose le plateau sur le lit, appuie sur le bouton pour m'installer en position assise, tourne le plateau face à moi, puis reste planté là, bras croisés, comme s'il attendait quelque chose.

— Dis-moi quel goût ça a, chuchote-t-il d'une voix rauque. Je ne vais pas pouvoir avaler de nourriture solide pendant trois semaines.

Sa peau est pâle, ce qui rend ses yeux bruns aux orbites enfoncées encore plus sombres. Il n'est pas très costaud, ni musclé comme Zombie, ni grassouillet comme Poundcake. Au contraire, il est grand et mince, son corps ressemble à celui d'un nageur. Il dégage une sorte d'intensité contrôlée, non seulement dans la façon dont il se déplace, mais surtout dans son regard, dans cette force contenue avec soin qui affleure juste sous la surface.

J'ignore ce qu'il attend exactement que je dise.

— Désolée.

— C'était un coup en traître.

De ses doigts, il tambourine sur son avant-bras.

— Tu n'as pas l'intention de manger ?

Je secoue la tête.

— Je n'ai pas faim.

La nourriture est-elle réelle ? Et ce garçon, l'est-il ? L'incertitude de mon expérience m'écrase. Je me noie dans une mer infinie. Je sombre lentement, le poids des profondeurs obscures m'entraînant vers le bas, forçant l'air hors de mes poumons, broyant mon cœur.

— Bois ton verre, ordonne-t-il. Ils ont dit que tu devais au moins avaler ce jus d'orange.

— Pourquoi ? Qu'est-ce qu'ils ont mis dedans ?

— Tu es parano ?

— Un peu.

— Ils viennent de te faire une prise de sang et t'en ont pompé un bon demi-litre. Alors ils m'ont demandé de m'assurer que tu boives ton jus.

Je n'ai aucun souvenir de cette prise de sang. Est-ce que ça a eu lieu pendant que je « parlais » à mon père ?

— Pourquoi ils m'ont pris du sang ?

Un regard mort.

— Voyons un peu si je me rappelle. C'est vrai qu'ils me racontent tout.

— Qu'est-ce qu'ils t'ont dit ? Pourquoi je suis ici ?

— Je ne suis pas supposé te parler.

Un silence, puis :

— Ils nous ont annoncé que tu étais une VIP. Une prisonnière très importante.

Il secoue la tête.

— Je ne comprends pas. Au bon vieux temps, ceux ou celles qui devenaient Dorothée… disparaissaient.

— Je ne suis pas une Dorothée.

Il hausse les épaules.

— Je ne pose pas de questions.

Mais, moi, j'ai besoin d'obtenir certaines réponses.

— Tu sais ce qui est arrivé à Teacup ?

— D'après ce que j'ai entendu, elle s'est enfuie avec la petite cuillère. Ou avec la soucoupe, j'ai oublié.

— Tu te crois drôle ?

— Je plaisantais.

— Eh bien, va te faire foutre.

Je pousse un soupir avant de poursuivre :

— La petite fille arrivée en hélico en même temps que moi. Avec de nombreuses blessures. J'ai besoin de savoir si elle est en vie.

Il hoche la tête avec grand sérieux.

— Je vais tout de suite me renseigner !

Je me goure carrément, là. Question relationnel, je n'ai jamais été douée. Au lycée, mon surnom était Sa Majesté Marika, et une dizaine de variations du même genre. Peut-être que je devrais essayer d'établir une relation au-delà du « Va te faire foutre ».

— Je m'appelle Ringer.

— C'est génial. Tu dois en être ravie.

— J'ai l'impression de t'avoir déjà vu. Tu étais à Camp Haven ?

Il commence à dire quelque chose, puis s'interrompt.

— On m'a ordonné de ne pas te parler.

Je manque de lui rétorquer d'un ton acide : « Alors, pourquoi tu le fais ? », mais je me reprends aussitôt.

— C'est sûrement une bonne idée, je dis. Ils ne veulent pas que tu saches ce que je sais.

— Oh, je sais ce que tu sais : tout cela n'est qu'un mensonge, nous avons été dupés par l'ennemi, ils nous utilisent pour anéantir les survivants, bla, bla, bla. La merde typique des Dorothée.

— C'est ce que j'avais l'habitude de penser, j'admets. Maintenant, je n'en suis plus si sûre.

— Oh, tu arriveras bien à comprendre.

— Oui.

Les rochers, les rats et toutes les formes de vie ont évolué au-delà de la nécessité d'un corps physique. Oui, je comprendrai, mais certainement trop tard, même s'il est probablement déjà trop tard. Pourquoi ont-ils pris mon sang ? Pourquoi Vosch me garde-t-il en vie ? Que puis-je avoir, qui lui fait défaut ? Pourquoi ont-ils besoin de moi, de ce gamin blond ou de n'importe quel humain ? S'ils ont été capables de concevoir génétiquement un virus pour tuer neuf personnes sur dix, pourquoi pas dix sur dix ? Ou, comme Vosch l'a spécifié, pourquoi se donner autant de mal alors qu'ils ont juste besoin d'un énorme rocher ?

J'ai mal à la tête. Je suis étourdie. Nauséeuse. J'ai du mal à penser clairement et cela me manque. C'était l'un de mes points forts.

— Bois ton jus que je puisse partir.

— Dis-moi ton nom, et je le boirai.

Il hésite un instant, puis :

— Razor.

Je bois le jus d'orange. Il ramasse le plateau et quitte la chambre. Au moins, je connais son prénom. Une victoire mineure, mais une victoire néanmoins.

56

ARRIVE LA FEMME EN BLOUSE BLANCHE. Elle se présente sous le nom de docteur Claire. Ses cheveux bruns, ondulés, sont tirés en arrière. Ses yeux ont la couleur d'un ciel d'automne. Elle dégage un parfum d'amande amère, ce qui est aussi l'odeur du cyanure.

— Pourquoi m'avez-vous pris du sang ?

Elle sourit.

— Parce que Ringer est tellement adorable que nous avons décidé de la cloner à une centaine d'exemplaires.

Il n'y a pas une seule pointe de sarcasme dans sa voix. Elle me retire l'intraveineuse du bras et recule rapidement, comme si elle redoutait que je bondisse hors du lit pour l'étrangler. Certes, cette idée m'effleure brièvement, mais je préférerais la poignarder jusqu'à ce que mort s'ensuive avec un couteau de poche. J'ignore combien de coups il faudrait lui infliger. Sûrement beaucoup.

— Ça, c'est encore un truc qui n'a aucun sens, je dis. Pourquoi importer vos consciences dans des corps humains quand vous pouvez en cloner autant que vous voulez dans votre ravitailleur ? Vous ne prendriez aucun risque. Surtout quand l'un de vos téléchargés peut se transformer en Evan Walker et tomber amoureux d'une humaine.

Elle hoche la tête avec sérieux.

— Bien vu. Je mettrai cela à l'ordre du jour de notre prochaine réunion. Peut-être devons-nous repenser toute notre stratégie de prise de pouvoir.

D'un geste de la main, elle me désigne la porte.

— Avance.

— Où cela ?

— Ne te fais pas de souci, tu le découvriras bientôt. Je crois que tu vas apprécier.

Nous n'allons pas très loin. Seulement à deux portes de là. La pièce est dépouillée. Un lavabo, un meuble de rangement, des toilettes et une douche.

— Depuis combien de temps n'as-tu pas pris une bonne douche ? demande le docteur Claire.

— Depuis Camp Haven. La nuit avant que je tue mon sergent instructeur d'une balle dans le cœur.

— C'est ce que tu as fait ? réplique-t-elle d'un ton détaché, comme si je lui annonçais que j'avais habité San Francisco. La serviette est juste là. Il y a une brosse à dents, un peigne et du déodorant dans le meuble.

Je t'attends dehors, à côté de la porte. Frappe si tu as besoin de quelque chose.

Une fois seule, j'ouvre le meuble. Un roll-on anti-transpirant. Un peigne. Un petit tube de dentifrice, modèle de voyage. Une brosse à dents enveloppée dans un sachet plastique. Pas de fil dentaire. J'avais espéré en trouver. Je perds une ou deux minutes à me demander combien de temps ça me prendrait d'affûter l'extrémité de la brosse à dents pour la transformer en un instrument tranchant. Puis je me débarrasse de ma combinaison, j'entre dans la douche, et là je pense à Zombie, pas parce que je suis nue dans une douche, mais parce que je me souviens de son discours sur Facebook, les sorties en bagnole, les cloches des écoles et la liste infinie de toutes ces choses perdues, comme les frites trop grasses, les librairies poussiéreuses et les douches chaudes. Je tourne le bouton du thermostat, réglant la température aussi fort que je peux la supporter, et je laisse l'eau couler sur moi jusqu'à ce que les extrémités de mes doigts plissent. Savon à la lavande. Shampooing senteur fruitée. La dure protubérance du petit transmetteur roule sous mes doigts. *Désormais, tu leur appartiens.* Je jette violemment la bouteille de shampooing sur le mur de la douche. J'écrase mon poing sur le carrelage, encore et encore, jusqu'à ce que la peau de mes jointures soit tranchée. Ma colère est plus puissante que la somme de toutes les choses perdues.

À mon retour dans la chambre, deux portes plus loin, Vosch m'attend. Il ne prononce pas un mot tandis que le docteur Claire bande ma main, et reste silencieux jusqu'à ce que nous soyons seuls.

— Qu'as-tu accompli ? demande-t-il.

— J'avais besoin de me prouver quelque chose à moi-même.

— Que la douleur est la seule preuve réelle de vie ? Je secoue la tête.

— Je sais que je suis vivante.

Il hoche la tête, l'air songeur.

— Tu aimerais la voir ?

— Teacup est morte.

— Qu'est-ce qui te fait penser cela ?

— Vous n'avez aucune raison de la garder en vie.

— C'est exact, si on part de l'hypothèse que l'unique raison de la garder en vie est de te manipuler. Franchement, le narcissisme des jeunes d'aujourd'hui !

Il appuie sur un bouton dans le mur. Un écran descend du plafond.

— Vous ne pouvez pas me forcer à vous aider.

Je lutte contre la panique qui monte en moi, la peur de perdre le contrôle de quelque chose sur lequel je n'ai jamais eu le contrôle.

Vosch tend la main devant lui. Dans sa paume, un objet d'un vert brillant, comme une grosse capsule de gel. Un câble, aussi fin qu'un cheveu, dépasse d'une extrémité.

— Voilà le message.

Les lumières faiblissent. L'écran s'anime. La caméra s'élève dans les airs au-dessus d'un champ de blé détruit par le froid hivernal. Au loin, une ferme, quelques dépendances, un silo de tôle rouillée. Une silhouette minuscule émerge en trébuchant du bosquet d'arbres qui bordent le champ, et avance d'un pas incertain à travers les tiges sèches et brisées du blé, vers le groupe de bâtiments.

— Ça, c'est le messager.

De cette hauteur, je suis incapable de dire si c'est un garçon ou une fille, seulement qu'il s'agit d'un enfant. De l'âge de Nugget ? Plus petit ?

— Centre du Kansas, continue Vosch. Hier, à l'heure treize cent[1], environ.

Une seconde silhouette apparaît, sur les marches du perron, cette fois. Une minute plus tard, une autre personne sort. L'enfant court vers elles.

— Ce n'est pas Teacup, je chuchote.

— Non.

L'enfant court en percutant de temps à autre les balles de blé, en direction des adultes qui l'observent sans bouger. L'un d'eux tient un revolver à la main ; il n'y a pas de son, ce qui, d'une certaine façon, rend l'image encore plus angoissante.

— C'est l'instinct des temps anciens : en période de grand danger, méfie-toi des inconnus. Ne fais confiance à personne en dehors de ton cercle habituel.

Mon corps se crispe. Je sais comment tout cela se termine, je l'ai vécu. L'homme avec le revolver : moi. L'enfant qui court vers lui : Teacup.

L'enfant tombe. Se relève. Reprend sa course. Tombe une seconde fois.

— Mais il existe un autre instinct, presque aussi ancien, aussi vieux que la vie elle-même, quasiment impossible à

---

1. Vosch s'exprime en langage militaire. Il est en fait treize heures. (*N.d.T.*)

combattre pour l'esprit humain : protéger les plus jeunes à tout prix. Préserver l'avenir.

Le gosse avance dans le champ à travers les tiges de blé et tombe pour la dernière fois. La première personne garde son arme pointée, mais une femme court vers l'enfant à terre et le ramasse, le soulevant du sol gelé. L'homme armé lui barre le chemin de la maison. Rien ne se passe durant quelques secondes. Ils restent face à face, immobiles.

— Tout est une question de risque, fait observer Vosch. Tu l'as compris il y a longtemps. Alors, évidemment, tu sais que la femme fera entendre raison à cet homme. Après tout, quel risque représente un jeune enfant ? Protéger les plus jeunes. Préserver l'avenir.

La femme portant l'enfant fait un pas de côté, évite l'homme armé et grimpe en courant les marches qui mènent à la maison. L'homme armé baisse la tête comme s'il priait, puis la lève vers le ciel, comme en une supplique. Puis il se retourne et pénètre à l'intérieur. Les minutes s'éternisent. À côté de moi, Vosch murmure :

— Le monde est une horloge.

La ferme, les dépendances, le silo, les champs bruns, et le brouillard des nombres tandis que le temps s'affiche sur l'écran, énumérant les secondes par centièmes. Je sais ce qui va arriver, néanmoins je tressaille quand même quand l'éclair silencieux désintègre la scène. La poussière qui voltige de toutes parts, les débris, les volutes de fumée : le blé brûle, consumé en quelques secondes, tendre fourrage pour le feu, et à la place des bâtiments, un cratère, un grand trou noir creusé dans la terre. Les fourrages deviennent noirs. L'écran se rétracte. Les lumières sont toujours faibles.

— Je veux que tu comprennes, dit Vosch avec douceur. Tu te demandais pourquoi nous gardions les plus petits, ceux qui sont trop jeunes pour combattre.

— Je ne comprends pas.

Une frêle silhouette dans des acres de brun, vêtue d'une salopette en jean, pieds nus, courant à travers le blé.

Vosch se méprend sur ma confusion.

— Le dispositif implanté dans le corps de l'enfant est calibré pour détecter la moindre fluctuation de dioxyde de carbone, le composant principal du souffle humain. Quand le CO_2 atteint un certain seuil, indiquant la présence de plusieurs cibles, le dispositif explose.

— Non !

Ces personnes ont amené cet enfant chez eux, au cœur de leur foyer, l'ont enveloppé dans une couverture chaude, lui ont donné à boire, lavé le visage. Ces hommes et ces femmes se sont réunis à ses côtés, l'entourant de leur souffle.

— Ils seraient tout aussi morts si vous aviez lâché une bombe.

— Il ne s'agit pas de la mort, m'interrompt-il avec impatience. Ça ne l'a jamais été.

Les lumières se rallument, la porte s'ouvre et Claire entre, faisant rouler devant elle un chariot métallique, suivie de son copain en blouse blanche, et de Razor, qui me fixe avant de détourner le regard. Ça me perturbe plus que ce chariot avec sa rangée de seringues : il n'a pas pu s'empêcher de me regarder.

— Ça ne change rien !

Ma voix s'élève dans les aigus :

— Je me fiche de ce que vous faites. Et je ne me soucie même plus de Teacup. Je préfère me tuer plutôt que de vous aider.

Vosch secoue la tête.

— Là, tu ne m'aides pas.

57

CLAIRE NOUE UN GARROT autour de mon bras et tapote l'intérieur de mon coude à la recherche d'une veine. Razor se tient de l'autre côté du lit. L'homme en blouse blanche – je n'ai jamais su son nom – se trouve près des moniteurs. Il a un chronomètre à la main. Vosch s'appuie contre le lavabo, m'observant de ses grands yeux durs et brillants à la fois, comme les corbeaux dans les bois le jour où j'ai tiré sur Teacup, curieux, mais d'une curiosité indifférente, et je comprends alors qu'il a raison : la réponse à leur arrivée n'est pas la rage. La réponse, c'est le contraire de la rage. La seule réponse possible est l'opposé de toutes les choses, comme le trou où se dressait la ferme : un grand vide. Le rien. Ni la haine, la colère, ni la peur, non, rien du tout. L'espace vide. L'indifférence sans âme de l'œil du requin.

— Trop haut, murmure M. Blouse Blanche en consultant le moniteur.

— D'abord, quelque chose pour te détendre.

Claire enfonce une aiguille dans mon bras. Je regarde Razor. Il détourne la tête.

— C'est mieux, déclare M. Blouse Blanche.

— Je me fiche carrément de ce que vous me faites, je lance à Vosch.

Ma langue est comme bouffie, gonflée, lourde.

— Aucune importance, rétorque Vosch.

Il hoche la tête à l'intention de Claire qui prend une seconde seringue.

— Insertion du hub dans la marque, annonce-t-elle.

Du hub ?

— Ho ho ! marmonne M. Blouse Blanche. Attention !

Il surveille le moniteur tandis que mon rythme cardiaque augmente d'un cran.

— N'aie pas peur, ça ne te fera pas mal, dit Vosch.

Claire lui jette un regard étonné. Il hausse les épaules.

— Eh bien, nous faisons des tests.

D'un doigt, il lui donne une chiquenaude : « Allez-y ! » J'ai l'impression de peser un million de tonnes. Mes os sont en acier, le reste de mon anatomie en pierre. Je ne sens même pas l'aiguille s'insinuer dans mon bras. Claire indique : « Marque » et M. Blouse Blanche appuie sur le chronomètre. Le monde est une horloge.

— Les morts ont leur récompense, affirme Vosch. Ce sont les vivants – toi et moi – qui ont encore du travail. Appelle ça comme tu veux, le destin, la chance, la providence. Tu as été livrée entre mes mains pour être mon instrument.

— Annexé au cortex cérébral.

Ça, c'était Claire. Sa voix semble étouffée, comme si mes oreilles étaient bourrées de coton. Je penche la tête vers elle. Un millier d'années s'écoule.

— Tu en as déjà vu un, lâche Vosch, dans un lointain infini. Quand tu as été soumise aux tests, le jour de ton arrivée à Camp Haven. Nous t'avons affirmé qu'il s'agissait de l'infestation d'une vie extraterrestre reliée au cerveau humain. C'était un mensonge.

J'entends Razor respirer lourdement.

— En fait, c'est un centre de commande microscopique fixé au lobe frontal de ton cerveau, explique Vosch. Une unité centrale, si tu préfères.

— Initialisation, annonce Caire. Ça m'a l'air bon.

— Pas pour tout contrôler…, poursuit Vosch.

— J'introduis la première série.

Aiguille brillant dans une lumière fluorescente. Petits grains noirs en suspension dans un liquide de couleur ambrée. Je ne sens rien tandis que Claire l'injecte dans ma veine.

— … mais pour coordonner les quelque quarante mille invités mécanisés envers qui tu feras fonction d'hôtesse.

— Température : 37,5 °C, déclare M. Blouse Blanche.

Razor, à côté de moi, haletant.

— Il a fallu aux rats de la préhistoire des millions d'années et un millier de générations pour atteindre l'étape actuelle de l'évolution humaine, dit Vosch. Toi, il te faudra seulement deux jours pour accéder à la suivante.

— Première série complète, affirme Claire en se penchant de nouveau vers moi. (Odeur d'amande amère.) Introduction de la seconde série.

La pièce est maintenant une véritable fournaise. Je suis baignée de sueur. M. Blouse Blanche annonce que ma température est de 38,8 °C.

— L'évolution est un business bordélique, déclare Vosch. Beaucoup de faux départs, des impasses. Certains candidats ne font pas des hôtes valables. Leur système immunitaire s'écroule, ou bien ils souffrent de dissonances cognitives permanentes. En termes clairs pour les novices, cela signifie qu'ils deviennent fous.

Je bous. Mes veines sont chargées de feu. De l'eau coule de mes yeux, roule sur mes tempes, inonde mes oreilles. Je vois le visage de Vosch se pencher sur la surface de la mer ondulante de mes larmes.

— Mais j'ai foi en toi, Marika. Tu n'as pas traversé autant de souffrances pour échouer maintenant. Tu seras le pont qui relie ce qui était à ce qui sera.

— Nous sommes en train de la perdre, s'écrie M. Blouse Blanche d'une voix tremblante.

— Non, murmure Vosch.

Sa main froide sur ma joue mouillée.

— Nous l'avons sauvée.

58

IL N'Y A PLUS DE JOUR NI DE NUIT, seulement la lumière des lampes fluorescentes qui ne s'éteignent jamais. Je mesure les heures en fonction des visites de Razor, qui, trois fois par jour, m'apporte un repas que je suis incapable d'avaler.

Ils ne peuvent contrôler ma fièvre. Ni stabiliser ma tension artérielle. Ils ne parviennent pas non plus à refréner mes nausées. Mon corps rejette les onze matrices destinées à augmenter chacun de mes systèmes biologiques, chaque matrice consistant en quatre mille unités, ce qui fait un total de quarante-quatre mille envahisseurs microscopiques répandus dans mon système sanguin.

Je me sens comme une merde.

Après chaque petit déjeuner, Claire vient m'examiner, elle me donne mes médocs et fait des remarques laconiques comme : « Il serait grand temps que tu commences à te sentir mieux. Tes options diminuent. » Ou bien des plus narquoises, style : « Je commence à penser que cette idée d'énorme rocher était bien meilleure. » Elle semble contrariée par le fait que je réagisse mal à ces quarante mille mécanismes extraterrestres dont elle me bourre.

— Ce n'est pas comme si tu avais le choix, me dit-elle. La procédure est irréversible.

— Si, il y a quelque chose.

— Quoi ? Oh, bien sûr. Ringer, l'irremplaçable.

Elle sort le dispositif d'arrêt d'urgence de la poche de sa blouse blanche et le tient devant moi.

— Tu es branchée là-dessus. Vas-y. Demande-moi d'appuyer sur le bouton.

Un petit sourire suffisant.

— Appuyez sur le bouton.

Elle laisse échapper un léger rire.

— C'est incroyable. Chaque fois que je commence à me demander ce qu'il voit en toi, tu dis quelque chose comme ça.

— Qui ? Vosch ?

Son sourire s'évanouit. Ses yeux deviennent aussi inexpressifs que ceux d'un requin.

— Nous allons terminer la mise à jour si tu ne peux pas t'adapter.

Terminer la mise à jour.

Elle retire les bandages de mes jointures. Pas de croûtes, pas de bleus, pas de cicatrices. Comme si rien ne s'était passé. Comme si je n'avais jamais défoncé le mur de mon poing, m'entaillant la main jusqu'à l'os. Je songe à Vosch, apparaissant dans ma chambre, complètement guéri, à peine quelques jours après que je lui ai explosé le nez et flanqué deux coquards. Et à Sullivan, qui nous a raconté l'histoire d'Evan Walker déchiqueté par des éclats d'obus et capable, quelques heures plus tard, d'infiltrer et de détruire une base militaire entière à lui tout seul.

D'abord, ils ont pris Marika et l'ont transformée en Ringer. Maintenant, ils ont pris Ringer et l'ont « mise à jour » dans quelqu'un de totalement différent. Quelqu'un comme eux.

Ou quelque chose.

Il n'y a plus de jour ni de nuit, seulement une lueur permanente.

59

— QU'EST-CE QU'ILS M'ONT FAIT ? je demande à Razor un jour où il m'apporte un autre repas immangeable.

Je ne m'attends pas à ce qu'il réponde, mais lui s'attend à ce que je pose la question. Ça doit lui paraître bizarre que je ne l'aie pas encore fait.

Il hausse les épaules, évitant mon regard.

— Voyons un peu ce que nous avons au menu, aujourd'hui. Oooh. Un pain de viande ! Petite veinarde !

— Je crois que je vais gerber.

Il écarquille les yeux.

— Tu plaisantes ?

D'un air désespéré, il regarde tout autour de lui, cherchant un sac à vomi.

— S'il te plaît, enlève ce plateau. Je ne supporte pas cette odeur.

Il fronce les sourcils.

— Ils vont te débrancher si tu n'arrêtes pas tes conneries.

— Ils auraient pu faire ça à n'importe qui. Pourquoi s'en prennent-ils à moi ?

— Peut-être que tu es spéciale !

Je secoue la tête et réponds comme s'il était sérieux :

— Non, je crois que c'est parce que quelqu'un d'autre l'est. Tu sais jouer aux échecs ?

Il me fixe avec étonnement.

— Pardon ?

— On pourrait y jouer, quand je me sentirai mieux.

— Je préfère le base-ball.

— Ah bon ? J'aurais parié que tu préférais la natation. Ou le tennis.

De nouveau, il fronce les sourcils.

— Tu dois te sentir vraiment mal. Tu bavardes comme si tu étais à moitié humaine.

— Je suis à moitié humaine. Littéralement parlant. L'autre moitié…

Je hausse les épaules. Razor laisse échapper un sourire.

— Oh, le douzième système est bien le leur, répond-il.

Le douzième système ? Qu'est-ce que ça veut dire exactement ? Il doit y avoir un rapport avec les onze systèmes normaux du corps humain.

— Nous avons trouvé un moyen de les retirer des corps des Infestés et…

La voix de Razor s'évanouit, il regarde la caméra d'un air décontenancé.

— Quoi qu'il en soit, poursuit-il, tu dois manger. Je les ai entendus évoquer une sonde d'alimentation.

— Alors c'est ça, l'histoire officielle ? Comme Wonderland : nous utilisons leurs technologies contre eux. Et toi, tu y crois.

Il s'adosse au mur, croise les bras sur sa poitrine et fredonne un air du *Magicien d'Oz* : « Yellow Brick Road ». Je secoue la tête. C'est incroyable ! Le problème, ce n'est pas que les mensonges sont trop beaux pour y résister, mais que la vérité est trop piteuse pour l'affronter.

— Le commandant Vosch implante des explosifs dans des enfants. Il transforme ces gosses en bombes humaines, je dis.

Razor fredonne plus fort.

— De très jeunes enfants. Des bambins. Ils sont séparés des autres quand ils arrivent, n'est-ce pas ? Ils étaient à Camp Haven. Tous ceux qui ont moins de cinq ans sont mis à part et on ne les revoit jamais. Tu en as déjà vu, toi ? Où sont les enfants, Razor ? Où sont-ils ?

Il cesse de chantonner assez longtemps pour dire :

— Ferme-la, Dorothée !

— Et ça, est-ce que ça a un sens : télécharger une Dorothée avec une technologie extraterrestre supérieure ? Si le commandant avait décidé d'augmenter les forces physiques des êtres en vue d'une guerre, tu crois vraiment qu'il s'occuperait des dingues ?

— Je ne sais pas. Ils t'ont bien choisie, non ?

Il ramasse le plateau auquel je n'ai pas touché et se dirige vers la porte.

— Ne t'en va pas.

Surpris, il se retourne. J'ai le visage en feu. Ma fièvre doit être encore plus élevée. Oui, ça doit être ça.

— Pourquoi ? demande-t-il.

— Tu es la seule personne honnête avec qui je peux discuter.

Il éclate d'un rire sincère, naturel, sans avoir besoin de se forcer.

— Qui dit que je suis honnête ? Nous sommes tous des ennemis déguisés, non ?

— Mon père avait l'habitude de raconter l'histoire des six hommes aveugles et de l'éléphant. Un homme touche la patte de l'animal et dit que l'éléphant doit ressembler à un pilier. L'autre touche la trompe et affirme que l'éléphant doit plutôt ressembler à une branche d'arbre.

Le troisième aveugle touche la queue et déclare que l'éléphant est comme une corde. Le quatrième touche le ventre : pour lui, l'éléphant est comme un mur. Le cinquième, une oreille : selon lui l'éléphant est comme un drapeau. Sixième aveugle : une défense, alors pour lui, l'éléphant est un tuyau.

Razor me fixe un long moment d'un visage de marbre, puis sourit. C'est un bon sourire, que j'aime bien.

— C'est une magnifique histoire. Tu devrais la raconter dans les soirées.

— Le truc, je dis, c'est qu'à l'instant où le ravitailleur est apparu, nous sommes tous devenus pareils à ces aveugles tapotant un éléphant.

60

SOUS LA LUEUR PERMANENTE, je compte les jours grâce aux repas que Razor m'apporte et auxquels je ne touche toujours pas. Trois repas, un jour. Six, deux jours. Le dixième jour, une fois qu'il a posé le plateau devant moi je lui demande :

— Pourquoi tu te donnes la peine de m'apporter ça ?

Ma voix est comme la sienne, maintenant, un croassement rauque. Je suis baignée de sueur, ma fièvre grimpe, mon crâne me lance et mon cœur bat la chamade. Razor ne répond pas. Il ne m'a pas adressé la parole une seule fois en dix-sept repas. Il semble nerveux, distrait, voire en colère. Claire est devenue silencieuse, elle aussi. Elle vient deux fois par jour pour changer mon intraveineuse et la poche du cathéter, scruter mes yeux avec un ophtalmoscope, tester mes réflexes, et vider le bassin hygiénique. Tous les six repas, j'ai droit à une toilette à l'éponge. Un jour, Claire déroule un mètre à ruban et mesure mon biceps, pour vérifier combien de centimètres de muscles j'ai perdus, j'imagine. Je ne vois personne d'autre. Ni M. Blouse Blanche, ni Vosch, ni aucun père décédé et injecté dans mon cerveau par Vosch. Je suis tellement naze que je me moque de ce qu'ils me font exactement : ils doivent me surveiller, attendant de voir si l'« amélioration » me tue.

Un matin, alors que Claire est occupée à rincer le bassin hygiénique, Razor entre pour m'apporter mon petit déjeuner. Il patiente en silence, le temps qu'elle ait terminé, puis je l'entends lui demander :

— Elle est en train de mourir ?

Claire secoue la tête. Réponse ambivalente : ça peut être « oui », ou bien « tu en sais aussi long que moi ».

J'attends qu'elle soit partie pour lâcher :

— Tu perds ton temps.

Razor jette un coup d'œil à la caméra installée au plafond.

— Je ne fais qu'obéir aux ordres.

Je saisis le plateau et le balance par terre. Razor crispe les lèvres, mais ne prononce pas un mot. Il ramasse les dégâts en silence tandis que je reste là, allongée, pantelante, épuisée par l'effort, la sueur dégoulinant sur moi.

— Ouais, ramasse ! Rends-toi utile !

Quand ma fièvre grimpe en flèche, quelque chose dans mon esprit se détend et j'ai l'impression de sentir les quarante-quatre mille microrobots fourmillant dans mon système sanguin et le hub avec sa dentelle délicate de vrilles enfouies dans chaque lobe, et je comprends ce que mon père éprouvait durant ses heures d'agonie quand il se griffait pour éliminer les insectes imaginaires qui grouillaient sous sa peau.

— Garce ! je halète.

Razor s'immobilise et lève les yeux vers moi, stupéfait.

— Laisse-moi, garce !

— Sans problème, marmonne-t-il.

À quatre pattes, il nettoie les dégâts avec un chiffon mouillé. L'odeur acide du désinfectant me flanque la nausée.

— Aussi vite que je pourrai, ajoute-t-il en se redressant.

Ses joues d'ivoire sont rouges. En plein délire, je trouve que la couleur met en évidence les mèches auburn dans ses cheveux blonds.

— Tu sais, ça ne servira à rien de t'affamer, me dit-il. Tu ferais mieux d'envisager autre chose.

J'ai essayé. Mais il n'y a pas d'alternative. Je peux à peine soulever la tête. *Désormais, tu leur appartiens.* Vosch, le sculpteur, mon corps, l'argile, mais pas mon esprit, et jamais mon âme. Ni conquise, ni écrasée, ni contrôlée.

Je ne suis pas attachée, ligotée. Eux le sont. Que je dépérisse, que je meure ou que je me rétablisse, le jeu est terminé, le grand maître Vosch a perdu la partie.

— Mon père avait une phrase préférée, je dis à Razor. Nous appelons les échecs le jeu des rois car, grâce à ce jeu, nous apprenons à gouverner les rois.

— Encore les échecs !

Il abandonne le chiffon sale dans le lavabo et sort en claquant la porte. Quand il revient avec le repas suivant, il y a un coffret en bois, familier, sur le plateau. Sans dire un mot, Razor saisit mon assiette, jette la nourriture dans la poubelle, puis balance le plateau de métal dans le lavabo où il tombe avec un lourd *clang*. Le lit vrombit, je me retrouve en position assise, et Razor pousse le coffret devant moi.

— Tu m'as dit que tu ne jouais pas, je chuchote.

— Apprends-moi.

Je secoue la tête et m'adresse à la caméra derrière lui :

— Bien essayé, mais vous pouvez vous le flanquer au cul !

Razor éclate de rire.

— Ce n'est pas leur idée. Mais en parlant de cul, tu peux parier le tien que j'ai demandé la permission avant d'apporter ce jeu.

Il ouvre le coffret, sort l'échiquier, farfouille dans les pièces.

— Il y a les reines, les rois, les pions et ces trucs qui ressemblent à des tours de garde. Comment ça se fait que chaque pion ressemble à une personne sauf ceux-là ?

— Tu les disposes mal, je fais remarquer.

— Peut-être parce que je n'ai aucune idée de comment on joue à ce putain de truc. Tu n'as qu'à le faire.

— Je n'en ai pas envie.

— Donc tu admets ta défaite ?

— Démission. J'appelle plutôt ça une démission.

— C'est bon à savoir. J'ai le sentiment que ça pourrait se révéler utile.

Un sourire. Pas le sourire mille volts, genre Zombie. Plus petit, plus subtil, plus ironique. Il s'assied à côté du lit et je perçois une senteur de chewing-gum.

— Blancs ou noirs ?

— Razor, je suis trop faible rien que pour soulever…

— Dans ce cas, tu n'auras qu'à me montrer du doigt ce que tu veux faire, et je bougerai tes pions pour toi.

Il n'abandonne pas. D'ailleurs, je n'en attendais pas moins de lui. À l'heure actuelle, il n'y a plus d'indécis ni de poltrons. Je lui indique où placer les pièces et comment on déplace chacune. Je lui décris les règles de base. J'ai droit à beaucoup de hochements de tête et de OK, OK, mais j'ai l'impression qu'il acquiesce plus qu'il ne comprend. Puis nous jouons, et je le massacre en quatre mouvements. Lors de la partie suivante, il commence à argumenter et à protester : « Tu n'as pas le droit de faire ça ! », « Il est clair que les échecs sont le jeu le plus stupide du monde. » À la troisième partie, je suis certaine qu'il regrette sa proposition. Mon entrain s'est réveillé alors que le sien est proche de zéro.

— C'est le jeu le plus crétin qui ait jamais été inventé ! marmonne-t-il d'un ton bougon.

— Les échecs n'ont pas été inventés. Ils ont été découverts.

— Comme l'Amérique ?

— Comme les mathématiques.

— Je connaissais des filles comme toi à l'école.

Il n'ajoute rien et se met à ranger le jeu.

— C'est bon, Razor. Je suis fatiguée.

— Demain, j'apporterai un jeu de dames.

Il a dit cela comme une menace.

Pourtant, il n'en fait rien. Le lendemain, on recommence. Plateau, coffret, échiquier. Cette fois, il arrange les pièces en une curieuse configuration : le roi noir au centre, lui faisant face ; la reine sur le côté, face au roi ; trois pions derrière le roi, légèrement sur le côté, à dix, douze, et deux heures ; un cavalier à la droite du roi, un autre à sa gauche, un fou directement derrière lui et, juste à côté du fou, un autre pion. Puis Razor me regarde, un sourire angélique aux lèvres.

— OK.

Je hoche la tête, sans trop savoir pourquoi.

— J'ai inventé un jeu. Tu es prête ? Ça s'appelle…

De ses doigts, il tambourine le rail du lit, imitant un roulement de tambour.

— … échec-ball, dit-il.

— Échec-ball ?

— Échecs, base-ball. Échec-ball, tu piges ?

Il balance une pièce de monnaie à côté de l'échiquier.

— Qu'est-ce que c'est ?

— Une pièce de vingt-cinq cents.

— Je le vois, merci !

— Pour les besoins du jeu, ce sera la balle. Enfin, pas vraiment la balle, mais ça la représente. Ce qui arrive avec la balle. Si tu cesses de m'interrompre une seconde, je pourrai t'expliquer les règles.

— Je ne disais rien.

— Tant mieux, parce que tu me donnes mal au crâne quand tu parles. Tes insultes, tes citations sur les échecs et tes histoires bizarres d'éléphant ! Bon, tu veux jouer, oui ou non ?

Il n'attend pas ma réponse. Il place un pion blanc juste devant la reine noire, disant que c'est moi, le batteur.

— Je préférerais donner le coup d'envoi avec ma reine. C'est la plus puissante.

— C'est pour ça qu'elle sera à la batte pour le clean-up.

Il secoue la tête d'un air agacé. Mon ignorance le stupéfie.

— Alors, c'est très simple : tu es la défense, donc tu lances en premier. Face, c'est un strike. Pile, une balle.

— Ça ne va pas fonctionner avec une pièce, je fais remarquer. Il y a trois possibilités : strike, balle ou hit.

— En fait, il y en a même quatre. Mais disons que toi, tu t'en tiens aux échecs. Le base-ball, c'est mon domaine.

— L'échec-ball, je le corrige.

— Peu importe. Si tu lances une balle, c'est une balle, et tu lances de nouveau. Là, si tu as face, je récupère la pièce. Tu vois, ça me donne une chance d'obtenir un hit. Face, je me rapproche, pile, je rate. Si je rate, premier strike. Et on continue comme ça.

— J'ai compris. Et si tu as face, je récupère la pièce. Face, je te sors…

— Non ! Tu te goures ! Tu te goures complètement ! D'abord je lance, trois fois. Quatre, si j'ai un DP.

— DP ?

— Double pile. Ça fait un triple. Avec un double pile, tu as le droit de lancer une fois de plus : face, c'est un home run ; pile, juste un triple. Face-face, c'est un simple ; face-pile : un double.

— Peut-être qu'on devrait commencer à jouer, et tu pourrais…

— Et là, tu récupères la pièce pour voir si tu peux dépasser mon simple, avec un double, un triple, ou un home run. Face, je sors. Pile, je suis sur la base.

Il prend une profonde inspiration.

— À moins que ce soit un home run, bien sûr.

— Bien sûr.

— Tu te moques ? Parce que, franchement...

— J'essaie juste de comprendre.

— ... tu n'as aucune idée du temps qu'il m'a fallu pour mettre tout ça au point. C'est plutôt compliqué. Je veux dire, pas comme le jeu des rois, mais tu sais comment ils qualifient le base-ball, n'est-ce pas ? C'est le passe-temps national. Oui, le base-ball est appelé le passe-temps national parce que, en y jouant, on apprend à maîtriser le temps.

— Maintenant, c'est toi qui te moques de moi.

— En fait, je suis le seul à rire de toi, à l'heure actuelle.

Il attend. Je sais quoi.

— Tu ne souris jamais, ajoute-t-il.

— Ça a de l'importance ?

— Une fois, quand j'étais gamin, j'ai rigolé si fort que j'ai pissé dans mon pantalon. On était au Six Flags[1]. Sur la grande roue.

— Qu'est-ce qui t'a fait rire ?

— Je ne m'en souviens pas.

Il glisse une main sous mon poignet et soulève mon bras pour plaquer la pièce dans ma paume.

— Lance cette putain de pièce, qu'on puisse jouer.

Je ne veux pas le vexer, mais le jeu n'est pas si compliqué. À son premier hit, Razor s'excite, lève le poing

---

1. Parc d'attractions en Californie. (*N.d.T.*)

d'un air triomphant, et commence à bouger les pièces noires autour de l'échiquier, tout en commentant le jeu d'une voix rauque, imitant un journaliste sportif, comme un gamin qui joue avec ses figurines en plastique.

— Deep drive dans le champ centre !

Le pion du champ centre glisse vers la seconde base ; le fou deuxième baseman et le pion d'arrêt court se laissent distancer ; le pion du champ gauche monte en courant, avant de couper par le centre. Tout cela d'une main tandis que, de l'autre, Razor manipule la pièce, la tournant entre ses doigts comme une balle qui tourbillonne en l'air, puis la faisant ralentir comme si elle allait atterrir dans le champ centre gauche. C'est si ridicule, si enfantin que j'aurais souri, si je souriais encore.

— Il est en sécurité ! s'écrie Razor.

Non. Pas enfantin. Mais il ressemble tellement à un gosse. Les yeux brillants, sa voix montant dans les aigus à cause de l'excitation, il a de nouveau dix ans. Finalement, tout n'est pas perdu, pas les choses importantes.

Son hit suivant est une mauvaise passe qui atterrit entre le joueur de première base et celui du champ droit. Razor crée une collision dramatique entre le joueur de champ et le baseman ; le première base glisse en arrière, le champ droit en avant, et là, *bang !* Razor glousse au moment de l'impact.

— Ce n'est pas une erreur ? je demande. C'est une balle jouable.

— Une balle jouable ? Ringer, c'est juste un jeu naze que j'ai inventé en cinq minutes avec quelques pions d'échecs et une pièce de vingt-cinq cents.

Deux hits supplémentaires : Razor est en avance sur moi. Je n'ai jamais eu de chance aux jeux de hasard. C'est pour cette raison que je les ai toujours détestés. Razor doit sentir que mon enthousiasme s'évanouit. Il reprend son commentaire de plus belle tout en faisant glisser les pions (bien que je lui fasse remarquer que ce sont les miens, vu que je suis en défense). Une autre frappe loin dans le champ gauche. Encore un lancer à côté du première base. Un nouvel impact entre le premier baseman et le joueur de champ. J'ignore si Razor se répète parce qu'il trouve cela drôle ou parce qu'il a un sérieux problème d'imagination. Une part de moi pense que je devrais être offensée au nom de tous les joueurs d'échecs.

Au troisième tour, je suis épuisée.

— Si on continuait ce soir, je propose. Ou demain. Oui, demain, ce serait mieux.

— Qu'est-ce qu'il y a ? Tu n'aimes pas mon jeu ?

— Si. C'est amusant. Je suis juste fatiguée. Vraiment fatiguée.

Il hausse les épaules comme si ça n'avait pas d'importance, mais cela en a visiblement, sinon il ne hausserait pas les épaules. Il glisse la pièce de vingt-cinq cents dans sa poche et remballe le coffret en marmonnant. Je ne saisis que le mot « échecs ».

— Qu'est-ce que tu as dit ?

— Rien.

Il détourne le regard.

— Si, tu as dit un truc au sujet des échecs, j'insiste.

— Les échecs, les échecs, les échecs. Tu n'as que ce mot à la bouche ! Désolé que mon jeu ne soit pas aussi excitant !

Il glisse le coffret sous son bras et se dirige d'un pas lourd vers la porte. Un dernier regard avant de partir :

— Je croyais que ça te distrairait un peu, c'est tout. Merci ! On n'a pas besoin de se faire une autre partie !

— Tu es fâché contre moi ?

— Moi, au moins, j'ai essayé de jouer aux échecs, et je ne me suis pas plaint. Contrairement à toi ! Contente-toi d'y penser.

— À quoi veux-tu que je pense ?

Il hurle à travers la pièce :

— Contente-toi d'y penser !

Il quitte la chambre en claquant la porte. J'ai le souffle court, je tremble, mais j'ignore pourquoi.

61

LE MÊME SOIR, quand la porte de ma chambre s'ouvre, je suis prête à m'excuser. Plus j'y pense, malgré ma fièvre, plus je me sens comme le crétin de la plage qui détruit à coups de pied le château de sable d'un gamin.

— Salut, Razor, je suis...

Je ne termine pas ma phrase. Bouche bée, je regarde un inconnu apporter mon plateau, un garçon d'environ douze ou treize ans.

— Où est Razor ? je demande d'un ton exigeant.

— Je ne sais pas, couine le gosse. Ils m'ont tendu le plateau et m'ont dit : « Prends-le. »

— « Prends-le », je répète stupidement.

— Ouais. « Prends-le. Prends le plateau. »

Ils ont retiré sa mission à Razor. Peut-être que jouer à l'échec-ball est contraire au règlement. Ou alors, Vosch s'est agacé de voir deux ados se comporter comme deux ados durant quelques heures. Le désespoir est addictif, autant pour celui qui observe que pour celui qui l'expérimente.

À moins que Razor ne supporte plus la situation. Il a dû demander à être assigné à d'autres tâches, ou il a pris son jeu d'échec-ball et il est rentré chez lui.

Je n'ai pas très bien dormi cette nuit, si on peut appeler cela une nuit quand on sait que j'ai droit à cette lueur permanente. Ma fièvre est montée à plus de 39 °C tandis que mon système immunitaire lançait son assaut final et désespéré contre les matrices. Comme dans une sorte de brouillard j'aperçois les chiffres verts du moniteur qui grimpent en flèche. Je glisse dans un sommeil semi-délirant.

Garce ! Laisse-moi. Tu sais pourquoi ils appellent ce jeu le base-ball, n'est-ce pas ? C'est un deep drive dans le champ centre. J'en ai assez. Occupe-toi de toi toute seule !

La pièce crasseuse qui tourne entre les doigts de Razor. C'est un deep drive. Un deep drive. Avec lenteur, il se penche vers l'échiquier, là où les joueurs montent, le deuxième base et le joueur d'arrêt court reculent, celui de gauche va à droite. Une bourde sur la ligne de première base ! Le joueur accélère, le baseman recule, *bang !* Joueurs en avant, celui du petit champ en arrière, on coupe par la droite. Premier baseman en arrière, joueur de champ droit en avant, *bang !* En avant, en arrière, on coupe. En arrière, en avant. *Bang !*

Encore et encore, *je visualise de nouveau le tout*, en avant, en arrière, on coupe. En arrière, en avant. *Bang !*

À présent, je suis complètement éveillée, fixant le plafond. Non. Je ne vois pas aussi bien. C'est mieux si je ferme les yeux.

Centre et gauche vers le bas. Gauche coupe en travers :

H.

Le droit monte. La première base revient en arrière :

I.

Serait-ce un code ? *Oh, arrête ! C'est ridicule. Tu délires !*

Ce soir-là, quand je suis rentrée avec la vodka, j'ai trouvé mon père mort, recroquevillé en position fœtale, son visage couvert de sang là où il s'était griffé à cause des insectes imaginaires. « Garce », m'avait-il surnommée avant que je parte pour chercher le poison qui pourrait le sauver. Il m'avait aussi donné un autre nom, celui d'une femme qui nous avait quittés quand j'avais trois ans. Il croyait que j'étais ma mère, ce qui était pour le moins ironique. Depuis mes quatorze ans, j'étais plutôt comme une mère pour lui, le nourrissant, lavant ses vêtements, m'occupant de la maison, m'assurant qu'il ne fasse rien de stupide envers lui-même. Et chaque jour j'allais à l'école dans mon uniforme parfaitement repassé, et là tous les élèves m'appelaient « Sa Majesté Marika » et chacun disait que je me croyais mieux qu'eux parce que mon père était un artiste avec une certaine célébrité, du genre génie reclus, alors que la plupart du temps mon père ignorait sur quelle planète il vivait. Quand je rentrais de l'école, il était en plein délire. Cependant, je préférais que les gens s'en tiennent à leurs illusions. Je les laissais penser que je me considérais comme supérieure à eux, ainsi que je l'avais fait avec Sullivan. À dire vrai, je ne me contentais pas d'encourager tous ces mensonges. Je les vivais. Même quand le monde s'était écroulé autour de nous, je m'y accrochais. Néanmoins, après la mort de mon père, je me suis promis de changer. Plus de bravoure ni de faux espoirs. Pas question de faire semblant que tout allait bien quand ce n'était pas le cas. En jouant la comédie, je pensais être dure, coriace, qualifiant mon attitude de courageuse, de brave. Mais c'est tout le contraire. C'est même la définition de *mollasse.* J'avais honte de la dépendance de mon père envers l'alcool, de sa maladie, et j'étais en colère contre lui, mais j'étais tout aussi coupable que lui. Je me suis vautrée dans le mensonge jusqu'à la fin : quand il m'a appelée par le prénom de ma mère, je ne l'ai pas contredit.

Un vrai délire.

Dans le coin, l'œil morne et sans âme de la caméra, qui me fixe.

Qu'est-ce qu'a dit Razor ? *Contente-toi d'y penser !*

Ce n'est pas tout ce que tu as dit, n'est-ce pas ? je lui demande, en regardant d'un air hébété l'œil noir sans expression. *Ce n'est pas tout.*

62

LE LENDEMAIN MATIN, quand la porte s'ouvre, je retiens mon souffle.

Toute la nuit, j'ai oscillé entre hypothèses et questions. Je me suis baignée dans chaque aspect de la nouvelle réalité.

Première option : Razor n'a pas plus inventé l'échec-ball que moi, les échecs. Le jeu est une idée de Vosch, pour des raisons trop obscures pour que je les comprenne.

Deuxième option : Razor, pour des motifs qui lui sont personnels, a décidé de flanquer le bordel dans ma tête. Il n'y a pas que les résistants ou ceux dotés d'un cœur de pierre qui ont survécu à l'éradication de la race humaine. Un grand nombre d'enfoirés sadiques s'en sont sortis, eux aussi. C'est comme ça dans toutes les catastrophes humaines. Le connard est une race quasiment indestructible.

Troisième option : tout cela ne se passe que dans ma tête. L'échec-ball est un jeu stupide inventé par un garçon pour m'éviter de penser au fait que je suis en train de mourir. Il n'y a rien d'autre, aucun message secret tracé sur un échiquier. Si je vois des lettres là où il n'y en a pas, c'est à cause de la tendance qu'a le cerveau humain à voir des signes même là où il n'en existe pas.

Je retiens mon souffle pour une autre raison : et si c'est de nouveau le gamin à la voix couinante ? Et si Razor ne revient pas, je veux dire s'il ne revient *jamais* ? Il existe une possibilité bien réelle que Razor soit mort. S'il essayait de communiquer en secret avec moi et que Vosch l'a découvert, je suis sûre que le grand architecte n'a offert qu'une seule réponse à son audace.

Je relâche lentement mon souffle quand il entre dans ma chambre. Le bip du moniteur monte d'un cran.

— Qu'est-ce qu'il y a ? demande Razor, plissant les yeux en me regardant.

Il sent aussitôt qu'un truc se prépare.

— Salut.

Il jette un coup d'œil à droite, puis à gauche.

— Salut. Tu as faim ?

Je secoue la tête.

— Pas vraiment.

— Tu devrais au moins essayer d'avaler ça. Tu ressembles à ma cousine, Stacey. Elle était accro à la méth. Je ne veux pas dire que tu ressembles littéralement à une accro à la méth, mais…

Il s'empourpre.

— Tu sais, c'est comme quand quelque chose te dévore de l'intérieur, dit-il.

Il presse le bouton à côté du lit. Je me redresse.

— Devine à quoi je suis accro, moi, poursuit-il. Aux bonbons gélifiés. Ceux à la framboise. Je n'aime pas trop le goût citron. J'en ai un stock, bien planqué. Je t'en apporterai si tu veux.

Il pose le plateau devant moi. Des œufs brouillés froids, des frites, un machin noirci, croustillant, peut-être du bacon – ou peut-être pas. Mon estomac se crispe. Je lève les yeux vers Razor.

— Essaie les œufs, suggère-t-il. Ils sont frais, de ferme, bio, sans aucun produit chimique. On les élève ici, au camp. Les poules, pas les œufs.

Ses yeux sombres, très expressifs, et ce petit sourire, béat et mystérieux à la fois. Pourquoi a-t-il réagi ainsi quand je lui ai dit « salut »[1] ? A-t-il été étonné que je l'accueille d'une façon quasi humaine, ou bien parce que j'avais compris le véritable intérêt de l'échec-ball ? Ou bien n'a-t-il pas été étonné du tout, et je m'imagine des trucs qui n'existent pas ?

— Je ne vois pas le coffret, je fais remarquer.

— Le coffret ? Oh. C'était un jeu stupide.

Il détourne le regard et murmure, comme pour lui-même :

— Le base-ball me manque.

Il n'ajoute pas un mot et reste sagement sans bouger durant les minutes suivantes, tandis que je joue avec mes œufs dans mon assiette. *Le base-ball me manque.* Tout un univers perdu, en quelques syllabes.

— Au contraire, j'ai bien aimé, je lui dis. C'était amusant.

— Vraiment ?

Un regard : *Tu es sérieuse ?* Il ignore que je le suis 99,999 % du temps.

— Ça n'avait pas vraiment l'air de te plaire, ajoute-t-il.

— Je crois que c'est parce que je ne me sens pas très bien dernièrement.

Il éclate de rire, et semble surpris par sa propre réaction.

---

1. Dans la version originale, Ringer a dit « *Hi* », selon le code qu'elle croit avoir déchiffré. (*N.d.T.*)

— OK. Bon, je l'ai laissé dans mon dortoir. Je l'apporterai un de ces quatre, si personne ne me l'a piqué.

La conversation s'éloigne du jeu. Je découvre que Razor était le plus jeune de cinq enfants, qu'il a grandi à Ann Arbor où son père travaillait comme électricien et sa mère comme bibliothécaire de collège, qu'il jouait au base-ball, au foot, qu'il était fan de l'équipe du Michigan. Jusqu'à ses douze ans, sa plus grande ambition était d'intégrer les Wolverines en tant que starting quarterback. Mais en grandissant, sa silhouette s'était affinée, et il s'était pris de passion pour le base-ball.

— Ma mère voulait que je devienne médecin ou avocat, mais mon vieux pensait que je n'étais pas assez intelligent...

— Attends ! Ton père ne te trouvait pas intelligent ?

— Pas *assez* intelligent. Ça fait une différence.

Il défend son père même au-delà de la mort. Les gens meurent, l'amour perdure.

— Il voulait que je sois électricien, comme lui, avoue-t-il. Papa faisait partie d'un syndicat ; il était président de l'antenne locale ou un truc comme ça. C'est la véritable raison pour laquelle il ne souhaitait pas que je devienne avocat. Tu sais comment il les appelait ? Les costumes.

— Il avait un problème avec l'autorité.

Razor hausse les épaules.

— Il répétait toujours : « Tu dois être ton propre patron. Ne sois l'employé de personne. »

Il agite les pieds, gêné, comme s'il en avait trop dit.

— Et toi, ton père ?

— C'était un artiste.

— C'est cool.

— Il était aussi alcoolique. En fait, il buvait plus qu'il ne peignait.

Pas tout le temps, néanmoins. Des photographies jaunies de ses expositions accrochées de travers sur les murs, dans des cadres poussiéreux, les élèves qui se pressent dans son atelier, nettoyant nerveusement les pinceaux, et le silence de cathédrale qui s'abattait quand il apparaissait dans une pièce bondée.

— Quel genre de merde il peignait ? demande Razor.

— Surtout ça. De la merde.

Pas tout le temps, cependant. Pas quand il était plus jeune, que j'étais petite, et que la main qui tenait la mienne était tachée d'un arc-en-ciel de couleurs.

Razor rit.

— Cette façon que tu as de plaisanter ! Comme si tu ne te rendais même pas compte que c'était une vanne.

Je secoue la tête.

— Je ne plaisantais pas.

Il acquiesce d'un hochement de tête.

— Peut-être que c'est pour ça que tu ne t'en rends pas compte.

63

Après le dîner auquel je n'ai pas touché, le bavardage forcé, le curieux silence qui s'installe parfois dans notre conversation, après que l'échiquier a été sorti du coffret de bois, que Razor a positionné les pièces, que nous avons tiré au sort pour déterminer qui représente l'équipe locale, qu'il a gagné, qu'il s'est moqué de mes prétentions d'un sourire narquois, *ouais, c'est, ça, vas-y, fillette !*, qu'il s'est assis à côté de moi sur le bord du lit, après des semaines à tenter de dompter ma rage et à m'habituer au vide hurlant, après des années à ériger des forteresses autour du chagrin, de la perte, à éprouver la sensation que je ne ressentirai jamais plus aucun sentiment, après avoir perdu mon père, Teacup, Zombie, avoir tout perdu sauf le vide hurlant, je prononce le mot en silence : « Salut. »

Razor hoche la tête.

— Ouais.

Il tapote son doigt sur la couverture. Je sens le tapotement contre ma cuisse. Ouais. Tapotement.

— Pas mal, mais c'est plus cool si tu le fais lentement.

Il me fait la démonstration.

— Tu piges ?

— Si tu insistes, je soupire.

— Ouais.

Je tapote mon doigt contre le rail du lit.

— Pour être honnête, je ne comprends pas vraiment à quoi ça sert.

— Non ?

Tap-tap sur la couverture.

— Non.

Tap-tap sur le montant du lit.

Il faut plus de vingt minutes pour tracer correctement les mots suivants :

AU SECOURS.

Tap.

— Je t'ai déjà raconté mon job d'été à l'époque où il y en avait encore ? il demande. Toilettage canin. Tu sais quel était le pire dans ce boulot ? Exprimer les glandes anales…

Il est lancé, là. Quatre points, pas une seule sortie.

COMMENT ?

Je n'obtiens pas de réponse avant quarante minutes. Je suis un peu fatiguée, et plus que frustrée. C'est comme échanger des textos avec quelqu'un à des milliers de kilomètres en utilisant une prothèse. Le temps ralentit, les événements se précipitent.

PLN.

J'ignore ce qu'il veut dire. Je le regarde, mais il fixe l'échiquier, remettant les pièces en place, discutant, comblant le silence qui s'installe par un bavardage.

— C'est exactement le terme qu'ils employaient : « exprimer », répète-t-il, toujours au sujet des chiens. Rincer, laver, rincer, exprimer, recommencer. C'était tellement chiant !

Et l'œil impassible, noir et sans âme de la caméra, qui nous fixe.

— Je n'ai pas compris le dernier coup, j'avoue.

— L'échec-ball n'est pas un jeu tordu comme les échecs, lâche-t-il d'un ton patient. Il existe certaines complexités. *Complexités.* Pour gagner, mieux vaut avoir un plan.

— Et donc, c'est toi, l'homme qui a un plan.

— Oui, c'est moi.

Tap.

64

CELA FAIT DES JOURS QUE JE N'AI PAS VU VOSCH. Ce qui change le lendemain matin.

— Je vous écoute, dit-il à Claire.

Elle se tient à côté de M. Blouse Blanche, tel un élève convoqué dans le bureau du proviseur pour avoir agressé le gringalet du groupe.

— Elle a perdu quatre kilos et vingt pour cent de sa masse musculaire. On lui donne du Diovan à cause de sa tension artérielle élevée, du Phénergan contre les nausées, de l'amoxicilline et de la streptomycine pour que son système lymphatique ne s'emballe pas, mais nous avons toujours du mal à combattre la fièvre, déclare Claire.

— Vous avez du mal à combattre la fièvre ? répète Vosch.

Claire détourne le regard.

— Sur le plan positif, son foie et ses reins fonctionnent normalement. Elle a un peu de liquide dans les poumons, mais nous...

D'un geste de la main, Vosch la fait taire. Il s'avance vers mon lit. De grands yeux brillants, comme ceux d'un oiseau.

— Tu as envie de vivre ?

Je réponds sans hésiter :

— Oui.

— Pourquoi ?

Sa question me prend au dépourvu.

— Je ne comprends pas.

— Tu ne peux pas gagner contre nous. Personne ne le peut. Le monde est une horloge, et cette horloge égrène ses dernières secondes – pourquoi voudrais-tu vivre ?

— Je ne veux pas sauver le monde. J'espère juste avoir l'opportunité de vous tuer.

Son expression ne change pas, mais ses yeux s'éclairent d'une petite lumière qui semble danser. *Je te connais,* dit son regard. *Je te connais.*

— L'espoir, chuchote-t-il. Oui.

Il hoche la tête : il est content de moi.

— L'espoir, Marika. Accroche-toi à ton espoir.

Il s'adresse ensuite à Claire et à M. Blouse Blanche.

— Retirez-lui les médicaments.

Le visage de M. Blouse Blanche devient aussi pâle que sa blouse, Claire commence à dire quelque chose, puis regarde ailleurs. Vosch se tourne vers moi.

— Quelle est la réponse ? demande-t-il. Ce n'est pas la rage. Qu'est-ce que c'est ?

— L'indifférence.

— Essaie encore.

— Le détachement.

— Encore.

— L'espoir. Le désespoir. L'amour. La haine. La peur. Le chagrin.

Je tremble, ma fièvre doit avoir atteint un nouveau pic, et j'ajoute :

— Je ne sais pas. Je ne sais pas. Je ne sais pas.

— C'est mieux, dit-il.

65

J'AI TELLEMENT MAL DORMI que je suis à peine capable de supporter quatre tours de batte à l'échec-ball.

ZÉRO MÉDOCS.

— J'ai entendu dire qu'ils t'avaient retiré les médicaments, lâche Razor en secouant la pièce de vingt-cinq cents dans son poing fermé. C'est vrai ?

— Le seul produit qui reste dans mon intraveineuse, c'est une solution saline pour éviter à mes reins de se bloquer.

Razor jette un coup d'œil à mes fonctions vitales qui s'affichent sur l'écran du moniteur, et fronce les sourcils. Quand Razor fronce les sourcils, il me fait penser à un petit garçon qui se serait cogné l'orteil, mais estime qu'il est trop grand pour pleurer.

— Alors, tu dois te sentir mieux.

— Je crois, oui.

Tap-tap sur le montant du lit.

— OK, souffle-t-il. Ma reine est avancée. Regarde.

Mon dos se crispe. Ma vision se brouille. Je me penche sur le côté et vide mon estomac, enfin le peu que contient mon estomac, sur le carrelage blanc. Razor se lève d'un bond avec un cri dégoûté, renversant l'échiquier.

— Hé ! crie-t-il. (Pas à mon intention, mais à celle de l'œil noir au-dessus de nous.) Hé ! J'ai besoin d'un peu d'aide, ici !

Personne ne vient. Il observe le moniteur, me regarde, et dit :

— Je ne sais pas quoi faire.

— Ne t'inquiète pas, ça va.

— Ah oui, c'est sûr ! Tu as l'air d'aller très bien !

Il se rend au lavabo, mouille une serviette propre et la pose en travers de mon front.

— Bien, mon cul ! Putain, mais pourquoi ils t'ont retiré tes médocs ?

— Pourquoi pas ?

Je résiste à l'envie de dégueuler de nouveau.

— Oh, je ne sais pas. Peut-être parce que, sans ces trucs, tu risques juste de *mourir* !

Il fixe la caméra.

— Je crois que tu devrais me donner cette cuvette, là-bas.

Il tamponne le vomi sur mon menton, replie la serviette, attrape la cuvette et me la pose sur les genoux.

— Razor.

— Oui ?

— S'il te plaît, ne me remets pas ça sur le visage.

— Hein ? Oh. Merde. Attends.

Il attrape une autre serviette et la passe sous l'eau. Ses doigts tremblent.

— Tu sais ce que c'est ? dit-il. Moi, je sais. Pourquoi je n'y ai pas pensé ? Et toi, pourquoi *tu* n'y as pas pensé ? Les médocs doivent interférer avec le système.

— Quel système ?

— Le douzième. Celui qu'ils t'ont injecté, Sherlock. Le hub et ses quarante mille copains pour suralimenter les onze autres.

Il pose la serviette froide sur mon front.

— Tu es glacée. Tu veux que j'aille te chercher une couverture de plus ?

— Non, j'ai l'impression d'être en feu.

— C'est une guerre, affirme-t-il.

Il tapote sa poitrine.

— Là-dedans. Tu ferais mieux de déclarer une trêve, Ringer.

Je secoue la tête.

— Non, pas de traité de paix.

Il hoche la tête, et étreint un bref instant mon poignet sous la fine couverture. S'accroupit pour rassembler les pièces de l'échiquier. Pousse un juron, car il ne retrouve plus la pièce de monnaie. Annonce qu'il ne peut pas laisser le vomi par terre comme ça. Attrape la serviette sale dont il s'est servi pour m'essuyer le menton, en tamponne ses mains et ses genoux. Il est toujours en train de ronchonner lorsque la porte s'ouvre et que Claire entre dans la chambre.

— Timing parfait ! lui crie Razor. Hé ! Vous ne pourriez pas lui donner au moins le sérum antigerbe ?

D'un geste de la tête, Claire désigne la porte.

— Sors !

Elle pointe le coffret du doigt.

— Et emporte ça !

Razor lui lance un regard noir, mais obtempère. De nouveau, je vois la force contenue sous ses traits angéliques. *Attention, Razor. Ce n'est pas la réponse.*

Ensuite, quand nous sommes seules, Claire étudie en silence l'écran du moniteur, durant un long moment.

— Tu disais la vérité ? me demande-t-elle. Tu veux vivre afin de pouvoir tuer le commandant Vosch ? Voyons, tu es plus intelligente que ça.

Tout cela sur le ton d'une mère qui réprimande un très jeune enfant.

— Vous avez raison, je n'aurai jamais cette chance. Mais au moins, j'aurai l'opportunité de vous tuer, vous.

Elle semble stupéfaite.

— Me tuer ? Pourquoi diable voudrais-tu me tuer ?

Comme je ne réponds rien, elle poursuit :

— De toute façon, je ne pense pas que tu survivras à cette nuit.

Je hoche la tête.

— Et vous, à la fin du mois, vous serez morte.

Elle éclate de rire. Son hilarité déclenche une montée de bile dans ma gorge.

— Comment vas-tu t'y prendre ? demande-t-elle avant de retirer la serviette de mon front. Tu comptes m'étouffer avec ça ?

— Non, je vais me débarrasser du vigile en l'assommant avec un objet lourd ; ensuite, je m'emparerai de son arme et je vous tirerai une balle en pleine face.

Elle continue de rire.

— Eh bien, bonne chance pour cette mission !

— La chance n'a rien à voir là-dedans.

66

IL SE TROUVE QUE CLAIRE S'EST TROMPÉE, et que le lendemain matin… je ne suis pas morte.

Environ un mois plus tard, d'après mon compte des
trois repas par jour, je suis toujours là.

Je n'ai pas beaucoup de souvenirs. À un moment
donné, ils m'ont retiré l'intraveineuse, m'ont débran-
chée du moniteur, et le silence qui s'est abattu après
le bip-bip constant de l'appareil était assez lourd pour
faire craquer des montagnes. L'unique personne que j'ai
vue durant tout ce temps, c'était Razor. Désormais, il est
le seul à prendre soin de moi. Il me nourrit, vide mon
bassin, me lave le visage et les mains, me tourne dans
le lit afin que je ne développe pas d'escarres, joue avec
moi à l'échec-ball durant les heures où je ne suis pas en
plein délire, sans cesser un instant de parler. Il parle de
tout, ce qui est une autre façon de dire qu'il ne parle
de rien. Sa famille et ses amis décédés, ses copains de
brigade, le dur labeur du camp d'hiver, les disputes nées
de l'ennui, de la fatigue et de la peur, mais surtout de
la peur, la rumeur qui dit que lorsque le printemps sera
là les infestés lanceront une offensive majeure, tentative
ultime pour purger le monde du bruit des humains,
bruit auquel Razor participe très activement. Il parle
et parle et parle. Il avait une petite amie, qui s'appelait
Olivia. Sa peau était sombre comme le lit d'une rivière
profonde, elle jouait de la clarinette dans l'orchestre de

l'école, avait l'intention de devenir médecin, et détestait le père de Razor, l'homme persuadé que son fils était incapable d'embrasser cette carrière. Razor laisse échapper que son véritable prénom est Alex, comme A-Rod, le célèbre joueur de base-ball, et que son sergent instructeur l'a surnommé Razor non pas parce qu'il est fin comme une lame, mais parce qu'il s'est coupé un matin en se rasant. « J'ai une peau très sensible. » Il balance ses phrases sans interruption, sans virgule, sans paragraphe, ou, pour être plus exacte, son discours n'est qu'un seul et long paragraphe sans aucun espace.

Il ne cesse de parler qu'une fois, après environ un mois de diarrhée verbale. Il est en train de blablater sur la façon dont il a gagné la première place à l'expo scientifique en classe de CM2 avec son projet pour transformer une pomme de terre en batterie, quand il s'arrête soudain au beau milieu d'une phrase. Son silence est assourdissant, comme le calme après l'explosion d'un immeuble.

— Qu'est-ce qu'il y a ? s'enquiert-il.

Il fixe mon visage avec intensité, et personne ne fixe plus intensément que Razor, pas même Vosch.

— Rien.

Je détourne la tête.

— Tu pleures, Ringer ?

— Mes yeux sont juste un peu mouillés.

— Non.

— Ne me dis pas non, Razor. Je ne pleure pas.

— Tu parles !

Un tapotement sur la couverture.

Tap-tap sur le rail du lit.

— Ça a fonctionné ? je demande en me retournant vers lui. (Quelle importance, après tout, qu'il m'ait vue pleurer ?) La pomme de terre batterie.

— Bien sûr que ça a fonctionné ! Il s'agit de science ! Je n'ai jamais eu de doute. Tu prépares ton plan, tu suis les étapes, et rien ne peut clocher.

Il m'étreint la main à travers la couverture : *N'aie pas peur. Tout est prêt. Je ne te laisserai pas tomber.*

De toute façon, il est trop tard pour revenir en arrière, maintenant : le regard de Razor se porte sur le plateau à côté du lit.

— Tu as mangé tout le pudding, ce soir. Tu sais comment ils font du pudding au chocolat sans chocolat ? À mon avis, tu préférerais ne pas le savoir.

— Laisse-moi deviner. Avec de l'Ex-lax.

— L'Ex-lax ? Qu'est-ce que c'est ?

— Tu ne connais pas ? Sérieux ?

— Désolé de ne pas savoir ce qu'est cet Ex-lax-dont-tout-le-monde-se-fout.

— C'est un laxatif parfumé au chocolat.

Il esquisse une grimace.

— Beurk, ça doit être à chier.

— C'est le but.

Il sourit.

— Le but ? Oh mon Dieu, ne me dis pas que tu viens de faire une plaisanterie ?

— Comment le saurais-je ? Promets-moi juste que personne ne mettra de l'Ex-lax dans mon pudding.

— Promis.

Tap.

Je résiste durant les quelques heures qui suivent son départ, bien après que le couvre-feu a eu lieu dans tout le reste du camp, au cœur de cette nuit hivernale, jusqu'à ce que la pression devienne insupportable, et alors, quand je n'y tiens plus, je me mets à crier pour demander de l'aide, faisant signe à la caméra, puis me retournant pour plaquer ma joue sur le rail froid du lit, tapant du poing dans mon oreiller, à la fois de frustration et de colère, jusqu'à ce que la porte s'ouvre à la volée, que Claire surgisse, suivie de près par une recrue à la silhouette imposante, qui se plaque aussitôt la main sur le nez.

— Que s'est-il passé ? m'interroge Claire.

L'odeur devrait pourtant la renseigner.

— Oh, merde ! marmonne le vigile derrière sa main.

— Exactement ! je halète.

— Super ! Vraiment super ! grommelle Claire.

Elle arrache la couverture et les draps, les jette par terre et fait signe au vigile de l'aider.

— Beau boulot, jeune fille ! J'espère que tu es fière de toi.

— Pas encore, je gémis.

— Qu'est-ce que vous faites ? crie Claire à la recrue. (Disparue, la douce voix. Évanoui, le regard gentil.) Venez m'aider !

— Vous aider, comment, m'dame ?

Il a le nez aplati, de tout petits yeux, et un front proéminent. Son ventre pend par-dessus sa ceinture et son pantalon est un peu trop court. Il est énorme ; il doit peser une bonne cinquantaine de kilos de plus que moi.

Peu importe.

— Lève-toi ! m'exhorte Claire. Allez, fais fonctionner tes jambes !

Elle me prend par un bras, et ce gros Jumbo de recrue par l'autre, et à eux deux ils me sortent du lit. Le visage du type se tord de dégoût.

— Mon Dieu ! Ça empeste de partout ! se plaint-il.

— Je ne me sens pas capable de marcher, je dis à Claire.

— Dans ce cas, je vais te faire ramper ! grogne-t-elle. Je devrais te laisser comme ça ! Sur le plan métaphorique, c'est parfait.

Ils me conduisent deux portes plus loin, dans une salle de bains, jusqu'à une cabine de douche. Jumbo tousse, ne cesse d'avoir des haut-le-cœur, Claire me réprimande et je m'excuse plusieurs fois pendant qu'elle retire ma chemise de nuit et la jette à Jumbo, lui demandant d'attendre dehors.

— Ne t'appuie pas *sur moi*, mais *sur le mur* ! m'ordonne-t-elle d'un ton dur.

Mes genoux tremblent. Je m'accroche au rideau de la douche pour me tenir droite : je ne me suis pas servie de mes jambes depuis un mois.

M'enserrant fermement le bras gauche d'une main, Claire me pousse sous le jet, tout en se penchant pour ne pas se mouiller. L'eau est glaciale. Claire ne se donne pas la peine d'ajuster la température. Le froid de l'eau sur mon corps est comme une gifle, comme une alarme qui retentit, me réveillant d'un long hiver d'hibernation. Je lève l'autre bras pour agripper le tuyau de la pomme de douche qui émerge du mur et je dis à Claire que c'est bon, je crois que je suis capable de me tenir debout toute seule, elle peut me lâcher.

— Tu es sûre ?

— Certaine.

Je tire sur le tuyau de toutes mes forces. La canalisation se brise à la jointure en un crissement métallique et l'eau froide jaillit de partout. Le bras gauche levé, mes doigts glissent entre ceux de Claire, et ça y est, je l'attrape par le poignet, je fais pivoter mon corps vers elle, tournant les hanches pour maximiser le coup, et avec le bord du tuyau brisé je la frappe dans le cou.

Je n'étais pas certaine de pouvoir briser une canalisation d'acier à main nue, mais après tout, ma puissance physique a été augmentée, non ?

67

CLAIRE TITUBE EN ARRIÈRE. Le sang gicle déjà de l'entaille de cinq centimètres que je lui ai infligée au cou. Ne pas l'avoir achevée ne me surprend pas ; j'avais présumé que sa puissance physique avait été augmentée, elle aussi, mais j'espérais bien parvenir à lui trancher la carotide. Elle farfouille dans la poche de sa blouse à la recherche du dispositif d'arrêt d'urgence. Ça aussi, je l'ai anticipé. Je lance au loin le tuyau cassé, attrape la tringle du rideau de douche, l'arrache de son support et en frappe Claire à la tempe.

L'impact la fait à peine vaciller. En un millième de seconde, plus vite que mes yeux ne peuvent s'en rendre compte, elle a saisi l'extrémité de la tringle dans son poing. En un demi-millième de seconde, je lâche tout ; ainsi, quand elle tire d'un coup sec, il n'y a plus de prise à l'autre bout et elle s'écroule contre le mur, suffisamment fort pour en briser le carrelage. Je fonce vers elle. Elle fait pivoter la tringle vers ma tête, mais ça aussi, je l'ai prévu – j'ai même compté là-dessus lorsque je ressassais cet épisode durant les milliers d'heures silencieuses sous la lueur constante.

Au moment où la tringle décrit un arc vers moi, j'en saisis l'extrémité, d'abord avec ma main droite, puis la gauche, les deux mains bien écartées de la largeur de mes épaules, comme on me l'a appris, et je propulse la tringle direct dans le cou de Claire, écartant aussi les jambes pour garder l'équilibre et avoir la puissance nécessaire afin de lui broyer la trachée.

Nos visages ne sont séparés que de quelques centimètres. Je peux carrément sentir l'odeur de cyanure qui émane de sa bouche.

Elle a plaqué ses mains de chaque côté des miennes, et pousse en arrière pendant que je pousse en avant. Le sol est glissant, je suis pieds nus, pas elle. Je risque de perdre l'avantage avant qu'elle s'évanouisse. Je dois l'achever – vite.

Je glisse mon pied à l'intérieur de sa cheville, et je frappe. Parfait : elle tombe par terre et je la suis.

Elle est allongée sur le dos. Moi, sur son ventre. Avec fermeté, je plante mes genoux de chaque côté d'elle, et enfonce la tringle profondément dans son cou.

Là, la porte derrière nous s'ouvre à la volée, Jumbo entre d'un pas lourd, arme dégainée, criant à tout-va. Trois minutes se sont écoulées, et la lueur dans les yeux de Claire s'estompe déjà, mais elle n'a pas complètement disparu, et je sais que je dois prendre un risque. Je n'aime pas le risque, je n'ai jamais aimé cela. J'ai juste appris à l'accepter. Parfois on peut choisir, parfois pas, comme Sullivan et son soldat au crucifix, comme Teacup, comme retourner chercher Zombie et Nugget, parce que ne pas retourner aurait signifié que plus rien n'avait d'importance, ni la vie, ni le temps, ni les promesses.

Or, moi, j'ai une promesse à tenir.

Le flingue de Jumbo : le douzième système se rive dessus et des milliers de microscopiques droïdes se mettent en marche pour décupler les muscles, les tendons et les nerfs de mes mains, de mes yeux et de mon cerveau afin de neutraliser la menace. En une microseconde, l'objectif est identifié, l'information traitée, la méthode déterminée.

Jumbo n'a pas la moindre chance.

L'attaque arrive plus vite que son cerveau ordinaire ne peut l'enregistrer. Je doute qu'il ait même eu le temps de voir la tringle fouetter sa main. Le pistolet vole à travers la pièce. Jumbo part dans un sens – pour récupérer son arme – tandis que je file dans l'autre – vers les W-C.

Le couvercle de la chasse d'eau est en céramique. Solide. Lourd. Je pourrais tuer Jumbo, mais je n'en fais rien. Néanmoins, je le frappe violemment à l'arrière de la tête, assez pour qu'il soit hors course durant un long moment.

Jumbo s'écroule. Claire se redresse. Je lance le couvercle en direction de sa tête. Elle lève le bras pour bloquer le projectile. Mon ouïe parfaite identifie le bruit d'un os qui casse net sous la collision. L'appareil argenté qu'elle tenait à la main tombe par terre. *Clang !* Elle se penche aussitôt pour le récupérer, tandis que j'avance d'un pas. J'écrase un pied sur sa main tendue, et de l'autre j'expédie le dispositif à l'autre bout de la pièce.

Ça, c'est fait.

Claire est cuite, et elle le sait. Elle regarde au-delà du canon du pistolet pointé vers son visage – au-delà du petit trou rempli d'un immense rien – droit dans mes yeux, et son regard se fait de nouveau gentil, sa voix douce, la salope.

— Marika…

Non. Marika était faible, lente, sentimentale, bête. Marika était une petite fille qui se cramponnait à des doigts couleur d'arc-en-ciel, contemplant désespérément le temps ralentir tandis qu'elle chancelait au bord d'un abîme sans fond, enchaînée derrière les murs de sa forteresse à des promesses qu'elle ne pourrait jamais tenir. Mais moi, je vais tenir sa dernière promesse à Claire, le monstre qui l'a mise nue et l'a baptisée dans l'eau froide qui coule toujours de la douche brisée. Oui, je vais tenir la promesse de Marika. Marika est morte, je vais tenir sa promesse.

— Je m'appelle Ringer.

J'appuie sur la gâchette.

68

Jumbo doit avoir un couteau sur lui. C'est le cas de toutes les recrues. Je m'agenouille à côté de son corps inconscient, tire le couteau de son fourreau et, avec précaution, j'extrais la puce logée près de la moelle épinière, à la base de son crâne. Je la glisse entre ma joue et un morceau de chewing-gum.

À présent, à moi. Aucune douleur lorsque j'entaille ma peau pour retirer ma puce. Seul un mince filet de sang coule de l'incision. Des bots pour calmer les sensations. D'autres pour réparer les blessures. Voilà pourquoi Claire n'est pas morte quand je lui ai enfoncé un tuyau cassé dans la nuque, et pourquoi, après le flot de sang initial, l'épanchement s'est vite arrêté.

C'est aussi pour cette raison qu'après six semaines allongée sur le dos, six semaines durant lesquelles je me suis à peine alimentée, et malgré l'intense déploiement d'activité dont je viens de faire preuve, je n'ai même pas le souffle court.

J'insère la puce retirée de ma nuque dans celle de Jumbo.

Vas-y, trace-moi, maintenant, commandant Trouducul.

Une combinaison propre prise dans la pile sous le lavabo. Les chaussures : les pieds de Claire sont trop petits, ceux de Jumbo beaucoup trop gros. Je m'occuperai des chaussures plus tard. Néanmoins, la veste de cuir du gamin corpulent pourrait m'être utile. Elle tombe sur moi comme une couverture, mais j'aime bien la place que j'ai dans les manches.

J'oublie quelque chose, là. Je scrute la pièce. Le dispositif d'arrêt d'urgence, voilà, c'est ça. L'écran s'est fendu dans la mêlée, cependant l'appareil fonctionne toujours. Un chiffre brille au-dessus du bouton vert clignotant. Le mien. Je fais glisser mon pouce sur l'appareil, et l'écran s'emplit de numéros, des centaines de séries qui représentent chaque recrue sur la base. Je retourne à mon propre numéro, et appuie dessus : une carte apparaît, montrant l'emplacement précis de mon implant. Je zoome plus loin et l'écran se gorge de petits points verts brillants : l'emplacement de chaque soldat implanté, sur toute la base. Jackpot !

Échec et mat. D'un glissement du pouce, je peux sélectionner tous les numéros. Le bouton au bas de l'appareil s'allumera. Un tapotement final, et chaque recrue sera neutralisée. Disparus, les uns et les autres. Je pourrais carrément aller faire un tour, tranquille.

Je le peux – si j'ai envie de circuler à travers des centaines de cadavres d'humains innocents, des gamins qui sont autant victimes que moi, et dont l'unique crime est le péché d'espoir. Si le salaire du péché est la mort, alors la vertu est devenue un vice : un enfant sans défense, affamé, perdu dans un champ de blé à qui l'on offre l'hébergement. Un soldat blessé qui crie à l'aide, effondré à côté d'armoires réfrigérées. Une petite fille sur laquelle on a tiré par erreur, livrée à l'ennemi pour qu'il la sauve.

J'ignore qui est le plus inhumain : les créatures extraterrestres qui ont créé ce nouveau monde, ou l'humaine qui envisage, même durant un seul instant, d'appuyer sur le bouton vert.

Trois gros groupes de points immobiles sur le côté droit de l'écran : les recrues en plein sommeil. Une douzaine d'individus isolés à la périphérie : les sentinelles. Deux au milieu : ma puce dans la nuque de Jumbo, la sienne dans ma bouche. Environ trois ou quatre très près, au même étage : les malades et les blessés. Un étage plus bas, l'unité des soins intensifs, où seule une petite sphère verte brille. Donc : les baraquements, les postes d'observation, l'hôpital. Deux points indiquent les sentinelles en faction près de l'arsenal. Inutile de me demander qui. Je le saurai dans quelques minutes.

C'est bon, Razor, allons-y. J'ai une dernière promesse à tenir.

Je regarde l'eau s'écouler du tuyau brisé.

69

— TU PRIES ? me demande Razor après une épuisante nuit d'échec-ball. Assis face à moi sur le lit, il range l'échiquier et les pièces.

Je secoue la tête.

— Et toi ?

— Oh que oui ! Pas d'athées chez ceux qui sont au fond du gouffre.

— Mon père en était, je réplique.

— Quoi ? Un homme au fond du gouffre ?

— Un athée.

— J'avais compris, merci, Ringer.

— Comment tu savais que mon père était athée ?

— Je n'en savais rien.

— Dans ce cas, pourquoi tu as demandé s'il était au fond du gouffre ?

— Putain, je n'ai pas... Je déconnais, Ringer.

Il sourit.

— Oh, je comprends. J'ai pigé ton petit truc. Mais à quoi ça rime ? C'est comme si tu n'essayais pas spécialement d'être drôle, mais que tu tiennes à prouver à quel point tu es supérieure. Ou en tout cas, que tu sois persuadée de *l'être*. Mais tu n'es ni l'un ni l'autre. Ni drôle ni supérieure. Pourquoi tu ne pries pas ?

— Je n'aime pas mettre Dieu sur la sellette.

Il prend la reine, examine son visage.

— Tu l'as déjà regardée ? Cette garce flanque la trouille.

— Moi, je la trouve royale.

— Elle ressemble à mon instit de CE2, plus masculine que féminine.

— C'est parce qu'elle est violente. C'est une reine guerrière.

— Qui ? Mon instit de CE2 ?

Il m'observe. Attend. Attend encore.

— Désolé, dit-il, j'ai voulu plaisanter. Plantage total.

Il pose la pièce dans la boîte.

— Ma grand-mère appartenait à un cercle de prière, reprend-il. Tu sais ce que c'est ?

— Oui.

— Vraiment ? Je croyais que tu étais athée.

— Mon père l'était. Et pourquoi une athéiste devrait-elle ignorer ce qu'est un cercle de prière ? Les gens religieux sont bien au courant de l'évolution. La preuve : ils en réfutent la théorie.

— Je sais ce que c'est. J'ai compris, affirme-t-il d'un air songeur, ses yeux sombres et intenses toujours rivés sur moi. Tu devais avoir cinq ou six ans, et quelqu'un de ta famille a fait remarquer de façon très positive à quel point tu étais une petite fille sérieuse, et depuis, tu t'es persuadée que le sérieux était un aspect attirant de ta personnalité.

J'essaie de le ramener au sujet précédent.

— Que s'est-il passé dans ce cercle de prière ?

— Ah ! Tu vois ! Tu ne sais pas ce que c'est !

Quand il pose le coffret, ses fesses effleurent ma cuisse. J'écarte ma jambe. Subtilement, j'espère.

— Je vais te dire ce qui s'est passé. Le chien de ma grand-mère est tombé malade. C'était un de ces mini-chiens, tu sais, de ceux qu'on peut trimbaler dans un sac à main, qui mord tout le monde et vit au moins vingt-cinq ans – vingt-cinq ans à japper, grogner et mordre. Elle a demandé à Dieu de sauver ce con de chien afin qu'il puisse continuer à mordre. La moitié des vieilles dames de son groupe étaient d'accord avec elle, l'autre moitié non, j'ignore pourquoi, je veux dire un Dieu qui n'aimerait pas les clebs ne serait pas Dieu, mais de toute façon, il y a eu un grand débat sur les prières vaines, qui s'est transformé en dispute pour savoir s'il pouvait vraiment exister des prières vaines, et le tout s'est transformé en bagarre au sujet de l'Holocauste. Donc, si tu veux, en cinq minutes elles sont passées d'un crétin de chien à l'Holocauste.

— Et alors ? Elles ont prié pour le chien ?

— Non, elles ont prié pour les pauvres âmes qui avaient connu l'Holocauste. Et le lendemain, le chien est mort.

À présent, il hoche la tête d'un air songeur.

— Grand-mère a prié pour lui. Chaque nuit. Elle nous a demandé, à nous, ses petits-enfants, de prier aussi. Du coup, j'ai prié pour un chien qui me terrorisait, me détestait, et qui m'a fait ça.

Il balance sa jambe sur le lit, et relève son pantalon pour dévoiler son mollet.

— Tu vois cette cicatrice ?

Je secoue la tête.

— Non.

— Pourtant, elle est là.

Il remet son pantalon en place, mais laisse son pied sur le lit.

— Donc, après la mort du clebs, j'ai dit à ma grand-mère : « J'ai vraiment beaucoup prié, mais Flubby est quand même mort. Est-ce que Dieu me déteste ? »

— Qu'est-ce qu'elle a répondu ?

— Elle m'a raconté des conneries comme quoi Dieu voulait Flubby au paradis, ce qui était plutôt difficile à comprendre pour un gamin de six ans. Des emmerdeurs de petits chiens comme celui-là au paradis ? Ce n'était pas supposé être un endroit agréable ? Ça m'a tracassé longtemps. Du coup, chaque soir, quand je récitais ma prière, je ne pouvais m'empêcher de me demander si j'avais vraiment envie d'aller au paradis pour passer l'éternité avec Flubby. Alors, j'ai décidé qu'il devait plutôt être en enfer. Sinon, toute la théologie s'écroulait.

De ses longs bras, il entoure son genou relevé, sur lequel il pose son menton, avant de fixer le vide. Il est de retour à une époque où les questions d'un petit garçon sur les prières, sur Dieu et le paradis, avaient encore de l'importance.

— Une fois, j'ai brisé une tasse, poursuit-il. Je jouais à côté de la vitrine dans laquelle ma mère exposait sa porcelaine de Chine, son service de mariage, et il y avait cette tasse délicate, d'un service à thé. Je ne l'ai pas complètement brisée. Je l'ai fait tomber par terre et ça s'est fendillé.

— Quoi, le sol ?

— Non, non, pas le sol. La ta…

Il écarquille les yeux de stupéfaction.

— Est-ce que tu viens de refaire la même…

Je secoue la tête. Il me pointe du doigt.

— Ha ! Ha ! Je t'y prends ! Un moment de légèreté de la part de Ringer, reine guerrière !

— Tu sais bien que je plaisante tout le temps.

— C'est vrai. Mais tes vannes sont si subtiles que seules les personnes très intelligentes les comprennent.

— La tasse, je lui rappelle.

— J'avais donc abîmé la précieuse porcelaine de Chine de maman. J'ai remis la tasse dans la vitrine, en la tournant de façon que le côté ébréché se trouve à l'arrière, afin que ma mère ne remarque rien, même si je savais qu'il ne lui faudrait pas beaucoup de temps avant de s'en apercevoir, et à ce moment-là, je serais mort. Tu sais à qui je me suis adressé pour demander de l'aide ?

Inutile de réfléchir une éternité. Je savais où allait mener cette histoire.

— À Dieu.

— Exactement. À Dieu. J'ai prié Dieu pour que maman reste le plus longtemps possible loin de cette tasse. Genre : durant toute sa vie. Ou au moins jusqu'à ce que j'aille vivre ailleurs pour mon entrée à la fac. Puis j'ai prié pour qu'il répare la tasse. C'est Dieu, non ? Il peut aider les gens à cicatriser, alors à côté de ça, qu'est-ce qu'une petite tasse en porcelaine à réparer pour lui ? C'était la solution optimale, et les solutions optimales, c'est son domaine.

— Ta mère a trouvé la tasse.

— Tu peux parier ton cul qu'elle a trouvé la tasse !

— Je suis surprise que tu pries encore. Après l'histoire de Flubby et celle de la tasse.

Il secoue la tête.

— Ce n'est pas le point final de l'histoire.

— Ah bon ?

— Si tu me laisses finir mon récit, tu vas comprendre. Après que ma mère a trouvé la tasse et avant que je sache qu'elle l'avait trouvée, elle l'avait déjà remplacée. Elle en a commandé une neuve et a jeté la vieille. Un samedi matin – je crois que ça faisait plus d'un mois que je priais –, je suis allé vérifier dans sa vitrine afin de prouver au cercle de prière qu'il se trompait à propos des prières vaines, et c'est là que je l'ai vue.

— La tasse neuve.

Razor acquiesce d'un hochement de tête.

— Mais tu ne savais pas que ta mère l'avait remplacée.

— Imagine ma joie !

Il lève les deux bras en l'air.

— C'est un miracle ! Un objet abîmé s'est réparé tout seul ! Dieu existe ! J'ai failli en pisser dans mon pantalon.

— La tasse était réparée… *guérie*, je dis avec lenteur.

Ses yeux sombres plongent dans les miens. Sa main se pose sur mon genou. Le presse. Puis un tapotement. *Oui.*

70

DANS LA SALLE DE BAINS, le flot se transforme en ruisseau, le ruisseau en filet, et le filet en petites gouttes anémiques. L'eau ralentit et mon cœur accélère. Ma paranoïa allait me rendre folle. Une décennie – au moins – s'est écoulée pendant que j'attendais que l'eau soit coupée : le signal de Razor.

Dehors, le couloir est désert. J'en ai déjà été informée grâce à l'appareil de Claire. Je sais aussi exactement où je vais.

Escalier. Un étage en dessous. Une dernière promesse. Je m'arrête assez longtemps sur le palier pour glisser l'arme de poing de Jumbo dans la poche de ma veste.

Puis je franchis la porte et cours le long du couloir. Droit devant moi se trouve le bureau des infirmières. Je file dans cette direction. L'infirmière bondit de son siège.

— Mettez-vous à l'abri ! je crie. Ça va exploser !

Je dépasse le comptoir et fonce vers les portes battantes qui mènent à la salle.

— Hé ! Tu n'as pas le droit d'entrer là !

Quand tu veux, Razor.

De son bureau, l'infirmière appuie sur le bouton de fermeture. Peu m'importe. Je pousse les portes à la volée, les faisant sortir de leurs gonds, et continue à toute allure.

Cette fois, l'infirmière hurle carrément.

— Arrête-toi ou je tire !

Il me reste encore toute la longueur du couloir à franchir. Je ne vais pas y arriver. Ma puissance physique a été augmentée, mais je ne peux rien contre une balle. Je pile.

Razor, sérieux, ce serait le moment parfait.

— Mains sur la tête ! Tout de suite !

Elle essaie de reprendre son souffle.

— Beau travail, miss. Maintenant, recule vers moi. Lentement. Très lentement, sinon je te jure que j'appuie sur la gâchette.

J'obéis, je traîne les pieds en direction de sa voix. Elle m'ordonne de m'arrêter. J'obtempère. Je suis immobile, mais pas les mécanismes à l'intérieur de moi. L'infirmière s'est figée : je n'ai pas besoin de la voir pour savoir exactement où elle se trouve. Le hub envoie les éléments gérant mes systèmes musculaires et nerveux exécuter les directives quand il le faut. Le moment venu, je n'aurai même pas besoin de réfléchir. Le hub prendra les commandes.

Quoi qu'il en soit, le douzième système ne sera pas le seul à me sauver la vie. J'ai eu une bonne idée en récupérant la veste de Jumbo.

Ce qui me rappelle :

— Chaussures, je murmure.

— Qu'est-ce que tu as dit ? demande-t-elle d'une voix tremblante.

— J'ai besoin de chaussures. Quelle pointure faites-vous ?

— Pardon ?

Le signal du hub se déclenche à la vitesse de l'éclair. Mon corps ne bouge pas aussi rapidement, mais double néanmoins la vitesse probablement nécessaire.

Ma main droite se glisse dans l'immense manche de la veste de Jumbo, où j'ai caché son couteau – dont la lame mesure vingt-cinq bons centimètres –, pivote à gauche, puis lance.

L'infirmière s'écroule.

Je retire le couteau de son cou, remets la lame ensanglantée dans la manche gauche de ma veste, et jette un coup d'œil à ses pieds. Elle porte ces fameuses chaussures d'infirmière blanches, à semelles épaisses. Une demi-pointure trop grandes, mais ça ira.

Au bout du couloir, je pénètre dans la dernière chambre sur la droite. Il fait sombre, mais ma vision a été augmentée : je la vois très bien, dans le lit, dormant à poings fermés. À moins qu'elle n'ait été dopée.

Ça, je dois le déterminer.

— Teacup ? C'est moi.

— Ringer.

Ses longs cils papillotent. Je suis tellement boostée – par l'adrénaline et par le douzième système – que je suis certaine de les avoir entendus bruisser dans l'air.

Elle murmure quelque chose sans ouvrir les yeux. C'est trop bas pour que les gens normaux puissent l'entendre, mais les bots auditifs transmettent l'information au hub qui le relaie au colliculus inférieur, le centre d'audition de mon cerveau.

— Tu es morte, Ringer.

— Plus maintenant. Pas plus que toi.

71

LA FENÊTRE À CÔTÉ DU LIT REMUE DANS SON CADRE. Le sol tremble. De grandes lueurs orangées envahissent la chambre, clignotent, puis nous avons droit à un grondement étourdissant et une fine couche de plâtre tombe du plafond. La séquence se répète. Encore. Et encore.

Razor a atteint l'arsenal.

— Teacup, nous devons partir.

Je glisse une main sous sa tête et la soulève doucement.

— On va où ?

— Aussi loin que possible.

D'une main je soutiens sa nuque, de l'autre j'appuie sur son front. Ni trop fort ni trop peu. Tous les muscles de son corps se relâchent. Je la sors du lit. Un autre grondement : les pièces d'artillerie du dépôt continuent à exploser. Je donne un coup de pied dans la fenêtre. Un air froid pénètre dans la chambre. Je m'assieds sur le rebord, faisant face au lit, tenant Teacup serrée contre ma poitrine. Mes intentions alertent le hub : je suis à deux étages au-dessus du sol. Mes os sont renforcés, ainsi que les tendons dans mes pieds, mes chevilles, mes tibias, mes genoux, mon pelvis.

Nous nous élançons.

Pendant que nous nous laissons tomber, je me retourne, comme un chat qui chute d'un comptoir. Nous atterrissons sans encombre, toujours comme un chat, sauf que la tête de Teacup rebondit sous l'impact et me frappe sous le menton. Devant nous : l'hôpital. À côté de nous : l'entrepôt de munitions, embrasé. Et à notre droite, exactement là où Razor m'avait dit qu'il se trouverait, un Dodge M882 noir.

J'ouvre la portière à la volée, installe Teacup dans le siège passager, bondit derrière le volant et file à travers le parking, coupant vivement à gauche pour gagner l'aéro-drome. Une sirène hurle. Des projecteurs s'allument. Dans le rétroviseur, je vois les véhicules d'urgence fon-cer vers l'entrepôt en feu. La brigade antifeu va avoir un sacré boulot étant donné que *quelqu'un* a fermé la station de pompage.

Une autre virée à gauche, et à présent, droit devant, les énormes silhouettes des Black Hawk, brillant comme des corps de scarabées, luisant sous la lueur crue des projecteurs. J'agrippe le volant et prends une profonde inspiration. C'est la partie la plus délicate. Si Razor n'a pas réussi à kidnapper un pilote, on est tous baisés.

À une bonne centaine de mètres devant moi, je vois quelqu'un sauter de la soute de l'un des hélicos. Il porte une épaisse parka et tient en main un fusil d'assaut. Son visage est en partie caché par sa capuche, mais je reconnaîtrais ce sourire n'importe où.

Je bondis du M882.

Et Razor dit :

— Salut.

— Où est le pilote ? je demande.

D'un mouvement de tête, il désigne le cockpit.

— J'ai amené quelqu'un, comme prévu. Et toi ?

J'extrais Teacup du SUV et grimpe dans l'hélicoptère. Un garçon ne portant rien d'autre qu'un T-shirt d'un vert terne et un boxer assorti est assis aux commandes. Razor se glisse à côté de lui, dans le siège du copilote.

Un sourire aux lèvres, il s'adresse au type :

— Fais-le chauffer, lieutenant Bob. Oh, pardon ! Les présentations. Ringer, lieutenant Bob. Lieutenant Bob, Ringer.

— Ça ne va jamais marcher, déclare le lieutenant Bob. Ils vont nous en faire voir grave.

— Ah ouais ? À ton avis, qu'est-ce que c'est que ça ?

Razor lève devant lui un paquet de câbles électriques emmêlés.

Le pilote secoue la tête. Il a si froid que ses lèvres sont presque bleues.

— Je ne sais pas.

— Moi non plus, mais à *mon* avis c'est plutôt important pour le fonctionnement d'un hélicoptère.

— Tu ne comprends pas…

Razor se penche vers lui. Toute bonne humeur, toute espièglerie ont disparu. Ses yeux sombres brillent comme s'ils étaient rétroéclairés, et la force retenue que j'ai sentie en lui depuis le début surgit avec une telle férocité que j'en frémis carrément.

— Écoute-moi bien, espèce de fils de pute d'alien, crache-t-il, tu fais chauffer ce putain d'hélico aussi vite que possible, sinon je...

Le pilote pose ses mains sur ses genoux et darde son regard droit devant lui. Mon plus grand souci – mis à part réussir à gagner l'hélico sans nous faire prendre – était de trouver un pilote prêt à coopérer. Je me penche en avant, saisis le poignet de Bob et plie son petit doigt en arrière.

— Si tu n'obéis pas, je te jure que je le casserai.

— Vas-y.

Je lui brise le doigt. Bob se mord les lèvres. Ses jambes tressaillent. Ses yeux s'emplissent de larmes. Ça n'aurait pas dû arriver. Je pose une main sur sa nuque, et me tourne vers Razor.

— Il a été implanté. C'est l'un d'entre Eux.

— Ouais, et vous, vous êtes qui ? crie le pilote.

Je sors le dispositif de dépistage de ma poche. L'hôpital et l'arsenal sont entourés d'un essaim de points verts. Trois autres brillent sur la piste d'atterrissage.

— Tu as enlevé ta puce ? je demande à Razor.

Il hoche la tête.

— Oui, et je l'ai laissée sous mon oreiller. C'était le plan. C'était bien le plan, non ? Merde, Ringer, c'était pas ça, le plan ?

Il panique légèrement, là.

Je prends le couteau en main.

— Tiens-le.

Razor comprend aussitôt. Il attrape le lieutenant Bob et lui fait une clé de tête. Bob n'offre guère de résistance. À présent, je m'inquiète qu'il soit en état de choc. Si c'est le cas, on est foutus.

Il n'y a pas beaucoup de lumière, et Razor ne parvient pas à le tenir parfaitement immobile, alors j'enjoins Bob de se relaxer, sinon je risque de lui trancher la moelle épinière, ce qui ajouterait un autre problème à celui de son auriculaire brisé : il serait paralysé. Je retire la puce, la jette sur le tarmac, tire la tête de Bob en arrière et lui chuchote à l'oreille :

— Je ne suis pas l'ennemie, et je ne suis pas devenue une Dorothée. Je suis comme toi…

— Mais meilleure, termine Razor.

Il regarde par la vitre et dit :

— Heu, Ringer…

Je les vois. La lueur des phares qui se répand comme une paire d'étoiles transformées en supernovas.

— Ils arrivent, et quand ils seront là, ils nous tueront, je dis à Bob. Toi aussi. Ils ne te croiront pas, et ils te flingueront.

Bob me fixe. Des larmes de douleur coulent sur ses joues.

— Tu dois me croire, j'insiste.

— Sinon elle te brisera un autre doigt, ajoute Razor.

Une respiration profonde, trépidante, des tremblements incontrôlables. Bob tient sa main blessée comme pour la protéger, du sang se répand dans sa nuque, imbibant le col de son T-shirt.

— C'est sans espoir, chuchote-t-il. Ils vont tous nous descendre.

D'instinct, je tends la main vers lui et la pose sur sa joue. Il ne recule pas, au contraire, il s'immobilise. J'ignore pourquoi je l'ai touché, tout comme j'ignore ce qui est en train de se passer maintenant que ma paume est sur sa joue, mais quelque chose s'ouvre en moi, comme un bourgeon étend ses délicats pétales en direction du soleil. Je suis gelée. Ma nuque est en feu. Et le petit doigt de ma main droite tremble au rythme de mon cœur. La douleur amène des larmes dans mes yeux. *Sa* douleur.

— Ringer ! s'écrie Razor. Bordel, mais qu'est-ce que tu fais ?

J'infuse ma chaleur dans l'homme que je touche. J'arrose le feu. Je caresse la douleur. J'apaise sa peur. Son souffle s'équilibre. Son corps se détend.

— Bob, nous devons vraiment y aller, je lui dis.

Quelques instants plus tard, nous décollons.

72

TANDIS QUE NOUS NOUS ÉLEVONS DANS LES AIRS, un fourgon s'arrête dans un crissement. Un homme de haute stature en sort. Son visage est plongé dans l'ombre causée par les projecteurs, mais grâce à ma vision augmentée je perçois ses yeux, vifs et durs comme ceux des corbeaux dans les bois, d'un bleu brillant alors que ceux des corbeaux étaient noirs, et j'ignore si c'est à cause de la lumière ou de l'ombre, mais je devine comme un léger sourire sur ses lèvres.

— Pas trop haut, j'ordonne à Bob.

— Où allons-nous ?

— Vers le sud.

L'hélicoptère s'incline, le sol fonce vers nous. Je vois l'arsenal brûler, les gyrophares des camions d'incendie, et les recrues qui affluent autour du bâtiment comme des fourmis. Nous survolons une rivière, l'eau noire jaillit sous la lueur des projecteurs. En dessous de nous, le camp est une oasis de lumière dans le désert d'un hiver sombre. Nous plongeons dans cette obscurité, frôlant le sommet des arbres.

Je me glisse dans le siège à côté de Teacup, l'attire sur ma poitrine et repousse ses cheveux d'un côté. J'espère que c'est la dernière fois que j'ai à faire cela. Quand j'ai terminé, j'écrase l'implant avec le manche de mon couteau.

La voix de Razor retentit dans mon casque.

— Comment va-t-elle ?

— Ça va, je crois.

— Et toi ?

— Bien.

— Des bugs ?

— Rien de grave, et toi ?

— Aussi intact que les fesses d'un nouveau-né.

Je cale Teacup de nouveau dans son siège, je me lève et ouvre divers compartiments jusqu'à ce que je trouve les parachutes. Razor jacasse tandis que je vérifie les courroies.

— Il n'y a pas un truc que tu aurais envie de me dire, Ringer ? Comme, je ne sais pas, par exemple : « Merci, Razor, d'avoir sauvé mon cul, de m'avoir évité une vie entière d'asservissement extraterrestre, bien que je t'aie blessé à la gorge et que la plupart du temps je me sois conduite comme une véritable conne. » Quelque chose du genre, tu piges ? Parce que, tu sais, on ne peut pas dire que je me sois vraiment amusé à mettre au point des codes secrets cachés dans des jeux bidons, à glisser des laxatifs dans ton pudding, à truquer des explosifs, à voler un SUV et à kidnapper un pilote pour que tu puisses lui briser le petit doigt. Peut-être un : « Hé, Razor, je n'aurais jamais pu accomplir ça sans toi. Tu es génial ! » Quelque chose comme ça. Tu n'as pas besoin de reprendre mot à mot, mais tu captes le style, quoi.

— Pourquoi tu l'as fait ? je demande. Qu'est-ce qui t'a décidé à avoir confiance en moi ?

— Ce que tu as dit à propos des gamins – qu'ils les transformaient en bombes humaines. J'ai posé quelques questions sur le sujet. Du coup, je me suis retrouvé dans le fauteuil Wonderland et ensuite, des gardes m'ont emmené voir le commandant. Il ne m'a pas lâché à cause de ce que *tu* avais dit, et il m'a ordonné de cesser de te parler, parce qu'il ne pouvait pas m'ordonner de cesser de t'écouter, et plus j'y pensais, plus ça puait. Ils nous entraînent pour éliminer les Infestés, et ils font absorber des explosifs à des gamins ? Qui sont les vrais gentils, alors ? Du coup, je me suis carrément demandé qui j'étais. L'anxiété m'a fait piquer une vraie crise existentielle. Ce qui m'a sauvé, ce sont les maths.

— Les maths ?

— Ouais, les maths. Est-ce que vous, les Asiatiques, vous n'êtes pas hyperdoués en maths ?

— Ne sois pas raciste. D'abord, je ne suis qu'aux trois quarts asiatique.

— Trois quarts. Tu vois ? Toujours les maths. Tout se résume à une simple addition. Même si ça ne s'ajoute pas. OK, peut-être qu'avec un peu de chance on pourra s'emparer du programme Wonderland. Même les aliens super supérieurs peuvent rater leur coup, personne n'est parfait. Mais il n'y a pas que Wonderland. On a leurs bombes, leurs implants, leur système de nanobots hypersophistiqués – merde, on a carrément la technologie capable de les détecter. Bordel ! On est plus armés qu'eux. Ce qui m'a le plus interpellé, c'est le jour où ils ont augmenté ton système, quand Vosch a dit qu'ils nous avaient menti au sujet des organismes attachés aux cerveaux humains. Incroyable !

— Parce que si ça, c'est un mensonge…

— … alors tout est un mensonge.

En dessous de nous, la Terre est couverte d'une pellicule blanche. Dans l'obscurité, l'horizon ne peut se discerner. Il est… perdu. *Tout est un mensonge.* Je pense à mon père décédé m'affirmant que je leur appartiens désormais. D'instinct, je serre la petite main de Teacup dans la mienne : vérité.

J'entends la voix de Bob dans mon écouteur :

— Je suis désorienté.

— Relax, Bob, dit Razor.

— Hé, *Bob*. Est-ce que ce n'était pas le nom du commandant à Camp Haven ? Les officiers ont un truc avec le nom de Bob, ou quoi ?

Une alarme retentit. Je pose la main de Teacup sur ses genoux et fonce vers l'avant de l'appareil.

— Qu'est-ce que c'est ?

— On a de la compagnie, annonce Bob. À six heures.

— Des hélicoptères ?

— Négatif. Des F-15. Trois.

— Combien de temps avant qu'ils soient à notre hauteur ?

Bob secoue la tête. Malgré le froid, son T-shirt est trempé de sueur. Son visage luisant.

— Cinq à sept.

— Fais-nous monter ! j'ordonne. Altitude maximale.

J'attrape deux parachutes et j'en lâche un sur les genoux de Razor.

— Tu veux qu'on saute ?

— On ne peut pas engager de combat, et on ne peut pas les distancer. Tu sautes avec Teacup, en tandem.

— Avec Teacup ? Et toi, avec qui ?

Bob jette un coup d'œil à l'autre parachute dans ma main.

— Pas question, grommelle-t-il.

Et juste au cas où je n'aurais pas entendu ou mal compris, il répète :

— Je. Ne. Saute. Pas.

Aucun plan n'est parfait. J'avais planifié un Bob Silencieux, ce qui veut dire que mon plan impliquait de le tuer avant que nous sautions de l'hélico. À présent, c'est compliqué. C'est pour la même raison que je n'ai pas tué Jumbo que je refuse maintenant de liquider Bob. Tuez assez de *Jumbo*, assassinez une quantité de *Bob*, et vous plongerez dans les mêmes ténèbres que ceux qui ont glissé une bombe dans la gorge d'un gosse.

Je hausse les épaules pour dissimuler mon incertitude. Jette le parachute sur ses genoux.

— Dans ce cas, j'ai peur que tu sois incinéré.

Nous volons maintenant à mille cinq cents mètres. Ciel sombre, sol sombre, pas d'horizon, rien que l'obscurité. Le fond de la mer d'un noir d'encre. Razor contemple l'écran radar, tout en s'adressant à moi :

— Où est ton parachute, Ringer ?

J'ignore sa question.

— Tu peux me décompter exactement soixante secondes avant leur arrivée ? je demande à Bob.

Il acquiesce d'un hochement de tête.

Razor répète sa question.

— C'est mathématique, je lui réponds. Ce pour quoi je suis douée aux trois quarts. Si nous sommes quatre et qu'ils ciblent deux parachutes, ça laisse au moins l'un de nous à bord. Un, peut-être deux d'entre eux suivront l'hélicoptère, au moins jusqu'à ce qu'ils puissent l'abattre. Ça nous fera gagner du temps.

— Qu'est-ce qui te fait penser qu'ils suivront l'hélico ?

Je hausse les épaules.

— Moi, c'est ce que je ferais.

— Ça ne répond toujours pas à ma question sur ton parachute.

— Ils nous ordonnent de nous poser, annonce Bob.

— Dis-leur d'aller se faire foutre, réplique Razor.

Il glisse un chewing-gum dans sa bouche. Tapote son oreille.

— Ça fait mal.

Il enfouit le papier d'emballage de son chewing-gum dans sa poche. Remarque que je l'observe, et sourit.

— Je n'avais jamais fait gaffe à toute la merde dans le monde jusqu'à ce qu'il n'y ait plus personne pour la ramasser, explique-t-il. Je m'occupe de la planète.

— Soixante secondes ! lance Bob.

Je tire sur la parka de Razor. *Maintenant.* Il lève les yeux vers moi et articule lentement et distinctement :

— Où est ton putain de parachute ?

Je l'extirpe de son siège d'une seule main. Il lâche un hoquet de surprise, et trébuche vers l'arrière. Je le suis et m'agenouille devant Teacup pour lui retirer son harnais.

— Quarante secondes !

— Comment on va te retrouver ? s'enquiert Razor, qui se tient juste à côté de moi.

— Cherche le feu.

— Quel feu ?

— Trente secondes.

J'ouvre la porte de la trappe. Le souffle d'air qui s'engouffre dans la carlingue repousse la capuche de Razor. Je soulève Teacup et la colle contre son torse.

— Ne la laisse pas mourir.

Il hoche la tête.

— Promis.

Nouveau hochement.

— Je te le promets.

— Merci, Razor. Pour tout.

Il se penche vers moi et plaque un baiser sur mes lèvres.

— Ne recommence jamais ça ! je lui dis.

— Pourquoi ? Parce que tu as aimé, ou pas du tout ?

— Les deux.

— Quinze secondes !

Razor fait passer Teacup par-dessus son épaule, attrape le câble de sécurité et recule avec lenteur jusqu'à ce que ses talons touchent le bord. Leurs silhouettes se découpent dans l'ouverture, le garçon et la gamine sur son épaule, et mille cinq cents mètres sous eux, l'obscurité infinie. *Je m'occupe de la planète.*

Razor lâche le câble. Je n'ai pas l'impression qu'il tombe, mais plutôt qu'il est aspiré par la bouche vorace du vide.

73

JE RETOURNE VERS LE COCKPIT, où je découvre la porte côté pilote ouverte, le siège vide, et plus de Bob.

Je me demandais pourquoi le compte à rebours s'était arrêté – à présent, je sais : il a changé d'avis au sujet du saut en parachute.

Nous devons nous trouver dans l'alignement, ce qui signifie qu'ils n'ont pas l'intention de nous tirer dessus. Ils ont marqué l'emplacement du saut de Razor, et ils suivent l'hélicoptère jusqu'à ce que je saute ou que je n'aie plus de carburant… et que je sois obligée de sauter. À ce moment de l'histoire, Vosch a dû comprendre pourquoi l'implant de Jumbo se trouve dans les airs alors que son propriétaire est à l'infirmerie où on le traite pour une forte blessure à la tête et un bon mal de crâne.

Avec le bout de ma langue, je sors l'implant de ma bouche et le dépose dans ma paume.

Tu veux vivre ?

Oui, et vous le voulez aussi, je dis à Vosch. *J'ignore pourquoi, et avec de la chance, je ne le saurai jamais.*

D'une chiquenaude, je repousse la puce de ma main.

La réponse du hub est instantanée. Mes intentions alertent le processeur central qui calcule la probabilité d'échec et ne laisse en place que les fonctions essentielles de mon système musculaire. Le douzième système a reçu le même ordre que celui que j'ai donné à Razor : *Ne la laisse pas mourir.* Tel un parasite, la vie du système dépend de ma propre survie.

À l'instant où mes intentions changeront – OK, d'accord, je vais sauter –, le hub me libérera. À ce moment-là, et seulement à ce moment-là. Je ne peux pas lui mentir ni négocier avec lui. Je ne peux pas le persuader. Ni le forcer. Tant que je n'aurai pas changé d'avis, il ne pourra pas me laisser tranquille. Et tant qu'il ne me laisse pas tranquille, je ne peux pas changer d'avis.

Cœur en feu. Corps de pierre.

Le hub est impuissant contre ma panique qui grimpe en flèche. Il est capable de répondre aux émotions, mais pas de les contrôler. Libération d'endorphines. Mes neurones et mes mastocytes déversent de la sérotonine dans mon système sanguin. Mis à part ces ajustements physiologiques, il est aussi paralysé que moi.

Il doit bien y avoir une réponse. Il doit bien y avoir une réponse. Il doit bien y avoir une réponse. Quelle est la réponse ? Je vois les yeux de Vosch, aussi brillants que ceux des oiseaux, plongés dans les miens. Quelle est la réponse ? Ni la colère, ni l'espoir, ni la foi, ni l'amour, ni le détachement, ni se cramponner, ni laisser tomber, ni se battre, ni s'enfuir, ni se cacher, ni abandonner, ni plonger au cœur, non, non, non, rien, rien, rien.

Rien.

« Quelle est la réponse ? » a-t-il demandé.

— Rien, je réplique.

74

JE NE PEUX TOUJOURS PAS BOUGER – pas même les yeux –, mais j'ai un bon angle de vision sur les instruments, y compris l'altimètre et la jauge du carburant. Nous volons à mille cinq cents mètres et le carburant ne durera pas éternellement. La paralysie m'empêchera peut-être de sauter, mais pas de tomber. Il y a une forte probabilité d'échec dans ce scénario.

Le système n'a pas d'autre option : le hub me libère, et j'ai la sensation d'être jetée le long d'un terrain de foot. Je suis repoussée violemment dans mon corps.

OK, Ringer 2.0, voyons à quel point tu es douée.

J'attrape la poignée de la porte du pilote et coupe le moteur.

Une alarme retentit. Je l'arrête aussi. Il n'y a plus que le vent. Seulement le vent. Durant quelques secondes, l'élan garde l'hélicoptère à niveau, puis c'est la chute libre.

Je suis jetée au plafond. Je me cogne la tête contre le pare-brise. Des étoiles blanches explosent dans mon champ de vision. Dans sa chute, l'hélicoptère commence à tourner – malgré moi, je lâche la poignée. Je suis secouée comme un dé dans un gobelet durant une partie de Yam's. Je tends la main dans le vide, cherchant à m'accrocher quelque part. L'hélicoptère se retourne, nez en l'air, et je suis lancée à trois mètres vers l'arrière de l'appareil. *Idem* quand il effectue un autre revirement, et là je me cogne la poitrine sur le dossier du siège du pilote. Un manche me frappe le flanc : je me suis cassé une côte. Une des lanières du harnais du pilote me gifle le visage, je la repousse avant de chavirer une fois de plus. Un autre pivotement, et la force centrifuge me ramène dans le cockpit, où je m'écrase contre la portière. Elle s'ouvre, alors je plante ma chaussure d'infirmière à semelle épaisse contre le siège pour garder l'équilibre et je passe à demi le corps à l'extérieur. Je lâche la sangle, agrippe la poignée et pousse fort.

De nouveaux retournements, revirements, rebondissements ici et là, des éclats de gris, de noir, et de blanc. Je m'accroche à la poignée tandis que l'hélicoptère pivote – à présent le côté du pilote est en l'air – et la portière se referme sur mon poignet, me cassant un os, m'obligeant à lâcher la poignée. Mon corps rebondit et se retourne le long du Black Hawk, jusqu'à percuter la roue arrière, et quand la queue de l'hélico se dresse vers le ciel, je suis balancée vers l'horizon comme un caillou dans un lance-pierre.

Je n'ai pas la sensation de tomber. Je suis suspendue sur le courant ascendant d'air chaud qui se plaque contre le courant froid, un faucon volant dans le ciel nocturne sur ses ailes étendues, en dessous de moi l'hélicoptère en chute libre, prisonnier de la gravité. Je n'entends pas l'explosion quand il s'écrase. Il n'y a que le vent et le sang qui tambourine à mes oreilles et aucune douleur de mes chutes à l'intérieur de la carlingue. Je suis folle de joie, exaltée, vide. Je ne suis plus rien. Le vent est plus solide que mes os.

La Terre se précipite vers moi. Je n'ai pas peur. J'ai tenu mes promesses. J'ai remboursé le temps.

J'étends les bras. J'écarte grand les doigts. Je lève mon visage vers la ligne où le ciel rencontre la Terre.

Mon chez-moi. Ma responsabilité.

75

Je tombe à une vitesse étourdissante vers un paysage monotone entièrement blanc, un vaste vide qui engloutit tout, dans toutes les directions et jusqu'à l'horizon.

C'est un lac. Un lac gigantesque.

Un énorme lac avec une épaisse couche de glace.

Ma seule option est d'y pénétrer pieds en avant. Si la glace a plus de trente centimètres d'épaisseur, je suis foutue. Aucun renforcement corporel ne pourra me protéger. Les os de mes jambes éclateront. Ma rate se rompra. Mes poumons exploseront.

J'ai foi en toi, Marika. Tu n'as pas traversé autant de souffrances pour échouer maintenant.

Vous avez raison, commandant Vosch.

En dessous de moi, le monde blanc brille comme mille rangs de perles, une toile blanche, un gouffre d'albâtre. Le vent hurlant pousse contre mes jambes tandis que je ramène mes genoux contre ma poitrine pour effectuer une rotation. Je dois entrer à quatre-vingt-dix degrés. Si je me redresse trop tôt, le vent me fera perdre l'équilibre. Trop tard, et je frapperai la surface de mon cul ou de la poitrine.

Je ferme les yeux – je n'ai pas besoin de voir. Le hub fonctionne parfaitement, il est temps pour moi de lui accorder toute confiance.

Mon esprit se vide : toile blanche, gouffre d'albâtre. Je suis le vaisseau, le hub, le pilote.

Quelle est la réponse ?

Et je dis :

— Rien. Rien, c'est la réponse.

Mes jambes se déploient. Mon corps pivote pour se redresser. Mes bras se plient d'eux-mêmes sur ma poitrine. Ma tête se renverse en arrière, mon visage tendu vers le ciel. Ma bouche s'entrouvre. Inspiration profonde, expiration. Inspiration profonde, expiration. Inspiration profonde, *retiens ton souffle.*

À la verticale, maintenant, je tombe de plus en plus vite. Je frappe la couche de glace, pieds en avant, à cent cinquante kilomètres à l'heure.

Je ne sens même pas l'impact.

Ni l'eau froide qui se referme sur moi.

Ni la pression de cette eau, tandis que je plonge dans un noir d'encre.

Je ne sens rien. Mes nerfs ne fonctionnent plus, ou bien le centre de la douleur dans mon cerveau a été éteint.

À des centaines de mètres au-dessus de moi, un petit point de lumière, pas plus gros qu'une tête d'épingle, une lueur aussi faible que celle de la première étoile, mon point d'entrée. Également mon point de sortie. Je pousse vers les étoiles. Mon corps est engourdi, mon esprit vide. Je me suis totalement abandonnée au douzième système. Il ne fait plus seulement partie de moi. Le douzième système *est* moi. Nous ne formons qu'un.

Je suis humaine. Et je ne le suis pas. Je remonte vers l'étoile qui brille dans la voûte de glace, telle une déesse émergeant des profondeurs primales, complètement humaine, entièrement alien, et à présent, je comprends : je connais la réponse au mystère, à l'énigme que représente Evan Walker.

Je tape au cœur de l'étoile et me jette par-dessus la couche de glace. Quelques côtes cassées, un poignet fracturé, une belle entaille au front due au harnais du pilote, engourdie, à court de souffle, vide, entière, consciente.

Vivante.

76

À l'aube, j'atteins l'épave fumante de l'hélicoptère. Le lieu du crash n'a pas été trop difficile à trouver : le Black Hawk s'est écrasé au beau milieu d'un champ couvert d'une pellicule de neige toute fraîche. On peut voir le feu brûler à des kilomètres.

Je m'approche lentement par le sud. À ma droite, le soleil perce l'horizon, sa lumière se répand dans le paysage enneigé, embrasant un enfer de cristal comme si des milliards de diamants étaient tombés du ciel.

Une fine couche de glace a durci mes vêtements trempés, qui craquent comme du petit bois quand je bouge. J'ai retrouvé mes sensations. Le douzième système a perpétué mon existence pour perpétuer la sienne. Il réclame du repos, de la nourriture, de l'aide dans le processus de guérison – voilà pourquoi il m'a rendu ma capacité à éprouver de la douleur.

Non. Pas question de me reposer avant de les avoir retrouvés.

Le ciel est vide. Il n'y a pas de vent. Des volutes de fumée noir et gris s'élèvent des débris de l'hélicoptère, comme celle de Camp Haven qui transportait les cendres des réfugiés.

Où es-tu, Razor ?

Le soleil grimpe dans le ciel et la lueur sur la neige devient aveuglante. La matrice adéquate ajuste ma vision : un filtre sombre – sans différence notoire avec une paire de lunettes de soleil – descend sur mes yeux, et alors je remarque une tache dans le blanc immaculé, à environ un kilomètre et demi à l'ouest. Je m'allonge sur le ventre et continue ma progression en rampant. Grand, mince, vêtu d'une épaisse parka et portant un fusil, il se déplace avec lenteur dans la neige qui gêne ses pas. À peu près trente minutes en me traînant. Quand il n'est plus qu'à une centaine de mètres, je me lève. Il se baisse, comme si on lui avait tiré dessus. Je n'ai pas besoin de prononcer son nom très fort : les sons sont emportés loin dans l'air hivernal.

En retour, ses paroles volent jusqu'à moi :

— Putain de merde !

Il avance péniblement durant quelques pas, puis tente de courir, levant haut ses genoux et battant des bras comme un joggeur déterminé sur un tapis de course. Il s'arrête juste devant moi, le souffle court.

— Tu es en vie, chuchote-t-il.

Je le lis dans ses yeux : *C'est impossible !*

— Où est Teacup ?

D'un mouvement de tête, il désigne l'espace derrière lui.

— Elle va bien. Bon, je crois que sa jambe est cassée…

Je le contourne et commence à avancer vers l'endroit d'où il vient. Il se traîne derrière moi, m'exhortant à ralentir.

— J'étais sur le point de renoncer à te chercher, souffle-t-il. Tu n'avais même pas de parachute ! Tu es capable de voler, maintenant ? Qu'est-ce qui est arrivé à ton front ?

— Je me suis cognée.

— Oh. Dis donc, tu as l'air d'une Apache. Tu sais, ceux qui portent des peintures de guerre.

— C'est mon dernier quart : apache.

— Sérieux ?

— Alors comme ça, tu crois qu'elle s'est cassé la jambe ? Qu'est-ce que tu veux dire exactement ?

— Eh bien, ce que je veux dire, c'est que *je pense* que sa jambe est peut-être brisée. Mais toi, avec ta vision à rayons X, tu pourras effectuer un diagnostic…

— C'est bizarre.

J'observe le ciel pendant que nous marchons.

— Où sont nos poursuivants ? Ils ont dû marquer l'endroit.

— Je n'ai rien vu. Comme s'ils avaient abandonné.

Je secoue la tête.

— Ils n'abandonnent pas. On est à quelle distance, Razor ?

— Un kilomètre, à peu près. Ne t'inquiète pas, je l'ai bien cachée, elle est en sécurité.

— Pourquoi tu l'as laissée seule là-bas ?

Il me dévisage, frappé de stupeur durant une seconde. Mais juste une seconde. Razor ne reste jamais longtemps sans parler.

— Pour te chercher. Tu m'as dit que je te retrouverais près du feu. C'était plutôt vague, comme direction. Tu aurais pu préciser : « Retrouve-moi là où l'hélico se sera écrasé. Ce *feu-là*. »

Nous marchons quelques minutes en silence. Razor a du mal à respirer. Pas moi. Les matrices me soutiendront jusqu'à ce que je la retrouve, mais j'ai l'impression que quand je m'écroulerai, je m'écroulerai grave.

— Qu'est-ce qu'on fait, maintenant ? demande Razor.

— On se repose quelques jours – ou au moins aussi longtemps que possible.

— Ensuite ?

— On ira vers le sud.

— Le sud. C'est le plan ? *Le sud.* Très élaboré, non ?

— Il faut que nous regagnions l'Ohio.

Razor s'arrête comme s'il avait percuté un mur invisible. Je continue à avancer de quelques pas, puis je me retourne. Razor secoue la tête.

— Ringer, tu as la moindre idée du coin où on se trouve ?

J'acquiesce d'un hochement de tête.

— À environ trente kilomètres au nord de l'un des Grands Lacs. Érié, je crois.

— Qu'est-ce que tu... comment sommes-nous... Tu te rends compte que l'Ohio est à plus de cent cinquante kilomètres d'ici ? bredouille-t-il.

— Là où nous allons, c'est plutôt à deux cents kilomètres. À vol de corbeau.

— Putain, c'est dommage, nous ne sommes pas des corbeaux ! Qu'est-ce qu'il y a dans l'Ohio ?

— Mes amis.

Je continue à avancer en suivant l'empreinte de ses bottes dans la neige.

— Ringer, je ne voudrais pas briser tes espoirs, mais...

— Écoute, je sais qu'ils sont probablement déjà morts. Tout comme je sais que je le serai peut-être moi aussi, bien avant d'arriver là-bas, même si eux ne sont pas morts. Mais j'ai fait une promesse, Razor. À l'époque, je ne pensais pas que c'était une promesse. Je me suis efforcée de croire que ça n'en était pas une. Je *lui* ai dit que ça n'en était pas une. Mais il y a les choses que nous disons à propos de la vérité, et les choses que la vérité nous dit à propos de nous-mêmes.

— Tu sais que ce que tu racontes n'a aucun sens, n'est-ce pas ? Ça doit être à cause de ta blessure à la tête. D'habitude, tu as beaucoup…

— De blessures à la tête ?

— Ha ! Les plaisanteries sont de retour !

Il fronce les sourcils et demande :

— À qui tu as fait une promesse ?

— À un stéréotype de sportif, naïf, borné, persuadé d'être un dieu sur Terre, quand il ne pense pas que le monde est un cadeau de Dieu pour lui.

— Oh. OK.

Il ne dit rien durant quelques pas, puis :

— Alors, depuis combien de temps M. le Stéréotype de Sportif Naïf et Borné est ton petit ami ?

Je m'arrête. Me retourne. J'attrape son visage à deux mains et plaque un baiser sur ses lèvres. Il écarquille les yeux – une lueur qui ressemble à de la peur passe dans son regard.

— C'est pour quoi, ça ?

Je l'embrasse de nouveau. Nos corps se serrent l'un contre l'autre. Mes mains gelées tiennent tendrement son visage tout aussi froid. Son souffle embaume le chewing-gum. *Je m'occupe de la planète.* Nous sommes deux piliers qui se lèvent d'une mer ondoyante d'un blanc éblouissant. Sans limites. Sans bordures, sans frontières.

Il m'a sortie de la tombe. M'a aidée à échapper à la mort. Il a risqué sa vie pour que je puisse poursuivre la mienne. Il lui aurait été plus facile de se détourner. De me laisser partir. De croire les magnifiques mensonges plutôt que l'horrible vérité. Après le décès de mon père, j'ai construit autour de moi une forteresse pour me protéger au moins mille ans. Un bastion imposant qui s'écroule par la grâce d'un baiser.

— À présent, nous sommes à égalité, je chuchote.

— Pas exactement, répond-il d'une voix rauque. Je ne t'ai embrassée qu'une fois.

77

ALORS QUE NOUS APPROCHONS, le complexe semble se dresser au milieu de la neige comme un colosse émergeant des grandes profondeurs. Des silos, des convoyeurs, des poubelles, des malaxeurs, des bâtiments de stockage et de bureaux, un énorme entrepôt qui a deux fois la taille d'un hangar à avions, entouré par une clôture rouillée fermée d'une chaîne. Symboliquement, c'est effrayant, mais en quelque sorte approprié, que tout se termine dans ce décor de béton. Le béton est d'ailleurs la signature omniprésente des humains. C'est notre principal médium artistique sur la toile blanche du Monde : partout où nous sommes passés, la Terre a lentement disparu sous ce matériau.

Razor écarte un morceau de la grille esquintée pour que je me faufile dessous. Ses joues sont empourprées, son nez rougi par le froid, il jette des regards anxieux autour de lui. Peut-être se sent-il aussi exposé que moi en terrain découvert, écrasé par le silo imposant et les équipements massifs, sous ce ciel lumineux, sans nuages.

Peut-être. Néanmoins, j'en doute.

— Donne-moi ton fusil, je lui ordonne.

— Hein ?

Il serre l'arme contre son torse, la tapotant nerveusement de l'index.

— Je tire beaucoup mieux que toi.

— Ringer, j'ai déjà tout vérifié. Il n'y a personne ici. Nous sommes parfaitement...

— ... en sécurité, je termine. D'accord.

Je tends cependant la main devant moi.

— Viens, elle est là-bas, dans l'entrepôt.

Je ne bouge pas d'un pas. Razor hausse les yeux, incline la tête en arrière pour contempler le ciel, puis reporte son regard sur moi.

— S'ils étaient là, tu sais bien que nous serions déjà morts.

— Ton fusil, j'insiste.

— Très bien.

Il le tend vers moi. Je le lui arrache des mains, et le frappe illico d'un coup de crosse dans la tempe. Razor tombe à genoux, le regard rivé sur moi, mais il n'y a rien dans ses yeux, rien du tout.

— Vas-y, tombe !

Il tangue en avant, puis s'écroule, immobile.

À mon humble avis, elle ne se trouve pas dans l'entrepôt – ni même à des centaines de kilomètres à la ronde.

Il y a une raison pour laquelle Razor me voulait ici, mais cette raison n'a certainement rien à voir avec Teacup. Pourtant, je n'ai pas le choix. J'ai un léger avantage grâce au fusil, et au fait que Razor soit neutralisé, mais c'est tout.

Il s'ouvre à moi quand je l'embrasse. J'ignore comment le renforcement du système s'y prend pour ouvrir une voie d'empathie vers un autre humain. Peut-être qu'il transforme le porteur en une sorte de détecteur de mensonges, réunissant et collectant des statistiques d'une myriade de données sensorielles, et les fait passer à travers le hub pour les interpréter et les analyser. Quoi qu'il en soit, ça fonctionne, et je sens le vide à l'intérieur de Razor, le désert, une pièce cachée. Je savais bien qu'un truc clochait. Complètement.

Des mensonges au cœur de mensonges au cœur de mensonges. Des feintes et des contre-feintes. Comme un mirage – peu importe vos efforts pour vous en approcher, il demeure toujours au loin. Découvrir la vérité était comme tenter de courir après l'horizon.

Tandis que j'avance dans l'ombre du bâtiment, quelque chose se relâche à l'intérieur de moi. Mes genoux se mettent à trembler. Ma poitrine se serre comme si j'avais été frappée à coups de bélier. Impossible de reprendre mon souffle. Le douzième système est capable de me soutenir, d'augmenter ma puissance, mes réflexes, de décupler mes sens par dix, de me guérir, de me protéger de tout danger physique, mais il n'y a rien que mes quarante mille petits invités puissent faire contre un cœur brisé.

Je ne peux pas, je ne peux pas. Pas question de devenir faible, maintenant. Que se passe-t-il si nous nous affaiblissons ? Que se passe-t-il ?

Je me sens incapable d'aller à l'intérieur, pourtant je le dois.

Je m'appuie contre le mur de métal froid de l'entrepôt, à côté de la porte ouverte, là où réside l'obscurité, aussi profonde que dans une tombe.

78

UNE FORTE ODEUR DE LAIT AVARIÉ.

La puanteur de la peste est si intense quand je pénètre dans les lieux que j'en ai des haut-le-cœur. Aussitôt, la matrice olfactive supprime mon sens de l'odorat. Mon estomac se calme. Ma vision s'éclaircit. L'entrepôt a deux fois la taille d'un terrain de football. Il est découpé en trois étages. La section basse, dans laquelle je me trouve, a été transformée en hôpital. Des centaines de lits, des paquets et des paquets de draps, et des tonnes de produits médicaux. Du sang partout. Brillant dans la lumière, coulant à travers les trous du plafond en partie effondré, trois étages au-dessus de ma tête. Des nappes de sang figé par terre. Des taches de sang sur les murs. Du sang imbibé sur les draps et les oreillers. Du sang, du sang, du sang partout, mais pas de corps.

Je grimpe la première volée de marches jusqu'au second étage. Celui des réserves : des sacs de farine et denrées diverses, déchirés, leur contenu répandu par les rats et autres charognards, des piles et des piles de boîtes de conserve, des bidons d'eau, des fûts de kérosène. Tout cela stocké en prévision de l'hiver, mais la Peste Rouge a déferlé sur eux et les a noyés dans leur propre sang.

Je grimpe une autre volée de marches jusqu'au troisième. Les rayons du soleil percent l'air poussiéreux comme un spot de lumière. J'ai atteint la fin. Le niveau final. La plate-forme est jonchée de cadavres, empilés sur plusieurs mètres de hauteur en certains endroits, ceux du bas enveloppés avec précaution dans des draps, les autres – plus près du sommet – jetés à la hâte, un fouillis désordonné de bras et de jambes, une masse emmêlée d'os, de peaux desséchées, de doigts décharnés qui accrochent désespérément le vide.

Le milieu de l'étage a été nettoyé. Une table en bois est installée au centre d'une colonne de lumière. Sur cette table, un coffret en bois, et à côté, un échiquier, dressé en une fin de partie que je reconnais illico.

Puis sa voix, venant de partout et de nulle part, comme la rumeur du tonnerre encore lointain, impossible à localiser.

— Nous n'avons jamais terminé notre partie.

J'avance et renverse le roi blanc. J'entends un souffle, comme le vent dans les branches des arbres.

— Quelle est la réponse, Marika ?

— C'était un test, je chuchote.

Le roi blanc renversé – regard vide, les yeux d'un abysse d'albâtre – me fixe.

— Vous aviez besoin d'expérimenter le douzième système sans que je sache que c'était un test. Il fallait que je croie que c'était réel. C'était la seule façon pour que je coopère.

— Tu as réussi ?

— Oui, j'ai réussi.

Je me retourne. Il se tient en haut de l'escalier, silhouette solitaire, visage dans l'ombre, mais je pourrais jurer que ses grands yeux bleus semblables à ceux des oiseaux brillent dans l'obscurité.

— Pas encore, ajoute-t-il.

Je pointe le fusil dans le petit espace entre ses yeux brillants et appuie sur la gâchette.

Le *clic* de la chambre vide résonne. *Clic, clic, clic, clic, clic, clic.*

— Tu as accompli un tel chemin, Marika. Ne me déçois pas maintenant, clame Vosch. Tu devais bien te douter qu'il n'était pas chargé.

Je jette le fusil et recule jusqu'à heurter la table. Je pose mes mains dessus pour assurer mon équilibre.

— Pose la question, m'ordonne-t-il.

— Que vouliez-vous dire par « Pas encore » ?

— Tu connais la réponse à cette question.

J'attrape la table et la jette sur lui. Il l'arrête d'un bras, mais entre-temps j'ai bondi sur lui, m'élançant de plus de deux mètres, le frappant au torse de mon épaule, passant mes bras autour de lui comme pour l'étreindre. Nous tombons du troisième étage et nous nous écrasons au second. Le plancher craque en un bruit impressionnant. L'impact m'oblige à desserrer ma prise. Vosch noue ses longs doigts autour de mon cou et me jette à six mètres, droit dans une pile de boîtes de conserve. Je me redresse en moins d'une seconde, mais il me bat, se déplaçant si vite que ses mouvements ne sont qu'une image résiduelle dans ma vision.

— Le pauvre soldat dans la salle de bains, lâche-t-il. L'infirmière de l'unité de soins intensifs, le pilote, Razor – et même Claire, pauvre Claire, qui avait un net désavantage depuis le début. Cependant, ce n'est pas suffisant. Pour réussir vraiment, tu dois surpasser ce qui ne peut être surpassé.

Il écarte grand les bras. Comme une invitation.

— Tu voulais l'opportunité, Marika. Eh bien, la voici !

79

IL Y A PEU DE DIFFÉRENCE entre notre combat et notre partie d'échecs. Il sait comment je pense. Il connaît mes forces, mes faiblesses. Devine chacun de mes mouvements avant même que je l'aie accompli. Il prête une attention particulière à mes blessures : mon poignet, mes côtes, mon visage. Du sang coule de ma blessure au front – qui s'est ouverte de nouveau –, un filet tiède dans l'air glacé se répand dans mes yeux et ma bouche. Le monde se teinte d'un voile écarlate. Quand je tombe pour la troisième fois, Vosch dit :

— Non, arrête. Ne te relève pas. Reste au sol, Marika.

Je me lève néanmoins. Il me fait tomber pour la quatrième fois.

— Tu as surchargé le système, prévient-il.

Je suis à quatre pattes. Du sang ruisselle de mon visage sur le sol, une véritable pluie de sang.

— Il pourrait se scratcher, insiste-t-il. Si cela arrive, tu mourras.

Je pousse un cri perçant. Jaillissant du plus profond de mon âme : les hurlements des sept milliards d'humains massacrés. Le son rebondit dans l'espace caverneux.

Puis je me redresse pour la dernière fois. Même avec leur puissance augmentée, mes yeux sont incapables de suivre les mouvements de ses poings. Comme des particules quantiques, ils ne sont ni ici ni là. Impossible de déterminer leur place exacte, impossible de savoir où ils vont se déplacer. Vosch balance mon corps affaibli de la plate-forme jusqu'au sol de ciment de l'étage en dessous. J'ai l'impression de tomber sans m'arrêter dans une obscurité plus épaisse que celle qui a englouti l'univers avant le commencement des temps. Je roule sur le ventre pour me redresser d'une poussée, mais sa botte écrase déjà ma nuque, me plaquant à terre.

— Quelle est la réponse, Marika ?

Il n'a pas besoin d'expliquer. Il sait que je comprends.

— Rien. La réponse, c'est *rien*. Ils ne sont pas là. Ils n'ont jamais été là.

— Qui ? Qui n'est pas là ?

Ma bouche est gorgée de sang. Je déglutis.

— Le risque…

— Oui. Très bien. Le risque est la clé.

— Ils ne sont pas là. Il n'y a aucune entité téléchargée dans des corps humains. Aucune conscience extraterrestre dans qui que ce soit. À cause du risque. Le risque. Le risque est inacceptable. C'est un... un programme, une construction délirante. Inséré dans leurs esprits avant leur naissance, allumé quand ils ont atteint la puberté – un mensonge, c'est un mensonge. Ils sont humains. Avec des pouvoirs décuplés, comme moi, mais humains... Oui, humains comme moi.

— Et moi ? Si tu es humaine, que suis-je ?

— Je ne sais pas...

La botte appuie un peu plus, écrase ma joue contre le béton.

— Que suis-je ?

— Je ne sais pas. Le contrôleur. Le directeur. Je ne sais pas. Celui qui était choisi pour... je ne sais pas, je ne sais pas.

— Est-ce que je suis humain ?

— Je ne sais pas !

C'est le cas. Nous sommes arrivés en un endroit où je ne peux aller et dont je ne peux revenir. Au-dessus de moi : la botte. En dessous : les abysses.

— Mais si vous êtes humain...

— Oui, finis ta phrase. Si je suis humain... Eh bien quoi ?

Je me noie dans le sang. Pas le mien, mais celui de milliards d'êtres qui sont morts avant moi, une mer infinie de sang qui m'enveloppe et m'entraîne vers un fond obscur.

— Si vous êtes humain, il n'y a aucun espoir.

80

IL ME SOULÈVE DU SOL, me porte jusqu'à l'un des lits de camp sur lequel il me pose avec douceur.

— Tu es pliée, mais pas brisée. L'acier doit être fondu avant que l'épée puisse être forgée. Tu es l'épée, Marika. Je suis le forgeron, et toi, l'épée.

Il prend mon visage entre ses mains. Ses yeux brillent de la même ferveur que celle d'un fanatique religieux. Il ressemble à un de ces prédicateurs dingues que l'on rencontre parfois au coin des rues, sauf que ce dingue tient le sort du monde entre ses mains.

De son pouce, il effleure ma joue ensanglantée.

— Repose-toi, Marika. Tu es en sécurité, ici. Parfaitement en sécurité. Je vais le laisser pour qu'il prenne soin de toi.

Razor. Ça, je ne peux pas l'accepter. Je secoue la tête.

— S'il vous plaît, non. S'il vous plaît.

— Et dans une semaine ou deux, tu seras prête.

Il attend ma question. Il est ravi de lui-même. Ou content de moi. Ou de ce qu'il a accompli grâce à moi. Quoi qu'il en soit, je ne lui demande rien.

L'instant d'après, il est parti.

Plus tard, j'entends l'hélicoptère qui revient le chercher. Ensuite, apparaît Razor, la joue énormément gonflée, comme si on lui avait glissé une pomme à l'intérieur de la bouche. Il ne dit rien. Moi non plus. Il me lave le visage à l'eau chaude savonneuse. Il panse mes blessures. Bande mes côtes fracturées. Pose une attelle sur mon poignet brisé. Il doit bien se douter que j'ai soif, pourtant il ne se donne pas la peine de me proposer un verre d'eau. Il installe une perfusion intraveineuse dans mon bras et y connecte un goutte-à-goutte de solution saline. Puis il m'abandonne, et se cale sur une chaise pliante près de la porte ouverte, emmitouflé dans son épaisse parka, son fusil sur les genoux.

Lorsque le soleil se couche, Razor allume une lampe au kérosène et la pose par terre à côté de lui. La lumière se répand, éclairant son visage, mais ses yeux demeurent cachés.

— Où est Teacup ?

Ma voix résonne dans l'espace.

Il ne répond rien.

— J'ai une théorie à propos des rats, je poursuis. Tu veux l'entendre ?

Toujours le silence.

— Tuer un rat, c'est facile. Tu n'as besoin que d'un morceau de vieux fromage et d'une tapette. Mais pour tuer des milliers de rats, un million de rats, un milliard – voire sept milliards –, c'est un peu plus difficile. Pour cela, il te faut un appât. Du poison. Tu n'as pas besoin d'empoisonner tes sept milliards de rats, juste un certain pourcentage qui répandra le poison dans le groupe.

Il ne bouge pas d'un pouce. J'ignore s'il m'écoute, et même s'il est réveillé.

— Nous sommes les rats. Le programme téléchargé dans les fœtus humains – ça, c'est l'appât. Quelle est la différence entre un humain qui transporte une conscience extraterrestre et un humain qui *croit* la transporter ?

Il n'y en a qu'une seule. Le risque. Le risque, c'est ça, la différence. Pas notre risque. Le leur. Pourquoi auraient-ils pris de tels risques ? La réponse, c'est qu'ils ne l'ont pas fait. Ils ne sont pas là, Razor. Ils n'ont jamais été là. Il n'y a que nous. Il n'y a toujours eu *rien que nous*.

Il se penche en avant avec une lenteur délibérée et éteint la lumière.

Je pousse un soupir.

— Mais dans toutes les théories, il y a des failles. On ne peut pas concilier cela avec la question de l'énorme rocher. Pourquoi se donner tant de mal, alors qu'il leur suffisait de jeter une gigantesque pierre ?

Très doucement, si doucement que je ne l'aurais pas entendu sans la matrice de renforcement auditif :

— Ferme-la.

— Pourquoi est-ce que tu as fait cela, Alex ?

Si Alex est bien son prénom, au fait. Il y a de fortes probabilités pour que toute son histoire ne soit qu'un formidable mensonge inventé par Vosch pour me mani-puler.

— Je suis un soldat.

— Tu te contentais de suivre les ordres.

— Je suis un soldat.

— Tu n'es pas là pour penser, seulement pour obéir.

— Je. Suis. Un. SOLDAT !

Je ferme les yeux.

— L'échec-ball. C'était une idée de Vosch, ça aussi ? Désolée. Question stupide.

Pour toute réponse, je n'ai droit qu'au silence.

— C'est Walker, je dis en ouvrant les yeux en grand. Oui, ça doit être ça. C'est l'unique chose qui ait un sens.

C'est Evan, n'est-ce pas, Razor ? Il veut Evan, et je suis la seule à pouvoir le conduire jusqu'à lui.

Encore le silence. L'explosion de Camp Haven et les drones désactivés qui tombaient du ciel : pourquoi avaient-ils besoin de drones ? Cette question m'a toujours perturbée. Quelle difficulté pour eux de trouver les poches de survivants, alors qu'il en existait si peu, et qu'ils avaient en leur possession toute une technologie pour y parvenir ? Des groupes de survivants qui s'entassaient dans des camps de fortune comme des abeilles dans une ruche. Les drones ne servaient pas à nous pister, *nous*, mais à les suivre, *eux*, des humains comme Evan Walker – garçon solitaire à la puissance dangereusement augmentée – dispersés sur chaque continent, armés, équipés de connaissances qui pourraient faire s'écrouler tout l'édifice, si le programme téléchargé en eux ne fonctionnait pas comme prévu – ce qui a clairement été le cas chez lui.

Evan est hors de portée, loin de la zone quadrillée. Vosch ignore où il se trouve, et même s'il est vivant ou mort. Mais si Evan est bien en vie, Vosch a besoin de quelqu'un à l'intérieur, quelqu'un en qui Evan aurait confiance.

Je suis le forgeron.
Tu es l'épée.

81

Durant une semaine, Razor est mon seul compagnon. Garde, gouvernante, veilleur. Quand j'ai faim, il m'apporte à manger. Quand je souffre, il soulage ma douleur. Quand je suis sale, il me lave. Il est constant. Loyal. Il est là quand je m'éveille et quand je m'endors. Je ne l'ai jamais surpris en train de dormir : lui est constant, au contraire de mon sommeil ; je me réveille plusieurs fois pendant la nuit et Razor est toujours là, me surveillant depuis son poste à côté de la porte. Il est silencieux, renfrogné, et curieusement nerveux, ce garçon qui a réussi sans effort à m'inciter à le croire et à croire *en* lui. Comme si je risquais d'avoir envie de m'échapper, alors qu'il sait que j'en suis incapable, que je suis prisonnière d'une promesse qui me lie plus qu'un millier de chaînes.

L'après-midi du sixième jour, Razor noue un chiffon sur son nez et sa bouche, grimpe l'escalier jusqu'au troisième étage et en redescend en charriant un corps. Il le porte dehors. Puis il remonte l'escalier – son pas toujours lourd, que ses bras soient vides ou chargés d'un cadavre –, et un autre corps quitte l'étage. Je perds le compte à cent vingt-trois. Il vide l'entrepôt des morts, les empilant dans la cour, et, au crépuscule, il met le feu au gigantesque tas. Les corps sont momifiés, le feu prend très vite et brûle haut, avec force. Le bûcher funéraire peut se voir à des kilomètres, s'il y a encore des yeux pour le voir. Sa lueur étincelle dans l'embrasure, lèche le sol – le béton ressemble à des fonds sous-marins ondulants et dorés. Razor s'attarde à la porte, observant le feu, son ombre mince entourée d'un halo comme une éclipse de lune. D'un mouvement d'épaules, il se débarrasse de sa veste, retire sa chemise, relève les manches de son maillot de corps. La lame de son couteau brille dans la lueur orangée du feu tandis que, de la pointe, il grave quelque chose sur sa peau.

La nuit s'écoule lentement. Le feu diminue, le vent passe, mon cœur se serre de nostalgie – le camping en été, les lucioles, les ciels d'août inondés d'étoiles. L'odeur du désert, le souffle mélancolique du vent qui descend des montagnes et le soleil qui plonge à l'horizon.

Razor allume la lampe au kérosène et s'avance vers moi. Il sent la fumée, et un peu la mort.

— Pourquoi tu as fait ça ? je demande.

Au-dessus du chiffon, ses yeux brillent de larmes. J'ignore si c'est à cause de la fumée ou pour une autre raison.

— Ce sont les ordres.

Il retire l'intraveineuse de mon bras et accroche le tuyau au crochet de la barre.

— Je ne te crois pas.

— Tu m'en vois choqué.

C'est la première fois qu'il parle autant depuis le départ de Vosch. À ma grande surprise, je suis soulagée d'entendre de nouveau sa voix. Il examine ma blessure au front, son visage tout proche du mien à cause du faible éclairage.

— Teacup, je chuchote.

— Qu'est-ce que tu crois ? demande-t-il avec colère.

— Elle est en vie. C'est le seul moyen de pression qu'il a sur moi.

— OK, alors, elle est en vie.

Il étale de la pommade antibactérienne sur ma blessure. Un être humain normal aurait eu besoin de plusieurs points de suture, mais d'ici quelques jours, personne ne pourra deviner que j'ai été blessée.

— Et si je le mettais au pied du mur, je lance. Comment pourrait-il la tuer maintenant ?

Razor hausse les épaules.

— Peut-être parce qu'il n'en a rien à foutre d'une gamine quand le sort du monde est en jeu. Enfin, c'est juste mon avis.

— Après tout ce qui s'est passé, tout ce que tu as entendu et vu, tu crois toujours en lui ?

Il baisse les yeux vers moi, et dans son regard je discerne un sentiment qui ressemble à de la pitié.

— Je *dois* croire en lui, Ringer. Sinon je suis foutu. Je serai… comme *eux*.

D'un mouvement de tête en direction de la cour, il désigne le bûcher funéraire encore fumant.

Il s'assied sur le lit de camp à côté du mien et rabat son masque improvisé. La lanterne entre ses pieds, la lumière qui danse sur son visage et l'ombre telle une flaque dans ses yeux creux.

— Il est trop tard pour ça, je dis.

— Exact. Nous sommes tous déjà morts. Donc, il n'y a aucun moyen de pression, n'est-ce pas ? Tue-moi, Ringer. Vas-y, tue-moi et enfuis-toi. File !

Si je le voulais vraiment, je pourrais lui bondir dessus avant qu'il ait le temps de dire ouf ! D'un simple coup à la poitrine, grâce à ma puissance augmentée, je lui briserais une côte... qui s'enfoncerait dans son cœur. Ensuite, je n'aurais plus qu'à partir d'ici, m'éloigner, marcher au cœur d'étendues désertes où je pourrais me cacher durant des années, des décennies, jusqu'à ce que j'aie atteint un âge avancé, et même au-delà, grâce aux capacités du douzième système. Je pourrais vivre plus longtemps que n'importe qui, et peut-être me réveiller un beau jour en étant la dernière personne sur Terre.

Et après. Et après.

Il doit se geler, à rester assis là, vêtu seulement de son maillot de corps. Je remarque un filet de sang séché sur son biceps.

— Qu'est-ce que tu t'es fait au bras ?

Il relève sa manche. Les lettres ont un tracé en forme de bloc, grossier et un peu tremblant, comme celui d'un gamin qui apprend à écrire.

VQP.

— C'est du latin, chuchote-t-il. *Vincit qui patitur.* Ça veut dire...

— Je sais ce que ça veut dire, je chuchote à mon tour.

Il secoue la tête.

— Non, je ne crois pas que tu le saches vraiment.

Il n'a pas l'air fâché, mais triste.

Alex tourne la tête vers la porte, et regarde au-delà, là où les morts sont entassés sous un ciel indifférent à leur sort. *Alex.*

— C'est ton vrai prénom, Alex ?

Il se retourne vers moi et je découvre son petit sourire malicieusement ironique. Comme sa voix, je suis également surprise que ce sourire m'ait manqué.

— Je ne t'ai pas menti là-dessus. Juste sur les trucs importants.

— Ta grand-mère avait réellement un chien qui s'appelait Flubby ?

Il laisse échapper un léger rire.

— Oui.

— C'est bien.

— Pourquoi ?

— J'avais envie que ça, au moins, ça soit vrai.

— Parce que tu adores ce genre de sale roquet ?

— Parce que j'aime l'idée qu'un jour il y a eu de sales roquets dont l'un s'appelait Flubby. C'est chouette. Ça vaut la peine de s'en souvenir.

Il bondit de son lit de camp avant que j'aie le temps de m'en rendre compte, il m'embrasse, et je plonge en lui, là où rien n'est caché. À présent, il s'ouvre à moi, ce garçon qui m'a soutenue et trahie, qui m'a ramenée à la vie et rendue à la mort. La colère n'est pas la réponse, non, pas plus que la haine. Couche par couche, ce qui nous sépare s'évanouit jusqu'à ce que j'atteigne le centre, la région sans nom, la forteresse sans défense, la douleur sans âge et sans fond, l'unique singularité de son âme, préservée, infinie.

Et je me retrouve avec lui – j'y suis déjà.

— Ça ne peut être vrai, je susurre.

Au centre de tout, là où il n'y a rien, je le trouve, me tenant.

— Je ne crois pas à toutes tes conneries, murmure-t-il, mais tu as raison sur un point. Certaines choses, jusqu'à la plus petite, valent bien la somme de toutes les choses.

Dehors, l'horrible moisson continue de brûler. Dedans, il rabat les draps, et voici les mains qui me tenaient, les mains qui m'ont baignée, nourrie, soutenue quand j'étais incapable de me lever seule. Il m'a emmenée vers la mort ; il m'amène à la vie. C'est pour cette raison qu'il a enlevé les cadavres de l'étage supérieur. Il les a exilés, consignés dans le feu, non pour les profaner, mais pour nous sanctifier.

L'ombre qui lutte avec la lumière. Le froid qui combat le feu. *C'est une guerre*, m'a-t-il dit un jour, et nous sommes les conquérants des terres vierges, une île vivante au milieu d'une mer infinie de sang.

Le froid perçant. La chaleur brûlante. Ses lèvres s'attardent dans mon cou, mes doigts effleurent sa joue blessée, la blessure que je lui ai infligée, et celle sur son bras – *VQP* – qu'il s'est infligée lui-même, puis mes mains descendent sur son dos pour le tenir à l'intérieur de moi. *Ne me quitte pas. S'il te plaît, ne me quitte pas.* L'odeur du chewing-gum, de la fumée, de son sang, la façon dont son corps glisse sur le mien et dont son âme s'insinue dans la mienne : *Razor*. Les battements de nos cœurs, le rythme de nos souffles, et les étoiles tournoyantes que nous ne pouvons voir, qui marquent le temps, mesurant les intervalles de plus en plus courts jusqu'à la fin de nous, de lui et de moi, et de tout le reste.

Le monde est une horloge qui ralentit, et leur Arrivée n'a rien à voir avec ça. Le monde a toujours été une horloge. Même les étoiles s'éteindront une à une, et il n'y aura plus de lumière ni de chaleur, et c'est ça, la guerre, la guerre futile et sans fin contre le néant, le vide sans lumière et sans chaleur qui se précipite vers nous.

Il enlace ses doigts dans mon dos et m'attire tout contre lui. Je noue mes jambes aux siennes. Il n'y a plus aucune limite entre nous. Aucune séparation. Le vide est rempli. Le néant, défié.

82

IL RESTE EN MOI jusqu'à ce que nous ayons retrouvé notre souffle, que les battements de nos cœurs se soient calmés, caressant mes cheveux, fixant mon visage avec intensité, comme s'il ne parvenait pas à me quitter avant d'en avoir mémorisé chaque détail. Il effleure mes lèvres, mes joues, mes paupières. Fait courir le bout de son doigt le long de mon nez et sur la courbe de mon oreille. Son visage est dans l'ombre, le mien dans la lumière.

— Fuis ! chuchote-t-il.

Je secoue la tête.

— Je ne peux pas.

Il se lève, et j'ai la sensation de tomber dans le néant. Il remet ses vêtements à la hâte. Je suis incapable de déchiffrer son expression. Il s'est refermé à moi. Et moi, je suis de nouveau ligotée au cœur du vide. Je ne peux le supporter. Cela va m'écraser, ce manque avec lequel j'ai vécu si longtemps que je le remarquais à peine. Jusqu'à maintenant, en tout cas : Razor m'a montré à quel point ce vide était énorme en le comblant.

— Ils ne t'attraperont pas, insiste-t-il. Comment diable pourraient-ils t'attraper ?

— Il sait que je ne m'enfuirai pas tant qu'il la retiendra.

— Oh, putain, Ringer ! Quelle importance elle a à tes yeux, de toute façon ? Est-ce qu'elle vaut la peine que tu risques ta vie ? Comment une seule personne peut-elle valoir *ta vie* ?

C'est une question à laquelle il connaît déjà la réponse.

— Très bien, dit-il. Fais ce que tu veux. Comme si ça comptait pour moi ! Je m'en fiche.

— C'est ça, la leçon qu'ils nous ont enseignée, Razor. Ce qui compte et ce qui ne compte pas. La seule vérité au centre de tous les mensonges.

Il attrape son fusil et le fait passer par-dessus son épaule. Puis il dépose un baiser sur mon front. Une bénédiction. Ensuite, il ramasse la lampe, et, d'un pas mal assuré, se dirige vers la porte, celui qui a pris soin de moi, qui ne se repose jamais, qui n'a pas faibli. Il s'appuie contre la porte ouverte, faisant face à la nuit. Au-dessus de lui, le ciel brûle de la lumière froide de dix mille bûchers funéraires qui marquent le temps qui ralentit.

Je l'entends répéter « Fuis ! », mais je ne crois pas qu'il s'adresse à moi.

— Fuis !

83

LE HUITIÈME JOUR, l'hélicoptère revient nous chercher. Je laisse Razor m'aider à m'habiller, mais à part deux côtes endolories et mes jambes faibles, les douze matrices connues sous le nom de Ringer sont parfaitement opérationnelles. Ma plaie au front est complètement guérie, je n'ai pas la moindre cicatrice. Durant le vol de retour à la base, Razor est assis en face de moi, fixant le sol. Il ne me regarde qu'une seule fois. *Fuis*, articule-t-il en silence. *Fuis*.

Sol blanc, rivière sombre, l'hélicoptère vire d'un coup sec, descend en piqué vers la tour de contrôle du terrain d'aviation, assez près pour que je remarque une silhouette haute et solitaire derrière les vitres teintées. Nous atterrissons à l'emplacement d'où nous sommes partis, un autre cercle complété, et Razor pose sa main sur mon coude pour me guider vers la tour. Durant notre ascension jusqu'au sommet, sa main étreint brièvement la mienne.

— Je sais ce qui compte, dit-il.

Vosch se tient à l'extrémité de la pièce, nous tournant le dos, mais j'aperçois le reflet de son visage dans la vitre. À côté de lui, un soldat solidement charpenté, une recrue qui serre son fusil contre son torse d'un air aussi désespéré qu'une personne se retenant au-dessus d'un profond ravin grâce à un seul lacet. Assise près du soldat, portant la fameuse combinaison blanche, la raison de ma présence ici, ma victime, ma croix, mon fardeau.

Dès qu'elle me voit, Teacup commence à se lever. Aussitôt, le soldat lui pose une main sur l'épaule, l'obligeant à se rasseoir. Je secoue la tête, et j'articule en silence : *Non.*

Aucun bruit dans la pièce. Razor se trouve à ma droite, légèrement en retrait derrière moi. Je ne peux le voir, mais il est assez près pour que je l'entende respirer.

— Alors, lâche Vosch pour tout préambule. As-tu résolu la devinette des roches ?

— Oui.

Je vois son reflet sourire dans la vitre sombre.

— Et ?

— Jeter une énorme roche ruinerait l'objectif.

— Et quel est l'objectif ?

— Que certains vivent.

— Ça élude la question. Tu es plus douée que ça.

— Vous auriez pu nous tuer tous, mais vous n'en avez rien fait. Vous brûlez le village pour le sauver.

— Un sauveur. C'est donc ce que je suis ?

Il se retourne pour me faire face.

— Affine ta réponse. Est-ce que cela doit être tout, ou rien ? Si le but est de sauver le village des villageois, un plus petit rocher aurait accompli le même résultat. Pourquoi une série d'attaques ? Pourquoi les ruses et les duperies ? Pourquoi des ingénieurs ont-ils augmenté la puissance de pantins délirants comme Evan Walker ? Un rocher, c'est tellement plus simple, plus direct.

— Je n'en suis pas certaine, j'avoue, mais je crois que cela a à voir avec la chance.

Vosch me fixe durant un long moment. Puis il hoche la tête. Il a l'air content.

— Que va-t-il se passer, à présent, Marika ?

— Vous allez m'emmener à son dernier emplacement connu pour que je le localise, je réponds. Walker est une anomalie, une faille dans le système qui ne peut être tolérée.

— Vraiment ? Et comment un seul pauvre petit pion humain pourrait-il poser le moindre danger ?

— Il est tombé amoureux, et l'amour est l'unique faiblesse.

— Pourquoi ?

Dans mon dos, le souffle de Razor. Devant, le visage de Teacup levé vers moi.

— Parce que l'amour est irrationnel, je dis à Vosch. Il ne suit aucune règle. Pas même ses propres règles. L'amour est le seul élément de l'univers que personne ne peut prédire.

— Tu me vois contraint de marquer mon désaccord avec toi sur ce point, répond Vosch.

Il contemple Teacup.

— La trajectoire de l'amour est entièrement prévisible, dit-il.

Il s'approche, se penche au-dessus de moi, véritable colosse de chair et d'os aux yeux aussi clairs qu'un lac de montagne, des yeux qui plongent jusqu'au fond de mon âme.

— Pourquoi aurais-je besoin que tu le localises, lui ou qui que ce soit ?

— Vous avez perdu les drones qui les surveillaient, lui et les autres comme lui. Il est hors de votre portée. Il ignore la vérité, cependant il en sait assez pour causer de sérieux dommages si vous ne l'arrêtez pas. Et vous devez l'arrêter rapidement, avant le printemps.

— Avant le printemps ?

— Quand vous lancerez l'étape finale.

Je darde mon regard sur le soldat qui se tient à côté de Teacup, et poursuis :

— La 5e Vague ne consiste pas à éradiquer le reste de l'humanité, mais à réduire les Silencieux au silence.

Vosch lève la main devant lui. Je tressaille, mais il se contente de m'étreindre l'épaule, le visage irradiant de satisfaction.

— Très bien, Marika. Très, très bien.

À côté de moi, Razor chuchote :

— Fuis !

La détonation de son arme de poing à côté de mon oreille. Vosch recule vers la fenêtre, mais il n'est pas touché. Le soldat s'écroule à genoux, la crosse de son fusil s'enfonce dans son épaule, pourtant il n'est pas touché, lui non plus.

La cible de Razor était la plus petite chose qui est la somme de toutes les choses, sa balle, l'épée qui brise la chaîne qui me lie.

L'impact fait reculer Teacup. Sa tête s'écrase contre le comptoir derrière elle, ses bras fluets se dressent en l'air. Je bondis sur ma droite, vers Razor, juste à temps pour voir son torse exploser sous la balle du soldat à genoux.

Il tombe en avant. D'instinct, je lève les bras, mais il chute si vite que je ne peux le rattraper.

Ses yeux doux, sans âme, se rivent aux miens, à l'extrême limite d'une trajectoire que même Vosch n'a pas réussi à prédire.

— Tu es libre, murmure Alex. *Fuis !*

Le soldat tourne son fusil vers moi. Vosch avance et se place entre nous, poussant un cri guttural, fou de rage.

Le hub déclenche ma matrice musculaire tandis que je pique un sprint vers les fenêtres qui surplombent le terrain d'aviation, m'élançant de deux mètres, faisant pivoter mon épaule droite en direction de la vitre.

Et je me retrouve à l'air libre, tombant, tombant, tombant.

Tu es libre.

Je tombe.

VIII

DUBUQUE

84

À L'AUBE, couverts de cendres et de poussière, cinq
fantômes grisâtres dans les bois.

Megan et Sam se sont finalement abandonnés au
sommeil, ou, plus exactement, ils se sont écroulés. Ben
regarde le soleil se lever, son fusil sur les genoux, silencieux, absorbé par la colère et le chagrin, mais surtout
le chagrin. Dumbo, le pragmatique, fouille dans son sac
à dos, cherchant quelque chose à manger. Et moi, absor-
bée aussi, par la colère et le chagrin, mais surtout la
colère. Bonjour, au revoir. Bonjour, au revoir. Combien
de fois devrai-je revivre ce cycle ? Ce qui s'est passé n'était
pas difficile à deviner – c'était juste impossible à comprendre. Evan a trouvé le sachet que Sam avait fait tomber et s'est expédié, avec Grâce, dans un univers d'oubli,
de couleur verdâtre. Ce qui était le plan d'Evan depuis
le début, ce trou du cul hybride, mi-alien, mi-humain,
idéaliste, à l'esprit de sacrifice. Dumbo s'approche et me
demande si je veux qu'il jette un coup d'œil à mon nez.

— Je savais que tu allais le remarquer, je dis.

Il éclate de rire.

— Occupe-toi d'abord de Ben.

— Il ne veut pas.

— En fait, tes talents médicaux ne peuvent rien contre sa véritable blessure, Dumbo.

Il l'entend le premier (à cause de ses grandes oreilles, peut-être ?), redresse la tête, et regarde par-dessus mon épaule, droit dans les bois : le craquement du sol gelé, le bruit sec de feuilles mortes qu'on écrase. Je me lève aussitôt et pointe mon fusil en direction du danger. Dans les ombres profondes, une ombre plus légère se déplace. Un survivant du crash qui nous aurait suivis ?

Un autre Evan, une autre Grâce, un Silencieux qui nous trouverait sur son territoire ? Non. Impossible. Aucun Silencieux ne s'amuserait à errer dans les bois avec la légèreté d'un éléphant dans un magasin de porcelaine.

L'ombre lève les bras en l'air et je sais – je sais avant même d'entendre mon nom qu'il m'a retrouvée, tenant sa promesse intenable, celui que j'ai marqué de mon sang et qui m'a marquée de ses larmes, un Silencieux, OK, d'accord, *mon* Silencieux, qui trébuche vers moi dans la lumière pure d'un soleil hivernal, porteur de printemps.

Je tends mon fusil à Dumbo et le plante là. La lumière dorée, les troncs d'arbres luisants de glace, et le parfum de l'air dans le froid matinal. Les choses que nous laissons derrière nous et celles qui ne nous laissent jamais. Le monde a déjà connu une fin. Il en connaîtra une autre. Le monde se termine et le monde renaît. Le monde renaît toujours.

Je m'arrête à quelques pas de lui. Il s'arrête, lui aussi, et nous nous observons à travers une étendue plus large que l'univers, à l'intérieur d'un espace plus mince qu'une lame de rasoir.

— J'ai le nez brisé, je dis.

Au diable Dumbo. À cause de lui, j'ai toute conscience de mon image – désastreuse.

— Je me suis cassé la cheville, répond-il.

— Dans ce cas, c'est moi qui vais venir jusqu'à toi.

REMERCIEMENTS

EN COMMENÇANT CETTE AVENTURE, je n'avais pas complètement mesuré l'étendue du projet. L'un de mes défauts
d'écrivain (l'un des nombreux, comme Dieu le sait !)
est que j'ai tendance à plonger trop profondément dans
les vies de mes personnages. J'ignore le sage conseil
de rester au-dessus du combat, d'être aussi indifférent
que les dieux à la souffrance durant mon travail créatif.
Quand vous écrivez une longue histoire qui s'étend sur
trois volumes au sujet de la fin du monde tel que nous
le connaissons, mieux vaut ne rien prendre trop au
sérieux. Sinon, vous vous préparez à vivre des moments
sombres, connaître la fatigue, les malaises, les sautes
d'humeur, l'hypocondrie, les crises de larmes ou d'hys-
térie puérile. Vous vous dites (ainsi qu'aux personnes
autour de vous) que se comporter comme un gosse
de quatre ans qui hurle parce qu'il n'a pas eu ce qu'il
voulait pour Noël est parfaitement normal, mais tout au
fond de vous, vous savez que vous êtes d'une fourberie
sans nom. Oui, tout au fond, vous savez que, quand

l'horloge aura ralenti et que le temps sera venu, vous devrez plus que des remerciements. Vous devrez des excuses, aussi.

Aux sympathiques personnes chez Putnam, en particulier Don Weisberg, Jennifer Besser et Ari Lewin : pardonnez-moi de m'être égaré en chemin, de m'être pris, moi et mes livres, trop au sérieux, d'avoir blâmé les autres de mes propres défauts, de m'être enlisé dans les tranchées boueuses de mes impossibles dilemmes. Vous avez été généreux, patients, et d'un soutien incroyable.

À mon agent, Brian DeFiore : il y a dix ans, tu ignorais dans quoi tu t'engageais. À dire vrai, moi aussi, mais merci d'être toujours là. C'est génial de savoir que j'ai quelqu'un que je peux appeler à n'importe quelle heure et sur qui je peux crier sans raison.

À mon fils, Jake : merci de toujours répondre à mes SMS et de ne pas flipper quand je flippe. Merci de savoir interpréter mes humeurs, et de me les pardonner même quand tu ne les comprends pas. Merci de m'inspirer, de me soutenir, et de toujours me défendre contre les méchants. Et merci de ne pas trop te préoccuper de l'ennuyeuse habitude de ton père d'émailler son discours de citations bizarres de livres que tu n'as jamais lus et de films que tu n'as pas vus.

Enfin, à Sandy, mon épouse depuis bientôt vingt ans, merci d'avoir reconnu chez ton mari un rêve inaccompli, et d'avoir compris bien mieux que lui comment donner corps à ce rêve. Ma chérie, tu m'as enseigné le courage face à des déceptions écrasantes et une perte immense. Tu m'as appris la foi face au désespoir, le courage durant les heures de sombre confusion, la patience face à la panique du temps perdu et des efforts gâchés. Pardon pour toutes ces heures de silence endurées, ma colère rentrée et mon désespoir, mes inexplicables passages de l'euphorie (« Je suis un génie ! ») à l'anxiété (« Je suis nul ! »). Le seul nul que je t'ai vue tolérer, c'est moi. Vacances gâchées, obligations oubliées, questions négligées. Rien n'est plus douloureux que la solitude, la vie en compagnie de quelqu'un qui n'est jamais vraiment là. J'ai contracté envers toi une dette que je ne parviendrai jamais à rembourser, pourtant je te promets d'essayer. Parce que, au bout du compte, sans l'amour, nos efforts ne riment à rien, et tout ce que nous faisons est vain.

Vincit qui patitur.

En attendant de découvrir
le troisième volet de **La 5ᵉ Vague**
en septembre 2015...

Entrez
dans un
nouvel

avec d'autres romans
de la collection

www.facebook.com/collectionr

de Myra Eljundir

SAISON 1

C'est si bon d'être mauvais...

À dix-neuf ans, Kaleb Helgusson se découvre empathe : il se connecte à vos émotions pour vous manipuler. Il vous connaît mieux que vous-même. Et cela le rend irrésistible. Terriblement dangereux. Parce qu'on ne peut s'empêcher de l'aimer. À la folie. À la mort.

Sachez que ce qu'il vous fera, il n'en sera pas désolé. Ce don qu'il tient d'une lignée islandaise millénaire le grise. Même traqué comme une bête, il en veut toujours plus. Jusqu'au jour où sa propre puissance le dépasse et où tout bascule... Mais que peut-on contre le volcan qui vient de se réveiller ?

La première saison d'une trilogie qui, à l'instar de la série *Dexter*, offre aux jeunes adultes l'un de leurs fantasmes : être dans la peau du méchant.

Déconseillé aux âmes sensibles et aux moins de 15 ans.

Saison 2 : *Abigail*

Saison 3 : *Fusion*

**Nouvelle série à paraître en mars 2015 :
*Après nous***

de C. J. Daugherty

Tome 1

Qui croire quand tout le monde vous ment ?

Allie Sheridan déteste son lycée. Son grand frère a disparu. Et elle vient d'être arrêtée. Une énième fois. C'en est trop pour ses parents, qui l'envoient dans un internat au règlement quasi militaire. Contre toute attente, Allie s'y plaît. Elle se fait des amis et rencontre Carter, un garçon solitaire, aussi fascinant que difficile à apprivoiser… Mais l'école privée Cimmeria n'a vraiment rien d'ordinaire. L'établissement est fréquenté par un curieux mélange de surdoués, de rebelles et d'enfants de millionnaires. Plus étrange, certains élèves sont recrutés par la très discrète « Night School », dont les dangereuses activités et les rituels nocturnes demeurent un mystère pour qui n'y participe pas. Allie en est convaincue : ses camarades, ses professeurs, et peut-être ses parents, lui cachent d'inavouables secrets. Elle devra vite choisir à qui se fier, et surtout qui aimer…

Le premier tome de la série découverte par le prestigieux éditeur de _Twilight_, _La Maison de la nuit_, _Nightshade_ et de Scott Westerfeld en Angleterre.

Une série best-seller de cinq tomes, publiée dans plus de vingt pays.

Tome 2 : _Héritage_

Tome 3 : _Rupture_

Tome 4 : _Résistance_

Tome 5 à paraître début 2015

LA SÉLECTION
de Kiera Cass

35 candidates, 1 couronne, la compétition de leur vie.

Elles sont trente-cinq jeunes filles : la « Sélection » s'annonce comme l'opportunité de leur vie. L'unique chance pour elles de troquer un destin misérable contre un monde de paillettes. L'unique occasion d'habiter dans un palais et de conquérir le cœur du prince Maxon, l'héritier du trône. Mais pour America Singer, cette sélection relève plutôt du cauchemar. Cela signifie renoncer à son amour interdit avec Aspen, un soldat de la caste inférieure. Quitter sa famille. Entrer dans une compétition sans merci. Vivre jour et nuit sous l'œil des caméras… Puis America rencontre le Prince. Et tous les plans qu'elle avait échafaudés s'en trouvent bouleversés…

Le premier tome de la trilogie phénomène, mêlant dystopie, téléréalité et conte de fées moderne. Best-seller dans 25 pays !

Tome 2 : _L'Élite_

Tome 3 : _L'Élue_

Hors-série :
La Sélection, Histoires secrètes : Le Prince & Le Garde

LES 100

de Kass Morgan

Tome 1

**Depuis des siècles, plus personne n'a posé le pied sur Terre.
Le compte à rebours a commencé...**

2:48... 2:47... 2:46...
Ils sont 100, tous mineurs, tous accusés de crimes
passibles de la peine de mort.

1:32...1:31... 1:30...
Après des centaines d'années d'exil dans l'espace,
le Conseil leur accorde une seconde chance
qu'ils n'ont pas le droit de refuser : retourner sur Terre.

0:45... 0:44... 0:43...
Seulement, là-bas,
l'atmosphère est toujours potentiellement radioactive
et à peine débarqués les 100 risquent de mourir.

0:03... 0:02... 0:01...
Amours, haines, secrets enfouis et trahisons.
Comment se racheter une conduite
quand on n'a plus que quelques heures à vivre ?

**Découvrez sur les chaînes CW et SyFy la série télé adaptée
du roman par les producteurs
de *The Vampire Diaries* et *Gossip Girl***

Tome 2 : *21ᵉ Jour*

de Lissa Price

***Vous rêvez d'une nouvelle jeunesse ?
Devenez quelqu'un d'autre !***

Dans un futur proche : après les ravages d'un virus mortel, seules ont survécu les populations très jeunes ou très âgées : les Starters et les Enders. Réduite à la misère, la jeune Callie, du haut de ses seize ans, tente de survivre dans la rue avec son petit frère. Elle prend alors une décision inimaginable : louer son corps à un mystérieux institut scientifique, la Banque des Corps. L'esprit d'une vieille femme en prend possession pour retrouver sa jeunesse perdue. Malheureusement, rien ne se déroule comme prévu... Et Callie prend bientôt conscience que son corps n'a été loué que dans un seul but : exécuter un sinistre plan qu'elle devra contrecarrer à tout prix !

Le premier volet du thriller dystopique phénomène aux États-Unis.

« Les lecteurs de *Hunger Games* vont adorer ! », Kami Garcia, auteur de la série best-seller, *16 Lunes*.

Second volet *Enders*

Nouvelles numériques inédites :

***Starters 0.1 : Portrait d'un Starter
Starters 0.2 : Portrait d'un marshal***

LA TRILOGIE
DE BRAISES
ET
DE RONCES
de Rae Carson

Tome 1

**Sera-t-elle reine au cœur de son royaume,
comme au royaume de son cœur ?**

Princesse d'Orovalle, Elisa est l'unique gardienne de la Pierre Sacrée. Bien qu'elle porte le joyau à son nombril, signe qu'elle a été choisie pour une destinée hors normes, Elisa a déçu les attentes de son peuple, qui ne voit en elle qu'une jeune fille paresseuse, inutile et enveloppée... Le jour de ses seize ans, son père la marie à un souverain de vingt ans son aîné. Elisa commence alors une nouvelle existence loin des siens, dans un royaume de dunes menacé par un ennemi sanguinaire prêt à tout pour s'emparer de sa Pierre Sacrée.

**Une perle de l'heroic fantasy, pour les fans
de la série Game of Thornes.**

Le premier tome d'une trilogie « unique, intense... À lire absolument ! » (Veronica Roth, auteur de la trilogie best-seller Divergente).

Tome 2 : *La Couronne de flammes*

Tome 3 : *Le Royaume des larmes*

**Nouvelle numérique :
*Le Garde royal***

Retrouvez tout l'univers de
La 5ᵉ Vague
sur le site dédié :
www.la5evague.fr
et sur la page Facebook de la collection R :
www.facebook.com/collectionr

Vous souhaitez être tenu(e) informé(e)
des prochaines parutions de la collection R
et recevoir notre newsletter?

Écrivez-nous à l'adresse suivante,
en nous indiquant votre adresse e-mail :
servicepresse@robert-laffont.fr

Composition et mise en pages
Nord Compo à Villeneuve-d'Ascq

Cet ouvrage a été achevé d'imprimer en mars 2016
dans les ateliers de Normandie Roto Impression s.a.s.
61250 Lonrai
Dépôt légal : octobre 2014
N° d'édition : 55419/06 - N° d'impression : 1600929
Imprimé en France